Dorothée Albers
Nachhall einer kurzen Geschichte

DOROTHÉE ALBERS

Nachhall einer kurzen Geschichte

Roman

Aus dem Niederländischen von Ulrich Faure

Karl **Rauch**

Die in diesem Buch vorkommenden Musikstücke
sind auf Spotify abrufbar:

Für meine Eltern
und für Henk

» The most courageous act is still to think for yourself. Aloud. «
Coco Chanel

Am Rand des Moorsees breitete Jet im Sand den Seidenschal aus. Er war ein Geschenk gewesen, das sie bei ihrem Aufbruch von ihm erhalten hatte. Ein Abschiedsgeschenk, obwohl er es ganz sicher nicht so gemeint hatte. Für diesen Zweck zurechtgeschnitten. Sie nahm all die Sachen aus dem Leinenkoffer, die sie in den letzten Monaten wie Reliquien aufbewahrt hatte, und legte sie auf den roten Stoff: Briefe, Karten, ein paar Fotos, Partituren, die selbstgestrickten Söckchen. Ein Opfer auf einem Gebetsteppich. Sie kniete sich daneben und betrachtete alles mit teilnahmslosem Blick.

Sie zog den Ring von ihrem Finger. Bevor sie ihn an dem Bändchen befestigte, das sie um ein Babyfüßchen hatte schlingen wollen, starrte sie auf die Gravur in der Innenseite: Zev 15-11-'55. Als ob sie je vergessen könnte, was da stand. Ein letztes Mal schob sie ihn zurück und zog ihn dann entschlossen vom Ringfinger. Zum Schluss legte sie einen Stein, mitgenommen aus dem Klostergarten, zu den ganzen Sachen, um das Paket zu beschweren. Sie knotete den Schal fest zusammen. Den Stoffstreifen, der wie ein Schwanz aus dem Bündel hing, verdrillte sie zu einer Kordel. Sie stand auf, wirbelte ein paarmal wie eine Diskuswerferin um ihre eigene Achse und schleuderte das rote Bündel in die Luft. Ein kurzer Aufschrei, dann schlug sie die leeren Hände jäh vor den Mund. Taumelnd suchte sich die glänzende Kugel einen Weg ins Wasser. Um ihrer Bahn folgen zu können, musste sie die Augen halb zukneifen. Mit dem Aufklatschen kam die Erleichterung. Ein paar Reiherenten flatterten verstört auf. Sie sah sich um, war sie wirklich allein hier? Es dauerte eine Ewigkeit, bis die Wasseroberfläche wieder spiegelglatt war. Ihren langen Wollmantel fest um sich gezogen – sie fühlte dabei wieder den Druck der Schwangerschaftsbinde, in die sie eingewickelt worden war und die ihr die Luft abgeschnürt hatte –, ließ sie sich, nach Luft schnappend, in den Sand niedersinken.

Als sie durchgefroren aufstand, hätte sie nicht sagen können, ob sie zehn Minuten, eine halbe Stunde oder den ganzen Nachmittag so dagesessen hatte. Sie rieb sich die Hände warm. Ein merkwürdiger Anblick, diese nackte linke Hand. Sie nahm den Koffer. Es war Zeit zu gehen.

ERSTER TEIL

Jet

»*Fast allen Theorien über Musik, den exakten und den nicht exakten, liegt eine unausgesprochene Auffassung über Klang zugrunde. (…) Nach dieser unausgesprochenen Auffassung ist der Klang der Urzustand der Musik.*

Aber man kann Musik natürlich auch anders definieren und sagen: Nicht Klang ist der Urzustand der Musik, sondern Stille. Musik wäre in dem Fall (…) pause del silenzio. *(…)*

Normalerweise ist pause *nicht, was klingt, sondern was nicht klingt. In der Musik heißt das Pause, und wenn diese sehr lange anhält: Generalpause. Sie besteht aus Gattungen und Takten. Von der ganzen bis zur hundertachtundzwanzigstel, und, wenn's sein muss, von der halben bis zur unendlichen. In anderen Sprachen hat sie einen noch angenehmeren, noch beruhigenderen Klang als im Deutschen oder Niederländischen (*rust, Ruhe), *vor allem wenn sie kürzer ist, wie im Englischen die* hemidemisemiquaver rest *(1/64) und im Französischen die* cent vingt-huitième soupir *(1/128). Der Begriff* soupir *sagt alles. Nicht einfach nur Ruhe – ha, endlich Ruhe! – oder Pause wie im Deutschen und im Italienischen – ha, eine kurze Pause! – sondern ›Seufzer‹.*«

Elmer Schönberger

*J*et verließ das Stadtzentrum auf klappernden Absätzen. Es war ein ganz gewöhnlicher Donnerstag mit ganz gewöhnlichen Gedanken. Vom Korte Beestenmarkt bis zum Statenkwartier war es ein ziemliches Stück zu laufen. Sie hatte Zeit zum Nachdenken. Jeder Finger musste unabhängig und kräftig werden, sich zu einer eigenen Persönlichkeit entwickeln, hatte ihr der Klavierdozent heute Morgen gesagt. Das war ihr wie der Refrain eines Ohrwurms im Kopf hängen geblieben. Als Studentin im ersten Semester brauchte sie sich nichts einzubilden. Sie mochte beispielsweise noch so fest davon überzeugt sein, dass sie genau im richtigen Tempo spielte, doch das war etwas, was sich von innen heraus entwickeln musste. Sie hatte ans Konservatorium gewollt, um voranzukommen. Es fühlte sich an, als müsse sie wieder ganz von vorne beginnen.

Neben einer exzellenten Technik mussten sie in den nächsten Jahren auch einen eigenen Ton herausarbeiten. Wenn zehn Pianisten das gleiche Stück spielten, wollte der Dozent mit geschlossenen Augen sagen können, wer gerade am Flügel saß. Woran das zu hören sein sollte, wie ein großer Pianist seinen Namen wie einen Stempel auf eine Komposition drückte, das hatte er nicht verraten.

Plötzlich hörte sie hinter sich ein Pfeifen. Sie begann, langsamer zu gehen. Es war nicht Schüchternheit, die sie davon abhielt, sich gleich umzudrehen, sondern eher der Hang, Spannung aufzubauen und zu halten, wie sie es auch beim Spielen tat. Es klang nicht nach einem gut gelaunten Spaziergänger, der eine Melodie vor sich hin pfiff. Das war Brahms. An beiden Armen gleichzeitig stellten sich ihr die Härchen auf. Das *Allegretto grazioso* aus dem Zweiten Klavierkonzert. Sie lächelte in sich hinein, holte tief Luft und stimmte dann so laut sie konnte mit ein. Ihr Vater fand pfeifen ordinär, und genau deshalb konnte sie es gut. An Brahms hatte sie sich mit dem Pfeifen freilich nie herangewagt. Und nun lief dieser Pfiffikus direkt neben ihr. Genau wie er schaute sie kurz zur Seite und dann wieder geradeaus. Er trug ein Cello auf den Schultern. Nach ein paar Takten hörte sie auf, aber er pfiff weiter. Als sich die Eröffnungsmelodie wiederholte, klinkte sich Jet wieder ein, dann blieben sie Seite an Seite stehen. Seine wässrigen Augen schienen nicht zu diesem kantigen Gesicht mit dem kurz geschnittenen Haar zu passen. Nur am Wirbel versuchte eine Locke, diesem strengen Haarschnitt zu entkommen. Sie hatte ihn schon auf dem Schulflur gesehen. Aber nicht von so nah. Über seinem linken Ohr hing eine weiße Strähne, ein pigmentloses Ausrufezeichen. Sie glaubte, dass er im dritten Ausbildungsjahr wäre.

»Zev. Freut mich. Du läufst ja schnell! Hast du dich über was geärgert?«

Sie zog die Augenbrauen zusammen und ergriff seine ausgestreckte Hand. »Jet«, sagte sie, »Jet Hamelink. Du kannst hübsch pfeifen. Sehr hübsch sogar.«

»Ich habe dir heute Morgen zugehört. Ich bin zu spät gekommen.«

Die Hitzewelle, die auf ihrer Stirn zu sehen sein musste, breitete sich unter ihrem Mantel und ihrer Bluse bis in den Ausschnitt ihres Unterrocks aus. »Ich soll mir bloß nichts einbilden, sagt mein Dozent.«

»Das sagen sie alle. Spielen wir mal zusammen?« Er neigte den Kopf zu seinem Instrument.

»Einverstanden.«

14

»Ich muss in die andere Richtung.«

Gleichzeitig sahen sie über die Schulter.

Die Sonne ließ eine Reihe Ahornbäume lichterloh aufflammen. In ihrem Kopf klang Brahms weiter; jetzt eine Sonate für Cello und Klavier. Bevor sie um die Ecke in ihre Straße bog und ihr Zopf auf dem Rücken von links nach rechts sprang, entdeckte sie unter der Dachkante des Transformatorenhäuschens, an dem sie Hunderte Male vorbeigekommen war, eine Aufschrift: *La vie en rose.* In hastigen Krakeln hingeschrieben.

*U*nruhig rutschte sie auf der harten hölzernen Kirchenbank hin und her, sie saß allein in der hintersten Reihe. Wer würde schon bemerken, wenn sie jetzt einfach ginge? Bei der Kommunion würde der Vater, vorn neben der Mutter in der Kirche, scharf aufpassen, ob sie auch vorbeikäme. Jetzt, da sie studierte, war er sogar noch strenger geworden. Mit seinem schwarzen Filzhut und seinem geraden Rücken im Jackett mit der doppelten Knopfleiste sah er wie der Patron eines angesehenen Unternehmens aus. Woher nahm er bloß diese herablassende Haltung? Sie würde die Hostie empfangen, Blickkontakt zu ihm herstellen und dann, sobald sie hinten in der Kirche war, hinausrennen.

Seit sie am Konservatorium war, blieb sie während der Messe morgens um halb acht hinten sitzen. Noch ehe der Kaplan seinen Segen ausgesprochen hatte, stürmte sie hinaus und nach Hause, um im Stehen an der Spüle eine Tasse Tee zu trinken und ein Butterbrot zu essen und sich danach im Pfadfindergang – zwanzig Schritte gehen, zwanzig Schritte laufen – zum Korte Beestenmarkt zu begeben. Dann war sie pünktlich. Sie hatte vorgeschlagen, morgens in einer Pfarrgemeinde, die näher an der Schule lag, zur Messe zu gehen, aber damit war sie nicht gut angekommen. Der Vater wollte die Wege seiner einzigen Tochter gern im Auge behalten.

War der Kaplan mit seiner Litanei immer noch nicht fertig? Er war neu und sprach das Latein so langsam und nach Worten suchend, dass sie davon gähnen musste. Zwei Reihen vor ihr drehte sich ein junger Mann um. Bram van den Boogaart, der vierundzwanzigjährige Sohn des Notars. Sie hatte ihn längst erkannt. Einen fröhlichen Rücken hatte der, einen, der nie stillhielt. Kräftig auch. An den könnte man sich anlehnen, wenn man im Gras sitzend ein Buch oder einen Klavierauszug las. Er zwinkerte ihr zu. Sie hatte schon öfter auf diesen Rücken gestarrt, der für gewöhnlich von denen seiner jüngeren Brüder flankiert wurde. Beim Starren vergaß sie zu beten, womit sie sich dann einen strengen Blick ihres Vaters einhandelte. Wenn sie in der Schule zwischen den Unterrichtsstunden Zev suchte, erwartete sie genau diesen Blick hinter jeder Ecke oder Klassentür. Nach ihrem Duett auf der Straße war sie ihm ein paarmal in den Pausen zwischen den Stunden in die Arme gelaufen. Bram hatte immer einen guten Einfluss auf ihre Laune gehabt, aber nach einer halben Stunde war er vergessen. Zev ließ sie anders auf die Dinge blicken; sie schien schärfer zu sehen, zu hören und zu denken.

Sie rieb ihre kalten Hände über die Oberschenkel. Abwechselnd streckte sie die Finger und ballte die Hände zur Faust, um die Muskeln zu lockern. Sie waren morgens kalt und steif, trotz der Handschuhe.

Sie sah auf die Uhr: Viertel vor acht. Wenn sie Kommunion und Frühstück sausen ließe, hätten sie eine halbe Stunde Zeit, um zusammen zu spielen. Sie hatten vereinbart, sich reichlich vor der ersten Stunde zu treffen.

Bevor sie den schweren Vorhang am Ausgang des Seitenschiffs zur Seite schob, blickte sie sich ängstlich um. Sie schickte ein kurzes Stoßgebet zum Himmel: Heilige Maria, mach, dass mich keiner sieht. Draußen begann sie gleich zu rennen, so schnell, wie sie noch nie gerannt war. Sie hörte erst auf, als ihr das Blut so weit in den Kopf gestiegen war, dass es den Gedanken an ihren wütenden Vater und einen bösen Kaplan auslöschte. Mit geschlossenen Augen und völlig außer Atem ließ sie sich kurz darauf gegen den Treppenabsatz des Schulgebäudes fallen. Ihr Herz wollte durch den Hals in die Welt hinaushüpfen, und in ihren Ohren rauschte es.

»Geht's gut?«, hörte sie seine Stimme durch das Rauschen hindurch.

Sie öffnete die Augen und streckte eine Hand aus, um sich hochziehen zu lassen. »Genau pünktlich!«, lachte sie.

Sie standen einander Aug' in Aug' gegenüber. Ihr Blick wanderte von der weißen Strähne über dem linken Ohr zu dem Brotkrümel neben seinem Mundwinkel. Ohne nachzudenken, drückte sie ihre Lippen in die Mulde, in der der Krümel kleben geblieben war.

*D*anach sahen sie einander in jeder Pause, besprachen, welche Stücke sie zusammen spielen könnten, und verabredeten sich nach dem Unterricht in einem leeren Klassenzimmer. Aber sie kniff nicht mehr vor der Kommunion aus. Das bereitete ihr zu viele Bauchschmerzen. Sie hatte ihre Strategie geändert und die letzte Bankreihe gegen die vorderste vertauscht. Wenn sie als eine der Ersten die Kommunion empfing, sparte das fünf Minuten.

Oft saß sie schon am Flügel, wenn Zev den Raum betrat. Dann pfiff er mit, was sie spielte, zupfte sie am Zopf oder ließ seine Finger flüchtig über ihren Nacken wandern. Er holte sein Cello aus dem Futteral, setzte sich direkt neben sie, spielte mit. Sie akzentuierte ein bisschen deutlicher, als würde sie ihm beim Spielen eine Frage stellen, und er strich mit dem Bogen seine Antwort. Er spielte eine Frage zurück. Oder eine Einladung: Komm, komm, komm, komm mit … und dann spielte sie nach, was er vorgab. Als hinge ihr Leben davon ab. Wenn sie sich nur richtig konzentrierte, konnte sie seinen Blick ignorieren, der ihren Händen folgte und über ihre Arme und Schultern ihren Rücken abtastete. Sie setzte sich noch gerader hin und bewegte sich mit der Melodie mit.

Zev strich sein Cello auf ungewöhnliche Weise. Es war, als schriebe er mit dem Bogen auf den Saiten. Seine Handschrift war kräftig und regelmäßig, mit Schleifen und Häkchen, ohne Firlefanz. Punkte über dem i, dem j und dem ij vergaß er nie. Eine Handschrift, die man zwischen allen anderen erkannte.

Nachdem sie zwei Wochen lang mit- und füreinander gespielt hatten, stellte er eines Nachmittags sein Instrument beiseite und setzte sich neben sie auf den Klavierhocker: »Es juckt mir in den Fingern, wenn ich an dich denke.«

Wenn er gefragt hätte, ob er sie küssen dürfe, hätte sie vielleicht nein gesagt, aber er bat nicht um Erlaubnis. *Hör die Luftwellen um meinen Kopf herum sich brechen*, summte es, nach einem Gedicht von Herman Gorter, in ihren Ohren. Ein Gefühl, als würde etwas in ihrem Magen brodeln und sich immer weiter nach unten bewegen.

Sie tat, als fiele sie vom Hocker, rannte aus dem Zimmer zum nächsten Toilettentrakt, dabei reflexartig das Bußgebet murmelnd: *Oh mein Gott, alle meine Sünden bereue ich von ganzem Herzen, weil ich von Dir Strafe verdient habe …* Auf der Damentoilette hielt sie ihre Handgelenke unter den Wasserhahn und spritzte sich kaltes Wasser ins Gesicht. Sie verspürte keinerlei Reue. Sie musste raus, ins Freie, um darüber nachzudenken, was sie für morgen zu lernen hatte, nichts war passiert, überhaupt nichts.

Zu Hause war von Liebe wenig zu spüren. Vater drückte Mutter, wenn er von der Arbeit kam, allerhöchstens einmal einen sittsamen Kuss auf die Stirn. Als Kind hatte sie mehrmals einen empfindlichen Klaps auf die Finger bekommen, weil sie es gewagt hatte zu sagen, dass sie keine Lust auf Portulak, Kohlrabi oder getrocknete Pflaumen hätte. Mögen hieße das! »Lust ist etwas anderes«, hatte der Vater geknurrt. Allein das Wort in den Mund zu nehmen war schon eine Todsünde.

Im Bücherschrank ihrer Tante Cato hatte sie die Schriftsteller und Dichter der Tachtiger-Bewegung entdeckt, und im öffentlichen Lesesaal fand sie Bücher für Fräuleins, die sich in Bälde verloben oder heiraten wollten. Darin wurden sie ermutigt, ihre zarte Weiblichkeit zu entwickeln, was auch immer das heißen mochte. Auf keinen Fall jedoch sollten Anleitungen zu einem »gewagten Liebesspiel« vor der Ehe gegeben werden. Wie zum Beispiel inbrünstiges Küssen auf einem Klavierhocker mit einem Studenten im dritten Ausbildungsjahr. Sie wagte es nicht, diese Bücher auszuleihen, sondern las sie an Ort und Stelle in einer Nische zwischen den Regalen, wo der Bibliothekar sie nicht sehen konnte.

Am Tag nach dem vorgetäuschten Hockersturz kam Zev in den Raum, in dem sie die erste Unterrichtsstunde hatte, und gab ihr die Partituren zurück, die sie in der Eile hatte liegen lassen. Er fragte, ob es zwischen ihnen vorbei sei. Sie versuchte, ihm länger als zehn Sekunden direkt in die Augen zu sehen. Ein kleiner Muskel zuckte an seinem rechten Augenlid. Langsam schüttelte sie den Kopf. »Es hat doch gerade erst richtig angefangen.«

Sie wagte es nicht, den ehrwürdigen Vater anzusehen, der am Freitagnachmittag die Luke im Beichtstuhl aufschob. Sie bat um seinen Segen, während sie auf ihre zitternden Knie blickte. Auch in ihrem *Ich bekenne vor Gott dem Allmächtigen meine Schuld* schwang das Zittern mit. Einen Moment lang fühlte es sich wie eine Erleichterung an, um Vergebung für *all* ihre Sünden zu bitten. Dieser junge Kaplan würde sicher nicht bemerken, wenn sie sich nicht traute, ihre größte Sünde zu beichten, Gott der Herr dafür umso mehr. Sie wusste mit Sicherheit, dass sie nun, da sie Zev geküsst hatte, in der Hölle brennen würde.

Sie habe in ihrer Ungeduld die Kommunion einmal ausgelassen, gab sie ehrlich und schuldbewusst zu, weil sie noch etwas für die Schule hätte vorbereiten müssen. Es sei ihr erst am Morgen in der Kirche eingefallen. Es wäre aber auch ein so langer Fußweg zum Korte Beestenmarkt. Eigentlich bräuchte sie ein Fahrrad, aber das könnten sich ihre Eltern nicht so ohne Weiteres leisten. Sie habe sich mit ihrem Vater darüber gestritten, auch das müsste sie eingestehen. Sie hege sehr unfreundliche Gedanken dem Mann gegenüber, der doch das Beste für sie wollte. Hochwürden schlug ein großes Kreuz in den leeren Raum. Gott werde ihr ihre Hast dieses eine Mal noch nachsehen, so ein gerade aufgenommenes Studium sei auch nicht ohne. Aber ab jetzt müsse sie ganz vorn sitzen, dann könne er ihr als einer der Ersten die Hostie reichen. Er erteilte ihr die Absolution und wies sie an, drei Vaterunser und drei Ave-Maria zu beten.

Das Fegefeuer, dachte sie, als sie wieder auf der Straße stand. Vielleicht würde ihre Strafe sich in Grenzen halten.

»Geht's dir gut, Jet?«, fragte ihre Mutter. Sie hatte Jet gebeten, in der Küche Bohnen zu schälen. Die Heftigkeit, mit der ihre Mutter die Seifenlauge schaumig schlug, verriet Irritation. »Ich habe dir doch gesagt, dass du sie nicht durchbrechen sollst, weil ich gleich Speckscheiben darum wickeln will.«

Ein langer Faden, den Jet von einer Bohne abzog, rollte sich zusammen. »Hast du gehört, was ich gesagt habe? Du bist kaum noch zu Hause, und wenn du zu Hause bist, kriegst du den Mund nicht mehr auf.«

»Ich habe es gehört.« Jet knallte den Topf mit den grünen Bohnen so schwungvoll auf den Herd, dass das Wasser über den Rand schwappte, und ging ins Wohnzimmer, um den Tisch zu decken.

Ihre Mutter kam hinter ihr her. Sie blieb in der Tür zum Wohnzimmer stehen, einen Stapel sauberer Servietten in den Händen. »Und, Henriette Hamelink …« Sie versuchte, ihren Blick zu erhaschen, aber Jet drehte ihr den Rücken zu und setzte sich ans Klavier. Wenn sie von ihrem Vater oder ihrer Mutter beim Taufnamen genannt wurde, hatte das nicht viel Gutes zu bedeuten. Jetzt stellte sich die Mutter neben das Klavier, mit dem Rücken zur Wand, sodass Jet ihrem Blick nicht ausweichen konnte. Die Mutter habe vor ein paar Tagen mit der Nachbarsfrau gesprochen und von deren Tochter erfahren, dass sie Jet mit diesem Jungen von Meijling aus dem Feinkostladen zusammen gesehen hätte.

»Wir machen dieselbe Ausbildung, wir studieren zusammen. Das scheint ja echt eine Todsünde zu sein.«

»Nicht so schnippisch, junge Dame! Sie sagte, dass ihr miteinander *gegangen* wärt.«

Der a-Moll-Akkord, den sie anschlug, war wie ein geringschätziger Seufzer. Mahler. Nur mit ihrem Spiel konnte sie ihnen das Maul stopfen, diesen katholischen Klatschweibern, die uberall um sıe herum waren und die immer irgendein Gebot in der Hinterhand hielten. Aufgeregt suchte sie nach den richtigen Noten. Es funktionierte, denn ihre Mutter ging kopfschüttelnd in die Küche zurück. Pastor und Kaplan predigten bis zum Erbrechen, den Nächsten wie sich selbst zu lieben, aber wenn dieser Nächste zufällig den falschen Glauben hatte, dann sollte man das mit der Liebe besser sein lassen. Zum Glück war der Vater nicht zu Hause, denn der hätte sie sicher ins Kreuzverhör genommen, und dann wäre fraglich gewesen, ob sie sich mit Gustav Mahler so leicht hätte aus der Affäre ziehen können.

*Z*ev sagte, dass sie sich unbedingt etwas anhören müsse. Hand in Hand gingen sie zu ihm nach Haus. Ängstlich hielt Jet Ausschau, ob es hier in der Gegend vielleicht Zuträger gäbe. War das da in der Ferne auf dem Fahrrad vielleicht das Nachbarsmädchen? Schnell ließ sie die Hand los und tat so, als würde sie nach einem Taschentuch suchen. Zev sah sie fragend an. »Jet, was ist los? Warum bist du so nervös?«

Sie antwortete nicht. Mit Zev Musik zu machen ging von selbst, reden nicht. Sie machte sich Sorgen, wie es mit ihnen weitergehen sollte, doch er scherte sich keinen Deut darum. Jedes Mal, wenn sich ihm die Gelegenheit bot, flüsterte er ihr ins Ohr, wie schön sie sei, dass sie ihn verrückt mache und er nur bei ihr sein wolle. Aber wenn sie vor ihren Eltern schon verheimlichen mussten, dass sie zusammen gingen, wäre an Verloben gleich gar nicht zu denken.

Vor einem unscheinbaren Haus neben einem Ladengebäude hielten sie an. Drinnen half ihr Zev aus dem Mantel, nahm ihre Hand, zog sie mit durch einen schmalen Flur und öffnete die Tür zu einem etwas schummrigen Hinterzimmer. In einer Ecke stand ein Plattenspieler. Der ganze Stolz seines Vaters, auch wenn er kaum Zeit fand, sich Schallplatten anzuhören. Seine Eltern arbeiteten im Laden. Zev ging manchmal abends ins Büro neben dem Lager, um zu lernen, sagte er, weil es da so gut rieche. Dann könne er sich konzentrieren. Manchmal würde es nach Kaffee und Tee duften, ein andermal nach Muskatnuss, Ingwer und Zimt. Abhängig davon, was an einem Tag verkauft oder angeliefert worden war, und von der Jahreszeit. Um Pessach herum roch der Laden nach Matzen und grüner Seife, zum Laubhüttenfest nach Zitrusfrüchten und getrockneten Äpfeln.

»Ist es für sie in Ordnung, dass ich hier bin?«

Statt einer Antwort bot er ihr einen Stuhl an und befahl ihr, die Augen zu schließen. Sie hörte, wie er einen Plattenkoffer öffnete und anschließend die Nadel auf einer Langspielplatte aufsetzte. Dann war alles um sie herum in Farbe getaucht. »Gershwin«, wusste sie sofort, »Rhapsody in Blue.«

Zev zog sie vom Stuhl hoch und drückte sie an sich. Sie legte ihre Hand auf seine Schulter. Sie bewegten sich durch den Raum, tanzen konnte man es nicht nennen, dafür wechselte das Tempo der Musik zu oft. Jet schloss ihre Augen wieder. Sie sah bei diesen Klängen, die in ihre Ohren strömten, bizarre Formen vor sich. Das hier war zwar klassische Musik, aber nicht die, um die es im Konservatorium ging. Die Klarinette schien direkt aus einer Klezmerband zu stammen. Zev hatte gerade davon erzählt. Er küsste sie am Hals, machte ihren Zopf los, ließ seine Hände durch ihr Haar gleiten und hielt sie dann mit ausgestreckten Armen auf Abstand, um ihr offenes Haar zu bewundern: »So jazzig!«, lachte er.

Sie zog ihn wieder an sich heran. Seine Lippen waren in ihrem Nacken, auf ihren Wangen, auf ihrem Mund. Diesmal flüchtete sie nicht. Hier bei Zev und dem Plattenspieler erwachte eine Sehnsucht nach einer anderen Welt in ihr, einer Welt wie die in den Büchern, die sie bei Tante Cato durchstöbert hatte, wo es Raum und Licht gab, wo Musik gemacht und getanzt wurde.

Zev spielte mit drei Kommilitonen in einem Streich-quartett. Er fragte, ob Jet sich ihnen nicht anschließen wolle.

»Was soll ich als unerfahrene Pianistin denn in einem Streichquartett?« Sie sagte nicht, dass sie Probleme damit hatte, dass Zev und sie in einer solchen Gruppe offiziell ein Paar sein würden. Sie hatte Zweifel, ob sie ihnen vertrauen könnte, Zevs Freunden, und ob vielleicht Verbindungen zu ihrer Pfarrgemeinde bestünden. »Wissen die anderen, dass wir …«

Zwischen zwei Unterrichtsstunden gingen sie im Gedrän-ge den Flur auf und ab. Zev sah sie mit einem breiten Lä-cheln an, beugte sich zu ihr hinüber und flüsterte: »… uns so gerne sehen …« Er küsste sie hinters Ohr.

Sie schubste ihn von sich: »Nicht hier!«

Er zuckte mit den Achseln. »Sie sind wirklich sehr nett.«

Sie überlegte es sich ein paar Tage und beschloss dann, einmal mitzugehen, um die anderen Mitglieder des Quar-tetts zu treffen. Zumindest hätte sie dann wieder eine Aus-rede, um von zu Hause wegzukommen und mit Zev zusam-men sein zu können.

Das Quartett traf sich einmal in der Woche bei Cornelis, dem Geiger, den alle nur Korneel nannten. Er stammte aus Drenthe und wohnte in einem Zimmer oberhalb einer Kneipe im Zentrum der Stadt. Als Jet zum ersten Mal hinter Zev die steile Treppe hinaufstieg, dröhnte seine laute Stim-me durchs Treppenhaus: »Meijling, Mensch … du hast es wirklich geschafft!«

Die Männer klopften sich gegenseitig auf die Schultern. Jet bekam einen festen Händedruck: »Seien Sie willkommen, Fräulein Hamelink, wir haben schon viel von Ihnen gehört.«

Sie nickte nur. Hinter Korneel erschien Loes in der Tür, eine zarte Brünette. »Tag, Jet. Dann mal herzlich willkommen! Lass dich von diesen ruppigen Kerlen nicht ins Bockshorn jagen. Die blöken nur. Wie schön, noch eine Frau in diesem Männerverein … Komm, hilf mir mal beim Kaffeekochen.«

»Hoho, warte mal«, tönte es von einer tiefen Fensterbank her, »darf ich nicht das Vergnügen haben, diese vielversprechende Pianistin kennenzulernen?« Ein junger Mann mit rötlichem Haar und einer Pfeife, die nach Nelken roch, kam auf sie zu: »Tijmen, angenehm.« Er gab ihr einen Handkuss. »Wir sind gut erzogen und nicht so grob, wie sie behauptet, und blöken tun wir schon gar nicht.« Er streckte Loes die Zunge raus. Die zog sie jetzt mit in eine Zimmerecke, wo ein Petroleumkocher auf einem Tischchen neben einem kleinen Waschbecken stand. Sie passten zu fünft und mit all den Instrumenten kaum in die sechzehn Quadratmeter, die Korneel zur Verfügung standen. Zev hatte sich auf dem schmalen Bett eingerichtet, das Cello zwischen den Knien. Korneel stand neben dem Kanonenofen und halb hinter der Tür. Solange niemand hereinkam, ging alles gut. Der Ofen durfte nicht zu stark geheizt werden, sonst würde sich seine Geige sofort verstimmen. Tijmen hatte seine Schuhe ausgezogen und sich mit der Bratsche auf die Fensterbank gezwängt, und Loes, die die zweite Geige spielte, durfte, als alle ihren Kaffee bekommen hatten, auf dem einzigen Stuhl am Tisch sitzen, der sowohl als Schreibtisch, Esstisch und Anrichte diente. Jet wand sich an diesem wackligen Ding vorbei, um sich auf die andere Fensterbank zu setzen. So konnte sie sich hinter den Vorhängen verstecken, wenn sie sich vor diesen Musikern, die einander alle gut kannten, unsichtbar machen wollte.

Sie hatte Zev auf die Idee gebracht, ein Streichquartett von Schostakowitsch zu spielen. Und vielleicht das Quintett, dann könnte sie auch mitmachen.

»Eigentlich ist es Jets Plan«, sagte er, als er sich in der Runde nach Korneel umsah. Es klang stolz.

Der Holzfußboden des Arbeitszimmers war mit Partituren übersät. Auf Strümpfen glitten die Musiker darum herum, zeigten mit ihren Bögen auf bestimmte Passagen, summten, schnipsten mit den Fingern den Rhythmus. Tijmen meinte, dass die Pausen klingen müssten, Korneel fand das übertrieben. Alle vier hatten unterschiedliche Vorstellungen von Intonation, Vibrato und Tempi. Diese Musik war so neu, keiner aus der Freundesgruppe hatte jemals eine Aufführung eines der Werke mitgemacht. Zev musste die Gemüter besänftigen: »Nicht so viel quatschen, lasst uns spielen.«

Jet hörte von der Fensterbank aus zu. Sie registrierte jede Bewegung, die Zev machte, jede Note, die er spielte, jede winzige Geste. Sie legte in ihrem Kopf ein Fotoalbum an. Wenn Zev sich konzentrierte, erschien eine senkrechte Falte auf seiner Stirn. Wenn er sich von der Musik löste und ihren Blick aufzufangen versuchte, sah sie stets einen kleinen Muskel neben seinem rechten Auge zucken. Sie beobachtete den Reigen des Quartetts, lauschte, es machte auf sie einen guten Eindruck. In diesem kalten Zimmer von Korneel lebte sie mit Zev und den anderen die Musik; ihre Knie angezogen, die Arme darum geschlungen. Es bereitete ihr Vergnügen, die Freunde so eifrig bei der Sache zu sehen, zuzuhören und Kommentare abzugeben, wenn einer von ihnen darum bat. Und keiner, der sie sündiger Gedanken verdächtigte.

Die Musik war verklungen, und nun starrten vier erhitzte Gesichter sie erwartungsvoll an. »Ihr seid euch wirklich einig.« Als Reaktion erntete sie ein Lachen. Korneel verdrückte sich auf seinen Socken und holte unten beim Kneipenwirt eine Flasche Wein. Er schenkte die Gläser voll. »Lasst uns auf die neue Musik und auf das Leben anstoßen, auf ein anderes Leben!« Was er damit meinte, verstand Jet nicht so genau.

Mit Bedauern lehnte sie den Wein ab. Sie wurde zu Hause erwartet.

Zev lud sie zum Konzert eines tschechischen Streich-quartetts ein, das Beethoven, Smetana und Janáček im Stadttheater aufführen sollte. Sie war neugierig auf Janáček, hatte noch nie etwas von diesem Komponisten gehört. Bei Korneel hatten sie sich die Stücke für eine Schallplatten-aufnahme überlegt, die sie machen durften. Ihre Aufregung ließ die Temperatur in dem kleinen Raum ein paar Grad ansteigen. Tijmen und Loes plädierten für einen modernen Komponisten, aber Korneel war dagegen. Sie sollten etwas spielen, das sie beherrschten. Schostakowitsch klinge in sei-nen Ohren bisher noch nach gar nichts, und im Übrigen sei es die Frage, ob sie als Studenten überhaupt ein Mitspra-cherecht hätten. Er war für die *Große Fuge* von Beethoven, die für seinen Geschmack modern genug sei. Beethovens Zeitgenossen hatten dieses Streichquartett, eines seiner letz-ten, jedenfalls nicht verstanden. Sie hatten es letztes Jahr bei der Schlussaufführung gespielt und Lob dafür geerntet, weil es eine sehr persönliche Interpretation ohne die geringste Übertreibung gewesen sei. Warum sollten sie es sich selbst so schwer machen? Zev und Jet könnten Brahms spielen, auch damit wären alle glücklich. Tijmen und Loes tauschten vielsagende Blicke. Wenn Korneel etwas richtig fand, gab es dagegen keinen Einwand. Zev übernahm den Part des Schlichters: »Leute, beruhigt euch!«

Jet aber machte sich vor allem Sorgen darum, wie sie es zu Hause verkaufen sollte, dass sie mit diesem »Jungen von Meijling« ausgehen wollte. Sie musste den richtigen Mo-ment abpassen, um zu fragen, ob sie zu dem Kammerkon-zert dürfe.

Am Sonntag nach dem Hochamt kamen Bekannte ihrer Eltern zum Kaffeetrinken. Jet half ihrer Mutter beim Kaffeeeinschenken und bot dann an, etwas zu spielen.

»Ja, bitte«, sagte Frau Wanders zurückhaltend, »sehr schön.« Sie warf einen prüfenden Blick auf Jet. »Kind, dass du in diesen Schuhen laufen kannst!«

Jets Absätze waren vielleicht einen Zentimeter, vielleicht auch nur einen halben Zentimeter höher, als junge Fräuleins sie nach Vorgaben der Frauenzeitschriften und der Etikette zu tragen hatten. Sie setzte sich ans Klavier im hinteren Zimmer. Sie hatte nicht übel Lust, frech »Summertime« anzustimmen, beherrschte sich aber. Gershwin war zu riskant, sie hatte eine Mission. Die Hintergrundmusik, die sie spielte, sollte sich zu ihren Gunsten auswirken. Mozart wäre da richtig; leicht und luftig in A- und C-Dur. Sie würde die Damen und Herren am Kaffeetisch in eine fröhliche, vorzugsweise beschwingte Stimmung versetzen. Für Vater war Mozart eigentlich schon zu frivol. Deshalb musste sie es gut dosieren. Sie spielte ein Andante und ein Allegro, erhöhte das Tempo.

»Ja, sie hat es in den Fingern, die junge Dame«, klang es aus dem Vorderzimmer herüber, »was für flinke Hände.« Das war Herr Wanders. Vater hatte Respekt vor ihm. Wanders hatte ihn zum Vorsitzenden der Kollektensammler vorgeschlagen. In der Pfarrgemeinde war er jetzt eine große Nummer. Er stimmte zu: »Ja, unsere Jet spielt derzeit sehr gut.«

Nach dem Schlussakkord gab es Applaus im Wohnzimmer. Herr Wanders hatte sich dabei von seinem Stuhl erhoben. Sie deutete eine kleine Verbeugung an und verschwand in die Küche, um den Abwasch zu erledigen.

Nachdem Herr und Frau Wanders gegangen waren, setzte sie sich zu ihrem Vater und lenkte das Gespräch auf die Predigt. Ein besseres Thema gab es nicht, um ihn milde zu stimmen. Sie hatte bei der Messe gut aufgepasst. Es war Allerseelen, und man hatte für die Toten gebetet. Der Pfarrer war auf den Krieg zu sprechen gekommen. Sie hütete sich davor zu sagen, dass sie das nach zehn Jahren reichlich weit hergeholt fand. Der Vater war der Meinung, der Herr Pastor habe eine schöne Brücke zur bevorstehenden Fertigstellung der neuen römisch-katholischen Kirche geschlagen. Nach so vielen Jahren sollten sie endlich wieder ihr eigenes Gotteshaus hier im Viertel haben; das würde die Erinnerung an den Atlantikwall verblassen lassen.

Ihre Mutter kam mit einem jungen Klaren und dem Bessengenever herein. Ihr Vater schenkte drei Gläser ein, einen Schnaps für sich selbst und »Beeren für die Damen«. Er erhob sein Glas und sah so feierlich aus, als wolle er ein Tischgebet sprechen.

»Prost!« Jet nahm einen ordentlichen Schluck. »Nächsten Sonntag gibt es ein Konzert im Diligentia-Theater. Ich würde gerne mit dem Quintett dorthin gehen. Das ist doch in Ordnung, oder?«

Ihr Vater wollte, obwohl der Schnaps schon anfing, seine Wirkung zu zeigen, Einzelheiten wissen. Nach ein paar Schlucken Genever wandelte sich sein strenger Blick ins Melancholische. Er fragte, um welches Konzert es gehe, was gespielt werde und von welchem Orchester, wie sie dorthin komme, wann sie gedenke, wieder zu Hause zu sein, und wovon sie es bezahlen wolle. Sie hatte alles auswendig gelernt und leierte es herunter: »Das Smetana-Quartett spielt da, Werke von Beethoven, Smetana und Janáček. Ich kann halb zwölf zu Hause sein, und die Karte bezahle ich von meinem Spargeld.«

Der Vater nickte: »So, so … Das klingt nach etwas Besonderem. Das würde mich auch interessieren. Ich glaube, da komme ich mit. Es ist schon viel zu lange her, dass ich in einem Konzert war.«

Jet trank ihr Glas in einem Zug aus. Das durfte sie jetzt nicht auf den Tisch knallen, auch nicht schreien, dass er überhaupt nichts verstünde und immer nur an sich selbst denke, denn dann wäre ihr Plan ein für alle Mal zunichte. Ihre Mutter schien zu begreifen, dass sie ganz sicher kein Bedürfnis nach Vaters Gesellschaft verspürte.

»Lodewijk, es ist doch für die jungen Leute viel schöner, wenn sie unter sich sind.«

Ihr Vater stimmte brummend zu. Wenn sie nicht Punkt elf zu Hause wäre, würde er sie persönlich holen kommen. Jet sprang von ihrem Stuhl auf und gab der Mutter einen Kuss.

»Wir sollten deine Musikerfreunde doch langsam mal kennenlernen. Lade sie doch am Sonntag vor dem Konzert zum Essen ein.«

Eine Hand wäscht die andere, dachte Jet, als sie die Treppe hinaufstieg.

ie zog Loes ins Vertrauen. Die wusste, was zwischen Zev
und ihr lief, und lebte außerdem auf der anderen Seite
der Stadt. Die Chance, dass jemand aus der Gemeinde sie
kannte, war gering. »Ich brauche für Sonntagabend einen
Anstandswauwau«, begann sie. Sie liefen vom Konservatorium zum Hauptbahnhof. »Na ja, eigentlich ist es noch viel
komplizierter …«

Loes zog die Augenbrauen zusammen.

Jet erklärte, dass Zev sie gefragt habe, ob sie am Sonntag
mit zu einem Konzert komme, was sie wirklich gern wolle,
dass ihre Eltern das aber nicht guthießen, weshalb sie ihnen
weisgemacht habe, dass sie mit dem ganzen Quintett fahren würden. Und nun hätte ihre Mutter sie alle zum Essen
eingeladen.

»Wie stellst du dir das vor?«, fragte Loes. »Glaubst du,
du kannst deine Verliebtheit geheim halten, bis du einund-
zwanzig bist? Dass Zev so lange warten will?«

»Ich weiß es doch auch nicht«, sagte Jet wahrheitsgemäß.
Sie blieb stehen und verstummte. Sie durfte überhaupt
nicht daran denken, was es bedeuten würde, Zev nicht mehr
sehen zu können, wenn sie nicht mehr zusammen spielen
würden. Loes fasste sie an die Schulter. »Sag, was ich für
dich tun kann, Jet, aber du musst Zev erklären, was eigentlich los ist.«

Loes wollte nicht mit den anderen zum Essen kommen
und dort so tun, als würden sie anschließend mit dem ganzen Quintett zum Konzert gehen. »Ich will euch beide gerne
begleiten, meinetwegen als fünftes Rad am Wagen, aber ich
lüge deinen Eltern nichts vor. Sag ihnen, dass ihr zusammen

seid, was wäre denn das Schlimmste, was dann passieren könnte?«

»Ach, du hast keine Ahnung! Mein Vater lebt buchstäblich nach der Bibel. Es ist unmöglich, mit so einem Dogmatiker zu reden.« Und mit getragener Stimme machte sie ihn nach: »Zwei verschied'ne Glauben in einem Bett findet nur der Teufel nett.« Sie wandte sich zum Gehen. Was bildete diese Loes sich ein, sie belehren zu wollen, nur weil sie zwei Jahre älter war? Loes kam aus einem sozialistischen Nest, war frei wie eine Amazone. Hatte gut reden.

»Das mit Sonntagabend wird nichts«, fiel Jet etwas später mit der Tür ins Haus.

Ihre Mutter steckte den Kopf durch den Spalt der Küchentür, wischte ihre Hände an der Schürze ab und ging in den Flur. Jet stieg die Treppe hinauf, ohne noch etwas zu sagen.

»Warte mal. Was wird nichts?«

Ohne sich umzudrehen, erklärte sie, dass niemand Zeit habe, zum Essen zu kommen.

»Ach, wie schade. Und das Konzert?«

Sie ließ die Frage unbeantwortet, machte ihre Zimmertür hinter sich zu und streckte sich auf dem Bett aus. Noch hatte sie Zev nicht Bescheid gesagt, ob sie mitgehen würde. Sie konnte nur hoffen, dass er noch keine Karten gekauft hatte.

Am Samstagnachmittag sollte sich das Quintett zur Probe treffen, obwohl Korneel angekündigt hatte, dass er am Wochenende nach Hause fahren würde. Als Zev und Jet eintraten, band er gerade seinen Seesack zu. Während er seinen Mantel anzog, erzählte er, dass die anderen abgesagt hätten: Tijmen hatte den Geburtstag seiner Schwester vergessen, und Loes schien mit einer Grippe das Bett zu hüten. »Ihr habt das Reich für euch, Leute. Hier ist der Schlüssel. Gebt ihn dann unten ab. Viel Spaß!« Korneel polterte die Treppe hinunter. Vor der Tür traf er den Kneipenbesitzer, der ihm einen Klaps auf die Schulter gab und mit lauter Stimme sagte: »Cornelis, mein Kostgänger, willst du die Stadt verlassen und aufs Land ziehen?« Dann fiel die Haustür mit einem Rumms ins Schloss, und in dem Studentenzimmer war nichts anderes mehr zu hören als das Sirren des Ofens.

»Loes hat überhaupt keine Grippe«, sagte Jet.

»Wieso?«

»Ich habe sie verärgert.«

»Das bildest du dir ein!«

»Das bilde ich mir überhaupt nicht ein. Du steckst den Kopf in die Wolken und siehst nichts!« Mit zwei Schritten war sie an der Tür.

Zev packte sie an den Schultern und versuchte sie in seine Arme zu drehen. Sie riss sich los und lief zum Treppenabsatz.

»Jet, komm, erklär's mir.«

Sie setzte ihren Fuß auf die erste Stufe, besann sich aber und hockte sich auf die Treppe.

Zev schob sich neben sie: »Was ist passiert?«

Sie erzählte von ihrem Gespräch mit Loes. »Es hat was von einer Beichte. Ich reihe eine Lüge an die nächste, seit ich mit dir gehe.« Sie verbarg ihr Gesicht in ihren Händen.

»Ich dachte, es würde dir gefallen, wenn wir zusammen ins Konzert gehen.«

»Das ist auch so«, knurrte sie hinter ihren Händen.

Zev spielte mit ihrem Pferdeschwanz und strich ihr über den Rücken: »Lass uns reingehen, es ist viel zu kalt hier auf der Treppe.«

Drinnen setzte sie sich wie selbstverständlich auf die Fensterbank, mit angezogenen Knien. »Spielst du was?«

Zev packte sein Cello aus, blieb stehen wie ein Bassist, nahm den Bogen und begann mit übertriebener Mimik locker über die Saiten zu streichen. Er könne es nicht ertragen, wenn sie traurig oder böse sei, hatte er vor ein paar Tagen gesagt, weil sie dann so streng aussehe und nicht mehr seine kleine Jet sei. Er spielte etwas von Prokofjew, wenn sie sich nicht täuschte.

Er stellte das Instrument beiseite, fiel vor ihr auf die Knie, faltete seine Hände auf seinem Herzen. »Liebe, schöne, wahre Jet …« Er holte ein kleines Schächtelchen aus seiner Brusttasche und reichte es ihr.

Sie nahm es mit zitternden Händen entgegen.

»Du hast also gewusst, dass wir hier nur zu zweit sein würden? Das ist doch alles ein abgekartetes Spiel!«

»Ich habe nur den richtigen Moment abgewartet.«

Sie fummelte ungeschickt an der Geschenkschleife herum. Zev dachte also durchaus über die Zukunft nach. Entzückt wollte sie sein, aber es gelang ihr nicht. Der Magen drehte sich ihr um. Als sie den Deckel von der Schachtel hob, verschlug es ihr die Sprache.

Zev war aufgestanden und hob ihr Kinn. »Zweifelst du an uns?«

»Es ist einfacher, an etwas zu glauben, das noch nicht existiert. Sobald man es festhalten kann«, sagte sie nachdenklich, als sie den Ring aus der Schachtel nahm, »kann man es auch verlieren.«

»Wenn er richtig passt«, er schob ihr den Ring auf den Finger, »besteht dafür kein einziger Grund.« Er gab ihr den anderen Ring und hielt seinen rechten Ringfinger in die Höhe.

»Andere können es einem wegnehmen.«

»Vergiss die Welt da draußen, Jet. Die innere Welt ist wichtiger.«

Seine Umarmung brachte ihre Gedanken zum Schweigen. Zev zog hinter ihr die Vorhänge zu. Vielleicht kam es durch das gefilterte Nachmittagslicht, dass sie Einzelheiten im Zimmer wahrnahm, die ihr vorher nicht aufgefallen waren; die Vorhangschlaufe, die sich vom letzten Ring an der Stange gelöst hatte, das Häufchen Asche neben dem Steingutaschenbecher auf dem Tisch, das Harzklötzchen, das da herumlag, abgenutzt von Korneels Bogen, der immer wieder darüber gezogen worden war.

Zev löste ihre Haare, hob Jet von der Fensterbank, und während sie ihre Beine um ihn schlang, drehte er sich mit ihr durch das Zimmer. Ihr Haar schwang im Kreise. Sie konnte wieder lachen.

Sie landeten auf dem Bett, zogen einander gegenseitig aus und krochen unter die Steppdecke. Sie roch Moschus und Maiglöckchen. Danach war es, als ob sie nur noch über ihre Haut und ihre Ohren etwas wahrnehmen würde; ihrer beider Atem, der erst gar nicht und dann synchron in Gang kam. All ihre Gedanken fielen in ein schwarzes Loch. Es passierte ganz selten, wenn sie Klavier spielte, dass sie in der Musik so aufzugehen schien und die Umgebung um sie herum völlig versank. Ein Moment der Bewegungslosigkeit, des Gleichgewichts, der kristallklaren Stille, des unbegrenzten Raumes. Bis sie sich ihrer Finger auf den Tasten, ihrer Füße auf den Pedalen, ihres Hinterns auf dem harten Sitz des Klavierhockers wieder bewusst wurde, weil sie eine einzige Note nur ein klein wenig zu lang gespielt hatte.

Der Widerhall von Hundegebell auf der engen Straße brachte sie wieder zu Bewusstsein. Es meldete sich mit voller Vehemenz. Fast wäre sie ohne jedes Schuldgefühl mitten am Tag in Zevs Armen eingeschlafen, hier auf dem schmalen

Bett von Korneel. Was war bloß passiert? Wie hatte sie nur ihren Kopf so verlieren können? Sie setzte sich auf den Bettrand und fing an, am ganzen Körper zu zittern, sie klapperte mit den Zähnen.

Zev setzte sich neben sie, legte ihr den Arm um die Schultern, aber es gelang ihm nicht, sie zu beruhigen. Er raffte ihre Kleider vom Boden zusammen und zog sie an, während er beruhigend auf sie einredete: »Tief Luft holen. So ist es gut. So ist es gut. Dass du bloß nichts anderes glaubst.«

*A*n einem der letzten Wintertage meldete sie sich bei der Mutter Oberin. Der Vater hatte sie hinbringen wollen, aber sie hatte darauf bestanden, allein zu gehen.

»Da bin ich.« Sie stellte ihr Köfferchen neben sich auf den Boden.

Die Priorin musterte sie von Kopf bis Fuß. Jet hatte sich vorgenommen, sich in ihrem schwarzen glockenförmigen Mantel mit Rollkragen und dem schwarzen Barett, unter dem sie ihr Haar zum Knoten gebunden trug, den Anschein völliger Unnahbarkeit zu geben. Sie war in letzter Zeit genug gekränkt worden. Von ihrem Zopf hatte sie sich verabschiedet. Absätze trug sie noch, aber solche, die noch gerade erlaubt waren, keinen Millimeter zu hoch. Unter dem forschenden Blick der Matriarchin straffte sie ihren Rücken und hob das Kinn zwei Zentimeter höher.

»Sie sind pünktlich. Niemand wird es erfahren. Wir werden gut für Sie sorgen, das musste ich Ihrem Vater versprechen. Ich werde Ihnen Ihr Zimmer zeigen.«

Zu dieser Jahreszeit gab es keine weiteren Gäste. Die Mahlzeiten nahm sie im Gästezimmer alleine ein. Sie versuchte zu üben, wenn die Schwestern bei der Arbeit waren. Das Klavier wurde hier normalerweise nur an Feiertagen gespielt.

»Ich werde nirgendwo hingehen, wo ich nicht üben kann«, hatte sie vor ihrer Abreise gesagt.

Sie sollte mal lieber keine zu großen Töne spucken, hatte der Vater erwidert.

Aber die Mutter Oberin ließ sich erweichen. Das Gästehaus befand sich in einem Anbau, die Schwestern würden sie nicht hören.

Sie spielte Tonleitern und Etüden von Czerny. Nichts anderes. Das Üben brachte Ablenkung, war ein probates Mittel, um die Zeit totzuschlagen. Sie spielte nur Geläufigkeitsübungen, um nicht daran erinnert zu werden, wie Zev mit ihr musiziert hatte, denn das würde sie nicht ertragen. Genauso wenig wie den Gedanken an seine Hände. Seine beruhigenden Hände mehr noch als seine neugierigen: in ihrem Haar, an ihrem Rücken entlang, auf ihrem Bauch, der nicht mehr der ihre war.

In den ersten Tagen hatte sie ein paar Sonaten gespielt. Das Fotoalbum in ihrem Kopf hatte sich aufgeblättert, und da sah sie sich wieder mit Zev in einem leeren Klassenzimmer sitzen oder ihre Freunde, wie sie in Korneels Zimmer probten. In der Mitte der dritten Sonate hatte sie plötzlich abgebrochen. Musik machen war nichts für diesen Ort. Und wenn ein Klavier jemals wieder Trost bieten würde, dann nicht dieser schnell verstimmte, ausgemusterte Klimperkasten.

Sobald sie sich bei einer Übung verspielt hatte, fing sie wieder von vorn an, nachdem sie sich zuerst eine Notiz gemacht und die betreffende Passage mindestens dreimal geübt hatte.

Während der kurzen Pausen, die sie einlegte, lauschte sie auf die Stille und folgte den Bewegungen in ihrem Bauch. Sie sollte ihrem einzigen Zuhörer nicht allzu viel Aufmerksamkeit widmen, denn dann wäre es um ihre Konzentration geschehen. Sie ging ein paarmal im Gemeinschaftsraum auf und ab, schüttelte ihre Arme und Hände aus, atmete tief durch und machte weiter. Vier, fünf Stunden am Tag zu spielen, das war die einzige Möglichkeit, um nicht wahnsinnig zu werden.

Wenn sie nicht am Klavier saß, fand man sie hinten in der Kapelle auf der letzten Bank, wo sie dem Chor zuhörte. Vierzig Frauen, die gemeinsam sangen. Die Kraft, die davon ausging, schien die ganze Kapelle anzuheben. Wenn die Schwestern mit ihrem Gesang einsetzten, sorgte das für ein seltsames Gefühl in der Magengegend. Schnell begann sie dann, die verschiedenen Gesangspartien im Kopf aufzuschreiben. Wenn sie Notenlinien vor sich sah, konnte sie die Musik besser verstehen, als wenn sie nur zuhörte. Notenschlüssel, Noten mit und ohne Fähnchen, Pausenzeichen und Dynamik- sowie Tempozeichen verdrängten ihre Ergriffenheit und die Melancholie. Sie würde sich hier nicht kleinkriegen lassen. Solange sie sich nur voll und ganz auf das konzentrierte, was außerhalb ihrer selbst geschah, und es akribisch registrierte.

Nach der Messe ging sie im Wald in der Nähe des Klosters spazieren. Bei einem Moorsee suchte sie nach flachen Steinen, die sie übers Wasser hüpfen lassen konnte. Mit jedem Kiesel sprang eine andere Erinnerung davon: Hier war sie zusammen mit Zev an der Tür ihres Hauses herumgetrödelt und hatte sich noch einmal gefragt, ob es wirklich eine so gute Idee wäre, bei ihrem Vater um ihre Hand anzuhalten; an die Untersuchungsliege bei Doktor de Brauw, von der aus sie genau auf die vor dem Eichenholzschreibtisch des Arztes nervös hin und her scharrenden Füße ihrer Mutter im angrenzenden Zimmer hatte blicken können; an ihren Vater, der sie am Arm in die Kirche schleifte, damit sie beichte, während er unausgesetzt wiederholte, dass sie der Mutter und ihm Schande bereite.

Einmal pro Woche ging sie in das etwa zweieinhalb Kilometer entfernte Städtchen, um dort den Arzt aufzusuchen. Bei ihren Spaziergängen gelang es ihr kaum, nicht zu denken, sich nur auf die Außenwelt zu konzentrieren. Es war die Umgebung, die Gleichgültigkeit der Natur, die einem die Gedanken aufzwang. Warum riss sie nicht aus? In dem Moment, als sie das Tor in der Klostermauer hinter sich schloss, drängte sich ihr die Frage auf. Sie konnte sich hier frei bewegen. Niemand, der sie aufhielt. Aber sie hatte keine Ahnung, wohin sie gehen könnte und was sie ohne Geld und mit zunehmendem Gewicht machen sollte. Außerdem war sie schuldig. Wenn sie versuchte, ihrer Strafe zu entfliehen, würde sie ganz sicher in der Hölle brennen. Also kehrte sie jeden Tag freiwillig in das heilige Gefängnis zurück.

S ie schrieb Zev einen Brief.

28. März 1956

Liebster Zev,

Dir zu schreiben ist ein riskantes Unterfangen, und das nicht nur, weil Du eigentlich gar nicht wissen darfst, wo ich bin. Man könnte vielleicht annehmen, dass es ein Mittel ist, um dem Wahnsinn in diesem Leben ohne Worte entgegenzutreten. Das Gegenteil ist der Fall. Beim Schreiben ist mir Deine Abwesenheit noch deutlicher bewusst und die Stille, in der ich meinen Herzschlag höre.

Mein Vater hat mich in einen entfernten Teil des Landes verfrachtet. Ich habe seine Grenzen überschritten, also musste ich weg, weit weg in ein Kloster, in das seine Schwester eingetreten ist, als sie so alt war wie ich. Sie hat die Priorin bereitgefunden, mich hier aufzunehmen. Es gibt Betreuungsheime für junge Frauen wie mich, aber mein Vater hat nicht einmal im Traum daran gedacht, mich dorthin gehen zu lassen. Wer mit dem Feuer spielt, verbrennt sich die Finger. Meine Mutter hat keinen Versuch unternommen, ihn auf einen anderen Gedanken zu bringen.

Ich hätte nie gedacht, dass man mal zu viel Zeit haben könnte, ich hatte immer zu wenig. Es ist wie mit Schokoladentorte – wahrscheinlich ist es die karge Küche hier, die einem solche Vergleiche mit dem Essen aufdrängt –, ein Stück davon ist köstlich, anderthalb auch noch, aber wenn man eine ganze Torte essen soll, kommt es einem schon bei der Vorstellung daran hoch. Jeder

Tag hier ist eine dreistöckige Schokoladentorte. Jede einzelne Stunde ein riesiges Stück. Ich stehe 6.30 Uhr auf, versuche, fünf Stunden am Tag zu üben, gehe zwei Stunden spazieren, verbringe zwei Stunden in der Kapelle, ruhe eine Stunde, sitze weniger als eine Stunde am Tisch. Ich liege höchstens acht Stunden im Bett, mehr wach als schlafend. Dann bleiben noch immer Stunden übrig. Hätte ich nur eine Aufgabe, das würde helfen.

Die Natur vertrage ich besser als die Klostermauern und -gänge. Draußen setzt einem die Stille weniger zu als drinnen. Selbst wenn ich Klavier spiele, ist es so still, dass ich meine eigenen Gedanken lautstark höre. Ich gewöhne mich daran, die Noten beim Namen zu nennen, damit mein Denken mich nicht zu Dir, zur Schule, zur Stadt, zur Musik und zu dem entführt, was in meinem Innern vorgeht. Wenn sich die dazugehörigen Worte aufdrängen, muss ich sie loswerden. Wenn ich nicht spiele, durch Singen. Laut, und auf Latein, Worte, die nichts sagen und zudem hier keinen Argwohn erregen. Aber innerlich kann ich nur summen.

Essen ist gefährlich. Kauen ist Zermahlen. Ich zähle die Bissen und vergesse die Zahl wieder. In sieben Minuten kann ich ein Abendessen verdrücken, ein Frühstück in fünf.

Nachts ist es verlockend, mit dem Kind zu sprechen. Indem ich es beruhige, könnte ich mich selbst beruhigen. Aber das wäre nicht ehrlich. Mehr als Aufbaustoffe habe ich ihm als Mutter nicht zu bieten. Besser, dass das von Anfang an klar ist.

Mein Zimmer hat etwas von einer Zelle. Ich bekomme Kopfschmerzen von der Kälte. Es gibt ein Bett. Kein Bettgestell, sondern eine Federkernmatratze in einem Metallrahmen. Einen kleinen Holztisch, an dem ich jetzt sitze und schreibe, und einen spartanischen Stuhl. Es gibt ein hohes Fenster. Ich kann den Himmel sehen, an dem manchmal ein Hauch von Frühling *vorbeizieht, und die kahlen Äste der Bäume im Innenhof. Die Wände sind weiß. Der einzige Schmuck ist das Kruzifix über der Tür. Ich habe überlegt, es abzuhängen, doch das habe ich mich noch nicht getraut. Hätte ich doch nur den Mut, nicht mehr zu glauben. Um alles zu vergessen, was ich über Gottes Liebe, über Schuld und Buße gelernt habe. Als Antwort auf diesen Wunsch hallt mir das Glaubensbekenntnis durch den Kopf. Mit dessen Worten ich doch laut ausgesprochen habe, dass ich an die Vergebung der Sünden glaube. Mein Vater sollte diesen Satz aus seinem Glaubensbekenntnis am besten gleich ganz streichen.*

Im Boden des Einbauschranks habe ich ein loses Brett entdeckt. Darunter befindet sich ein Hohlraum. Dort verwahre ich etwas Geld, meine Partituren; die Stücke, die wir zusammen gespielt haben. Dein Foto, unser Foto, den roten Schal. Ich will ihn nicht jeden Tag in meinem Schrank zu Gesicht bekommen.

Ich lerne, mich in Geduld zu fassen. Wenn wir wirklich füreinander bestimmt sind, dann müssen wir warten. Ich trage Deinen Ring. Niemand kann es mir verbieten.

Ich schreibe nicht, was ich Dir eigentlich sagen will. Das kann ich nur, wenn ich Klavier spiele und Du mit dem Cello zwischen den Knien schräg hinter mir sitzt. Ich hoffe, Du wirst warten, bis das wieder geht.

Halt Dich tapfer,
Deine Jet

Die Mutter Oberin hatte Jet verboten, mit den Schwestern zu sprechen, doch eine von ihnen, Schwester Felicitas, tat, als dürfe sie sehr wohl mit Jet reden, und schlüpfte jeden Abend kurz in ihr Zimmer. Es war der schönste Moment des Tages, wenn nach einem kleinen Trommelwirbel an der Tür ihr Vollmond-Gesicht im Türspalt erschien. Sie vergewisserte sich, dass niemand sie gesehen hatte, und schloss geräuschlos die Tür hinter sich. Am ersten Abend war Felicitas gekommen, um zu fragen, wie es ihr gehe, ob sie sich schon ordentlich habe einrichten können. Sie hatte nur genickt.

Felicitas erzählte flüsternd, dass sie auch Klavier gespielt habe, bevor sie hierhergekommen sei. Sie freue sich darüber, dass das Klavier mit Jets Ankunft wieder intensiv genutzt werde, auch wenn sie sich Mühe geben müsse, um Jets Spiel zu genießen.

Wie würde sie ohne eingeschnürte Wangen und mit Haaren auf dem Kopf aussehen, fragte sich Jet. Was mochte diese junge Frau dazu gebracht haben, in einen Nonnenorden einzutreten? Jet wagte nicht zu fragen. Sie war nicht sehr viel älter als sie selbst.

Jet freute sich auf die verbotenen Minuten mit Felicitas. Von ihr bekam sie Zeitungen, die zum Gemüseeinwickeln gedacht waren, und sie schmuggelte auf Jets Bitte auch ein Knäuel weißer Wolle und ein doppeltes Paar Stricknadeln herein.

Nach einiger Zeit übergab Felicitas Jet einen Brief von Zev, den sie auf Anweisung der Priorin eigentlich an den Absender hatte zurückschicken sollen. Das könne sie auch noch machen, nachdem Jet ihn gelesen hätte, fand Felicitas. Das Gehorsamsgelübde müsse manchmal der Nächstenliebe weichen. Dagegen könne Gott nichts haben. Sie hatte den Umschlag geöffnet, indem sie den Klebstoff über Wasserdampf gelöst hatte. Jet sollte ihn später wieder zukleben. Es werde dann so aussehen, als wäre er nie geöffnet worden. Jet hatte

Felicitas erzählt, dass Zev der Vater war, dass sie zusammen am Konservatorium gewesen waren. Das Kind, das sie trage, stamme aus der Musik, die sie zusammen gespielt hätten.

»Wenn das Kind eine Komposition wäre, wie würde es dann klingen?«, fragte Felicitas.

Es war das erste Mal seit ihrer Ankunft hier, dass Jet lachte: »Wie *Porgy & Bess*.«

»Heilige Mutter Maria!«, kicherte die Novizin. Mit tief gebeugtem Kopf, um das Grinsen auf ihrem Gesicht zu verbergen, verließ sie Jets Zimmer.

Zev schrieb:

2. *April 1956*

Liebe, liebe Jet,

ich bin so glücklich über Deinen Brief. Ich habe zum ersten Mal seit dem Riss in meinem Cello wieder geweint. Vierzehn war ich da, und mein Vater war nicht einmal böse.

Endlich weiß ich, wo du bist. In einem Kloster weggesperrt, verdammt! Wenn ich Deinen Vater treffe, kann ich für nichts garantieren. Seitdem Du verschwunden bist, ist alle Musik aus dem Leben gewichen. Ich schlafe nicht, ich esse nicht, ich spiele nicht, ich höre nichts.

In dem Moment, als Du pfeifend eingestimmt hast, da auf der Straße, wusste ich, dass ich nach Dir gesucht habe. Aber jetzt habe ich Dich verloren. Van Gasteren hat mich vor ein paar Tagen nach Hause geschickt, nachdem ich zum x-ten Mal im Unterricht gesessen habe, ohne auch nur eine Note spielen zu können.

Ich kenne die Stille, von der Du schreibst. Vielleicht sollte ich dort nach Dir suchen.

Dein Vater stand hier vor der Tür, nachdem Du verschwunden

warst. Er hat gedroht und gesagt, dass ich es nicht wagen sollte,
mich Dir zu nähern.

Meine Mutter hat zu ihm gesagt, dass er besser gehen solle.
Er habe über den Teufel schwadroniert, erzählte sie, »als würde
er den persönlich kennen«. Es hat sie nicht überrascht. Sie fin-
det, wir hätten heiraten können.

Jet ließ den Brief sinken. Magensäure stieg in ihr auf. Würgend rannte sie zum WC am Ende des Gangs, wo sie die ganze Schüssel voll Galle spuckte.

Ich habe einen Kopf aus Eis. Die Eiseskälte hält jedes Geräusch
fern.

Gestern war ich bei Dr. Groen, unserem Hausarzt. Er hat
meine Ohren untersucht, kann sich aber meine plötzliche
Taubheit nicht erklären. Er fragte, ob ich unter Anspannung
leide. Meinte, dass Nervosität bei Menschen seltsame Dinge
anrichten könne.

Ich muss ruhig bleiben. Und Tabletten schlucken. Die lehne
ich vorerst ab.

Ich habe mich mit Deinem Brief und diesem Notizblock in
meinem Bett verschanzt. Das Schlimmste ist, dass ich Deine
Stimme nicht mehr in meinem Kopf höre. Aus der Zimmerecke
schaut mich mein Cello in seinem Futteral vorwurfsvoll an.
Vielleicht hilft es, dass ich jetzt weiß, wo Du bist.

Wenn Du nur hier wärst, oder ich dort, bei Dir. Ich muss
einen Plan entwerfen, Dich zu entführen. Erst wenn wir zu-
sammen sind, wird das Leben wieder klingen.

Ich weiß nicht, wie lange ich warten kann, ohne etwas von
Dir zu hören.

Ich denke nie nicht an Dich.

Dein Zev

Jet steckte den Brief nicht in den Umschlag zurück, sondern nahm ein Notenblatt und schrieb hastig die Noten vom Thema des *Allegretto grazioso* aus Brahms' Zweitem Klavierkonzert auf. *Lieber Zev, versuche zu pfeifen*, schrieb sie darunter. *Dein Cello kann warten. Musizieren geht nur mit dem Herzen, das musst Du erst wieder zum Schlagen bringen. Danach werden sich Deine Ohren schon wieder öffnen.*

Auch wenn ich versuche, nicht andauernd an Dich zu denken: Du bist immer bei mir.

Deine Jet

Sie faltete das Notenpapier in den Umschlag und klebte ihn zu, wie Felicitas es ihr gesagt hatte. Sie zog einen dicken Strich durch das »Dem sehr geehrten Fräulein Hamelink« und die Adresse des Klosters und schrieb daneben *Zurück an Absender.*

Zevs Brief versteckte Jet im Schrankboden bei ihren anderen Erinnerungen. Nicht, um ihn nachts im Bett wieder und wieder zu lesen, sondern um Beweise dafür zu sammeln, dass ihr Aufenthalt hier nicht ein bloßer Albtraum war. Sie konnte sich nicht vorstellen, dass es später einen anderen Grund geben könnte, sich an diesen Lebensabschnitt zu erinnern.

*F*elicitas sagte Jet bei einem ihrer nächsten Blitzbesuche in kurzen Worten, dass sie gut etwas Hilfe im Gemüsegarten gebrauchen könne. Sie nickte in Richtung Jets Bauch. »Geht das noch?«

»Ich bin doch nicht im letzten Monat«, meinte Jet. Sie hätte Felicitas küssen mögen.

»Ich erwarte Sie dann morgen halb elf.« Und weg war sie wieder. Das Rauschen ihrer Kutte erstarb im Flur.

Die Kartoffeln mussten geerntet werden. Jet verbrachte Stunden mit einem hölzernen Schemel auf dem Feld, alle Stunden, die sie erübrigen konnte. Sie ließ ihr Strickzeug Strickzeug sein, übte weniger, als sie es sich vorgenommen hatte. Alle Kartoffeln mussten aus dem Boden, und es waren nicht wenige.

Sie empfand es als Segen, ein Ziel vor Augen zu haben. Der Geruch feuchter Erde, der aufstieg, wenn sie auf der Suche nach Kartoffeln mit ihren Händen den Boden durchwühlte, machte ihr den Kopf frei. Sie saß in der Julisonne und im Wind auf dem Feld und vergaß, was sie an diesen Ort verschlagen hatte. Eine Kartoffel nach der anderen glitt durch ihre Hände. Sie kratzte die gröbsten Dreckklumpen ab und warf die Knollen in den Korb. Sie zählte sie. Bei hundertfünfzig war der Korb voll. Wenn sie dann aufstand, um ihre Ernte in den Vorratsschuppen zu bringen, war ihr, als hätte sie ein viel zu enges Korsett an. Dann musste sie den Korb abstellen, die Hände in die Seiten stemmen und ein paarmal tief Luft holen. Wenn sich die Bänder ihres Schnürleibchens gelockert hatten, konnte sie weitermachen, und es war angenehm, die Beine auszustrecken. Sie kehrte mit dem leeren Korb zurück, stellte ihren Hocker um und begann wieder von vorne mit dem Zählen.

Ab und zu gönnte sie sich eine kurze Pause, in der sie ihr Gesicht mit geschlossenen Augen der Sonne zuwandte. Sie versuchte sich vorzustellen, Wärme und Licht irgendwie in ihrem Körper zu speichern, für Zeiten, wenn sie beides einmal wirklich nötig hatte. Ein einziges Mal glaubte sie, ihre Mutter würde ihr ermunternd zulachen, als sie die Augen wieder öffnete.

Auch sie hatte ihr geschrieben. Während des Frühstücks hatte die Priorin ihr einen Brief mit der unverkennbar schrägen und strengen Handschrift ausgehändigt. Jet hatte sich bei ihr bedankt, eine Tasse Tee hinuntergestürzt und war, ohne eine Schnitte Brot anzurühren, auf ihr Zimmer gegangen. Sie hatte die Tür hinter sich geschlossen, sich aufs Bett gesetzt und den Umschlag mit erwartungsvoll zitternden Fingern aufgerissen. Ihr Blick schoss auf der Suche nach Worten, die sie wie ein warmer Umhang beschützen und das Licht in ihrem Kopf anknipsen würden, über die Zeilen des knisternden Papiers, doch Blatt für Blatt ließ sie den Brief aus ihren Händen zu Boden gleiten. Der Pastor höchstpersönlich hätte einen solchen Brief schreiben können, vielleicht hatte ihn auch der Vater diktiert. Ihre Eltern beteten für sie, schrieb die Mutter, dreimal am Tag und in der Hoffnung, dass sie nach ihren Verfehlungen auf den rechten Weg zurückfinde. Sie hofften von ganzem Herzen, dass die sakrale Umgebung sie zur Einkehr bringe. Sie könne sich nicht vorstellen, wie viel Kummer sie hätten, wie sehr sie sich für ihre Tochter schämten, und dass sie alles von ihr erwartet hätten, aber nicht das … Wie viel Geld es obendrein kostete, dass sie jetzt in so guten Händen sein könne. Sie las den Brief nicht zu Ende und ging festen Schrittes zum Klavier im Gästezimmer. Sie spielte, so laut sie konnte, ihre Tonleitern, als sollten es ihre Eltern zu Hause hören können. Die Mutter Oberin steckte den Kopf durch den Türspalt und machte mit der flachen ausgestreckten Hand nach unten gerichtete Bewegungen, als ließe sich damit das Geräusch in den Boden pressen. Ihre Lippen waren gespitzt, ohne jedoch einen Scht-Laut hervorzubringen.

Alle weiteren Briefe, die Jet von zu Hause bekam, stapelte sie ungeöffnet auf der hohen Fensterbank ihres Zimmers.

Als sie einige Male ins helle Sonnenlicht blinzelte, erkannte sie Felicitas' Lächeln. Sie saß ein Stück von ihr entfernt, erntete und suchte ihren Blick, um zu sehen, ob alles in Ordnung war. Wie sie in ihrem Habit dahockte, wirkte sie wie ein riesiger Vogel. Sie sollte sie bitten, auch die Briefe ihrer Mutter an den Absender zurückzuschicken.

Zev ließ wieder von sich hören. Es ging ihm etwas besser. Er half seinen Eltern im Laden, er hörte die Türklingel wieder, und ja, es war ihm auch gelungen zu pfeifen. Worauf Jet ihm ein paar Zeilen Brahms in Notenschrift schickte. Darunter schrieb sie, dass die Torte eine Schicht dünner war, seit sie im Gemüsegarten helfen durfte.

In seinem letzten Brief hatte Zev geschrieben, dass sein Gehör zurückgekommen sei und er wieder schlafen könne. Er spiele jeden Tag etwas länger, werde aber nicht ins vierte Jahr versetzt. Die Dozenten hätten nach langer Überlegung entschieden, dass er das Jahr nicht wiederholen dürfe und deshalb seine Ausbildung am Konservatorium abbrechen müsse. Seine Eltern seien der Meinung, dass ihm in dieser Situation niemand besser helfen könne als sein Onkel Itzik, ein begnadeter Geiger. Nur die beste Ausbildung, so der Onkel, sei gut genug, um das Talent seines Neffen weiterzuentwickeln. Der Plan war nun, dass Zev Ende August zu seinem Onkel und seiner Tante nach Amerika ziehen sollte. Ob er das selbst auch für eine gute Idee hielt, ging aus seinem Brief nicht hervor.

Jet hatte sich am Rand des Gemüsegartens auf einen umgestürzten Baumstamm gesetzt. Sie glitt herab und landete im feuchten Gras. Die Rinde des Baumes scheuerte an ihrem Rücken. Als sie ins Kloster gegangen war, hatte sie sich vorgenommen, keine Träne zu vergießen. Wenn es ihr nicht gut ging, dachte sie immer an Zev, der den Clown spielte und sie zum Lachen brachte. Jetzt trieb ihr genau dieses Bild die Tränen in die Augen, und sie wollte gar nicht mehr aufhören zu weinen.

Auf dem Papier in ihren Händen sprangen alle Wörter durcheinander. Amerika? Also würde er doch nicht auf sie warten, arbeitete nicht an einem Plan, sie von hier wegzubringen. Ließ er sich also auch wegschicken? Und was stand denn alles nicht in seinem Brief? War ihr Vater wieder bei der Familie Meijling aufgekreuzt? Hatte er Wind davon bekommen, dass sie sich heimlich schrieben? Hatte die Priorin vielleicht etwas herausgefunden?

Es war schon dunkel, als Felicitas sie fand und kopfschüttelnd bei ihr niederkniete. Sie ergriff ihre Hände. »Ach du lieber Himmel, Sie sind ja völlig durchgeweicht!« Auf ihr »Gegrüßet seist du, Maria« hin legte ihr Jet eine Hand auf den Mund. Sie schaute Felicitas nicht an. Die sah den Brief im Gras liegen, hob ihn auf und steckte ihn in die Tasche von Jets Strickweste. »Ich sollte sie Ihnen nicht mehr geben. Kommen Sie, Kopf hoch! Stehen Sie auf, geben Sie mir einen Arm, ich bringe Sie in Ihr Zimmer und lege Sie mit einer Wärmflasche ins Bett.«

Aber Jet sah keinen Grund, sich in Bewegung zu setzen.

»Fräulein Hamelink, los!«

Es war das erste Mal, dass sie Ratlosigkeit in der Stimme ihrer Freundin vernahm.

Felicitas fing sich wieder, stand auf, strich die Falten aus ihrer Kutte und sagte, dass sie Hilfe holen würde.

Du darfst ihm nicht mehr schreiben, klang es in Jets Kopf, sobald sie wieder alleine war. Du darfst ihm nicht mehr schreiben. Sie konnte nicht ausmachen, wer dieses Verbot aussprach und es pausenlos wiederholte.

*A*ls sich das Kind am Ende des Sommers ankündigte, bewegte sich Jet halb kriechend durch die langen Flure, um Felicitas zu suchen, die sofort eine andere Novizin losschickte, um den Arzt zu rufen. Zusammen mit einer Postulantin hob sie Jet vom Boden auf. Sie packten sie unter den Achseln und schlurften mit ihr zum Krankentrakt.

Nachdem der Arzt sie untersucht hatte, nahm er sie in seinem Auto mit ins Krankenhaus in der Stadt. Jet wollte, dass Felicitas bei ihr bliebe, doch die Krankenpflegerinnen, denen der Arzt sie übergab, schickten ihre einzige Stütze und Zuflucht zurück ins Kloster.

Jet hatte sich so gut wie gar keine Vorstellung machen können, was sie erwartete. Während der wöchentlichen Kontrollen hatte sie den Arzt um Aufschluss gebeten, doch der hatte immer wiederholt, dass sie nur tüchtig beten und sich nicht zu viele Sorgen machen solle. Die Sprechstundenhilfe war ihr einmal hinterhergelaufen und hatte sie ein Stück begleitet. Eine Frau mit einem offenen Lachen. Sie sagte, dass sie darauf achten solle, wie schnell die Wehen hintereinander kämen, dass sie die Schwestern rechtzeitig informieren und daran denken solle, dass sie nicht die Erste sei, die ein Kind bekäme. Sie sah ihr in die Augen: »Keine Angst, du schaffst das schon.« Später lieh sie Jet ein medizinisches Buch, doch in dem Nachschlagewerk waren nur ein paar Absätze der Geburt und dem Wochenbett gewidmet. Daraus war sie auch nicht viel klüger geworden.

Während der Entbindung redete sie sich immer wieder ein, dass sie keine Angst haben müsse. Aber als die Dunkelheit der Nacht in blasses Morgenlicht überging, hielt sie es nicht länger aus. Sie wollte, dass es aufhörte, diese Zermürbungsschlacht und das Leben selbst. Das Aas an ihrem Bett, das behauptete, dass sie nicht richtig presse, sollte zur Hölle fahren. Sie brüllte nach Zev.

Auf der Welle der Erleichterung, die die Geburt verursachte, beugte sie sich wie von selbst vor, um ihr Kind in den Arm zu nehmen. Doch flinke Hände hatten schon die Nabelschnur durchtrennt und das Baby weggebracht, bevor sie danach greifen konnte. Die Krankenpflegerin verließ mit dem warmen Bündel den Raum, Gott weiß, wohin. Als es Jet gelungen war, sich aus dem festen Griff der Hebamme zu befreien, und sie brüllend in der Tür erschien, zerriss Felicitas, die anscheinend wiedergekommen war und im Flur gesessen hatte, ihren Rosenkranz. Dutzende von Perlen hüpften über den Boden, das Keramikkreuz zerbrach in zwei Teile.

Jet zeigte auf die Krankenschwester, die inzwischen das Ende des Flurs erreicht hatte: »Halt sie auf, halt sie auf! Felicitas, tu etwas, es ist *mein* Kind!« Obwohl sie sich kaum auf den Beinen halten konnte, versuchte sie, der Krankenschwester hinterherzugehen. Nach zehn Schritten brach sie zusammen. »Diebe!«, rief sie, »Verbrecher!« Hatte sie sich die Entbindung noch einigermaßen vorstellen können – von den schlimmen Phantomschmerzen, die sie nun heimsuchten, hatte sie keine Ahnung gehabt.

Felicitas eilte auf sie zu, stellte sie gemeinsam mit der Hebamme wieder auf die Beine, strich ihr über den Kopf und brachte sie zurück ins Bett, während sie unablässig auf sie einredete – es war fast ein Singsang. Dass sie es gut gemacht habe, dass sie jetzt schön schlafen würde, dass sie stark sei, dass Gott ihr vergeben werde. Jet wurde in eine Leibbinde gewickelt und erhielt ein Beruhigungsmittel, danach schlief sie einen Tag und eine Nacht durch.

An den Tagen, die folgten, wollte ihr Mutterkörper nicht verstehen, dass es kein Kind zu stillen gab. Kalte Kompressen, empfahl der Arzt, aber eine freundliche Krankenschwester wusste es besser. Sie schlang Jets Oberkörper in glühend heiße Wickel, damit die Milch abfließen konnte.

Seit sie aus ihrem komatösen Schlaf erwacht war, hatte sich die Welt in ein gleichmäßiges Grau verwandelt, und es gab nichts mehr zu sagen. Wenn sie versuchte, sich auszuruhen, hörte sie fortwährend das Baby schreien. Es half nichts, dass sie sich die Ohren mit Watte zustopfte. Um nicht verrückt zu werden, holte sie sich die Partitur von Mahlers Klavierquartett in a-Moll vor ihr geistiges Auge und versuchte, die linke und rechte Hand getrennt durchzugehen, mit den Fingern in der Luft zu spielen. Nach ein paar Takten wurde die Musik in ihrem Kopf schon wieder von Babyweinen übertönt.

*M*itte September wurde Jet zur Priorin gerufen. Dort wartete ihr Vater mit dem Hut in der Hand im Empfangsraum. Sie bekam ein Nicken zum Gruß.

Wie angewurzelt blieb sie in ein paar Metern Entfernung stehen: umkehren oder weitergehen? Er war grauer geworden, das ließ das Blau seiner Augen sanfter erscheinen. Es war das Hellblau einer weit zurückliegenden Vergangenheit, von den Malen, wenn sie als Kind auf seinem Knie gesessen und Lieder für ihn gesungen hatte. Sie hatte ihn noch nicht erwartet, sie war kaum wieder auf den Beinen. Er ergriff die ausgestreckte Hand der Mutter Oberin, legte seine linke Hand darauf und sagte, er sei so dankbar, dass sie, die ehrwürdige Mutter dieser noblen Kongregation, seine Tochter so lange in ihre Obhut genommen habe. Was hätte aus ihr werden sollen, wenn sie nicht in diesem Kloster in Sicherheit gebracht worden wäre? Bei diesen Worten, die er mit Nachdruck aussprach, bewegten sich die ineinander verschlungenen Hände auf und nieder. Jet sah angewidert zu.

»Sie können Ihren Koffer packen, Fräulein Hamelink«, sagte die Priorin, »ich habe in der Zwischenzeit noch das eine und andere mit Ihrem Vater zu besprechen. Melden Sie sich wieder hier, wenn Sie fertig zur Abreise sind.«

Jet drehte sich abrupt um. Ihr wurde übel. Musste sie mit diesem Judas wieder nach Hause gehen und so tun, als wäre nichts geschehen?

In ihrem Zimmer zog sie den Koffer unter dem Bett hervor, warf ihre Kleider hinein und löste das Brett im Boden des Schranks, um ihre Vergangenheit herauszuholen. Durch die Feuchtigkeit hatten die Fotos ihre Form verloren, ihre

Noten ebenfalls. Sie hielt sich den Briefstapel unter die Nase und glaubte, die Erde aus dem Gemüsegarten zu riechen.

Sie betrat den Empfangsraum, ohne zu warten, bis man auf ihr Klopfen antwortete. Ihr Vater steckte gerade sein Scheckheft wieder ein und schraubte den Füllfederhalter zu. Die Priorin wandte sich Jet zu und sagte, sie könne sie nicht gehen lassen, bevor sie nicht ein Gelübde abgelegt habe. Auf den Knien und mit der Hand auf der Bibel müsse sie versichern, zu keinem Zeitpunkt zu versuchen, mit dem Kind in Kontakt zu treten. Jet drückte die Heilige Schrift an ihre Brust, krallte sich am Blick ihres Vaters fest und schwor, dass sie nie, aber auch wirklich nie wieder Kinder bekommen würde.

Das sei nicht das, was Gott von ihr verlange, meinte die ehrwürdige Mutter.

»Ihr Gott hat nichts mehr von mir zu verlangen!« Sie sprang auf, knallte die Bibel auf den Tisch, nahm ihren Mantel und den Koffer und verschwand.

Mit den Schuhen in der Hand rannte sie durch den endlosen Klostergang. Sie hoffte, dass ihr Vater und die Priorin unverzüglich auf die Knie gefallen waren, um Gott um Vergebung für sie, die noch immer verirrte Tochter, anzuflehen. Erst wenn ihr »Amen« verklungen wäre – und das könnte ein Weilchen dauern, wie sie die Mutter Oberin kannte –, würde es ihr Vater wagen, ihr hinterherzukommen.

Felicitas war in der Waschküche. Sie umarmten sich schweigend. Die Klinke der Hintertür schon in der Hand sagte Jet: »Wenn mein Vater mich sucht: Ich war nicht hier.«

Ihre Freundin hob die gefalteten Hände in ihre Richtung. Sie würde weiterhin für sie beten.

Im Gemüsegarten las Jet einen schönen Stein auf. Würde sie noch einmal eine Gelegenheit finden, Felicitas zu erklären, dass sie ihn nicht als Andenken mitgenommen hatte?

Am Rand des Moorsees breitete Jet im Sand den Seidenschal aus. Sie nahm all die Sachen aus dem Leinwandkoffer, die sie in den letzten Monaten wie Reliquien aufbewahrt hatte, und legte sie auf den roten Stoff: Briefe, Karten, ein paar Fotos, Partituren, die selbstgestrickten Söckchen. Ein Opfer auf einem Gebetsteppich. Sie kniete sich daneben und betrachtete alles mit teilnahmslosem Blick. Sie zog den Ring von ihrem Finger. Bevor sie ihn an dem Bändchen befestigte, das sie um ein Babyfüßchen hatte schlingen wollen, starrte sie auf die Gravur in der Innenseite: Zev 15-11-'55. Als ob sie je vergessen könnte, was da stand. Ein letztes Mal schob sie ihn zurück und zog ihn dann entschlossen vom Ringfinger. Zum Schluss legte sie den Stein zu den ganzen Sachen.

*A*uf Gleis 4 stieg sie aus dem Zug, ließ sich auf einer Holzbank vor dem Wartesaal nieder und sah zur Bahnhofsuhr hinauf, die sie am liebsten mit einem einzigen Blick zum Stehen gebracht hätte. Wo sollte sie hin, wenn nicht nach Hause? Welchen Ausweg bot diese Stadt, in der sie so lange gelebt hatte, in der sie Freunde besaß und eine Ausbildung begonnen hatte? Welche Lösung war ihr bisher nicht eingefallen? Sie sah hoch zur Bahnhofsüberdachung, studierte, wie die Bögen zusammengenietet waren, wie das starre, schwere Metall in anmutigen Rundungen das Gerippe des Glasdachs formte, durch das jetzt warmes Abendlicht einfiel. Tauben flogen hin und her. Das Bild Felicitas', die auf dem Feld arbeitete, drängte sich ihr auf. Sie musste sich nach einem neuen Schutzengel umsehen. Jemandem, der sich in ihre Lage versetzen konnte und gleichzeitig mit ihren Eltern, von denen sie vorläufig noch abhängig war, auf gutem Fuße stand. Ein Duft von warmen Waffeln zog aus dem Restaurant. Entschlossen stand sie auf und nahm die Straßenbahn zur Küste.

Tante Cato, in einer eleganten Hose und auf Socken, zog eine Augenbraue hoch, als sie Jet die Tür öffnete: »Schau an, wen wir da haben.« Mit ihrem symmetrischen Gesicht, den hohen Wangenknochen, dem vollen dunklen Haar, das sie in einem Knoten trug, und ihren langen Beinen war sie der Prototyp einer klassischen Schönheit. Zumindest ohne ihre Brille mit den dicken Gläsern. Wenn sie die absetzte, sah man, wie stark sie schielte. »Komm rein, kleiner Komponist.« Sie küsste Jet auf die Wange und hielt sie mit ausgestreckten Armen auf Abstand. »Das ist lange her. Ich habe dich vermisst, mein Schatz. Ich vermute mal, du bist nicht gekommen, um zu kontrollieren, ob ich das Klavier stimmen lassen muss.«

»Ich wollte fragen, ob ich ein Weilchen hierbleiben kann.«

Cato sah den Koffer neben ihren Füßen und strich ihrer Nichte eine Haarsträhne hinters Ohr: »Du scheinst eine ziemlich lange Reise hinter dir zu haben.« Sie trug das Gepäck hinein.

»Hat Mutter dir etwas erzählt?«, fragte Jet.

»Nein, das wird dein Vater ihr sicher verboten haben. Aber ich habe Augen im Kopf, und logisch denken kann ich auch. Selbst wenn ihr hättet verbergen wollen, dass ihr ineinander verliebt wart, du und ›dieser Junge von Meijling‹, wie deine Mutter ihn zu nennen pflegte, es wäre euch nicht gelungen. Wie zwei Chamäleons, die die Farbe der Liebe angenommen haben, so habt ihr ausgesehen. Ich habe dich nur einmal hier vorbeigehen sehen. Dass du in einem Sanatorium wärst, hätte man mir nicht weismachen können.« Sie setzte ein schiefes Lächeln auf. »Sagen wir, dass ein Weilchen erst mal ein halbes Jahr ist. Ich mache dir das Gästezimmer fertig. Schau dir in der Zwischenzeit das Klavier an, darauf ist seit Monaten nicht mehr gespielt worden.«

Jet öffnete den Klavierdeckel. Ihr Flohwalzer klang ziemlich munter auf dem verstimmten Instrument.

Cato war die jüngste Schwester von Jets Mutter. Sie war etwa dreißig Jahre alt, unverheiratet und Lehrerin. Jets Vater schien vor ihr ein bisschen Angst zu haben. Jet hatte sich nie getraut zu fragen, warum sie nicht verheiratet war. Als Kind hatte sie hier die Musik entdeckt. Wenn sie bei ihrer Tante übernachten durfte, ging sie ihrer eigenen Wege, und Cato, die ein Haus voller Bücher besaß, fantastische Geschichten erzählen konnte und immer einen Grund fand, Zucker-waffeln zu backen, ließ sie gewähren. Sie sagte nie, dass ihr Rock schief säße oder dass sie etwas mache, was sich nicht gehöre. Von dem Moment an, als Jet das Klavier entdeckt hatte, nannte sie sie »meinen kleinen Komponisten«, und bei jedem ihrer Besuche sagte sie, wie sehr sie ihr Spiel ge-nieße, auch wenn es noch so schlampig und unkonzentriert war, und dass die Musik das letzte Wort habe. Das hatte Jet nie verstanden, doch jetzt, als sie nach einer halben Ewigkeit wieder hier saß und spielte und diese Behauptung unter den Tönen Gestalt annahm, wurde ihr plötzlich die Bedeutung klar.

Cato stellte keine Fragen. »Ich sage deinen Eltern Be-scheid, dass du hier bist.« Es war nicht mehr und nicht weniger als eine sachliche Mitteilung. »Such dir einen Job, dann kannst du für dich selbst sorgen. Ich glaube, dass sie beim Notar um die Ecke jemanden suchen.«

Jet befolgte ihren Rat gern; wenn sie nicht nach Hause wollte, war das die logische Konsequenz. Es war eine Er-leichterung, dass ihre Tante von selbst anbot, ihren Vater und ihre Mutter zu informieren.

Bis zu dem Moment, in dem Jet bei der Notariatskanzlei van den Boogaart anrief, war ihr nicht klar gewesen, dass es Brams Vater war, der dort sein Büro hatte. Bram hatte sie hauptsächlich von hinten gesehen, damals in der Kirche. Sie konnte sofort als Empfangsdame und Sekretärin anfangen. Ihr erstes Gehalt legte sie Cato als Kostgeld aufs Teebrett. Die gab ihr prompt die Hälfte zurück, weil sie es für wichtig hielt, dass Jet etwas beiseitelegte.

Jet war stolz, dass sie auf eigenen Beinen stand und et-was zu tun hatte. Wenn sie am Nachmittag von der Arbeit kam, spielte sie Klavier. Sie wusste nicht, wie und wann sie ihr Studium wieder aufnehmen würde, aber mehr und mehr vertraute sie darauf, dass der Moment schon kommen würde. Tagsüber, wenn sie etwas zu tun hatte, konnte sie sich wieder darauf besinnen, wann sie zufrieden gewesen war, sogar vor der Zeit mit Zev: wenn sie quer durch die ganze Stadt zum Klavierunterricht ging, wenn sie am Morgen barfuß im taufeuchten Garten stand, wenn der Geruch von Catos frischgebackenen Mandelkeksen sie versöhnlich stimmte.

Nachts lag ein Drache in einer roten Kutte unter ihrem Bett, er hatte ein stummes Baby in den Händen, das sie mit großen, verängstigten, wasserblauen Augen ansah. Jedes Mal, wenn sie versuchte, das Kind zu ergreifen, löste er sich in nichts auf.

An einem Freitagnachmittag traf sie Bram im Büro. Er hatte sie schon eine ganze Weile in der Kirche vermisst. Jet sagte, sie sei aus gesundheitlichen Gründen auf dem Land gewesen. Sie sah an ihm vorbei auf die aneinanderhängenden Holzleisten, aus denen der Rollladen des Aktenschranks bestand. Die Konstruktion faszinierte sie; dass eine Schranktür durch ihre Flexibilität solide sein konnte! Obwohl Brams etwas vierschrötiges Gesicht mit den buschigen dunkelblonden Augenbrauen mindestens so vertrauenerweckend aussah wie seine Rückenpartie, war es befremdend, ihm jetzt Aug' in Aug' gegenüberzustehen. Bram fragte nicht weiter und sagte ohne Umschweife, dass er sich freue, sie wiederzusehen, denn er sei schon seit Jahren in sie verliebt. Sie gingen etwas trinken und spazierten von nun an ein paarmal in der Woche die Strandpromenade auf und ab. Jet begann, Bram wie den Bruder zu schätzen, den sie nie gehabt hatte, und sie fühlte sich bei ihm ebenso wohl wie bei Cato. Als er sie fragte, ob sie ihn heiraten wolle, sagte sie nur, dass er sich darüber im Klaren sein müsse, dass sie sich kein Kind wünsche und ihr Klavierstudium fortsetzen wolle.

*A*ls sie am Arm ihres Vaters und in ihrem viel zu weißen Kleid durch den Mittelgang der Kirche schritt, sagte sich Jet, dass sie nicht die Erste sei, die heirate, dass sie keine Angst zu haben brauche. Sie war noch nicht volljährig, sonst hätte sie den Kontakt zu ihren Eltern nicht wieder aufgenommen. Ohne Cato, die sich als Vermittlerin angeboten hatte, hätte es nicht geklappt. Als sie gut ein Jahr nach ihrer Abreise wieder über die Schwelle ihres Elternhauses trat, zeigte sich, dass Bram ein Mann war, mit dem sie nach Hause kommen konnte. Für sie erwies er sich dort zudem als ein mit Geld nicht aufzuwiegender Blitzableiter.

Sie war froh, dass sie einen Schleier trug; die neue Wirklichkeit wollte sie gar nicht allzu deutlich sehen. Es wäre einfacher gewesen, wenn Cato sie dem Bräutigam hätte übergeben können. Sie war Trauzeugin, immerhin. Jet fand es überraschend, dass niemand etwas gegen diese Heirat einzuwenden hatte. Und Felicitas hatte sie lieber keine Einladung zur Hochzeit geschickt. Jedes Kind hätte erkennen können, dass Jet zwar einverstanden, aber nicht in der Lage war, aus voller Überzeugung »ja« zu sagen, da sie eigentlich die Braut eines anderen war.

Nachdem die Ehe geschlossen war, zogen Jet und ihr frischgebackener Ehemann nach Brüssel, um sich dort für längere Zeit niederzulassen. Vater van den Boogaart hielt es für wichtig, dass sein ältester Sohn erst einmal seinen Horizont erweiterte, bevor er in das Familienunternehmen eintrat. Einer seiner Studienfreunde hatte gefragt, ob Bram ihm bei der Ausarbeitung eines Entwurfs für das Statut einer europäischen politischen Gemeinschaft assistieren wolle. So eine Chance bekommst du nur einmal im Leben, war sein Vater überzeugt. Jet hatte nichts dagegen, ihre Eltern auf Distanz zu halten, außerdem hatte sie an ihrem neuen Wohnort einen namhaften Klavierlehrer gefunden und beschlossen, das Staatsexamen abzulegen. Sie fand keine Worte, als sie sich von Cato verabschiedete. Schweigend umarmte sie ihre Tante.

»Du bist nicht aus der Welt, kleiner Komponist. Diesmal weiß ich, wo du steckst. Brüssel ist eine pulsierende Stadt. Ich werde dich besuchen.«

Die neue Umgebung, ihr neuer Dozent mit seiner ganz anderen Methodik taten Jet gut. Er stellte kaum Fragen über ihre musikalische Vergangenheit. Aber sobald sie sich an die Werke von Brahms oder Schostakowitsch wagte, saß Zev wieder schräg hinter ihr. Sie schickte ihn jeden Tag aufs Neue weg, aber er war taub gegenüber dem, was sie ihm sagte. Melancholie schlich sich in ihr Spiel.

Als Herr und Frau van den Boogaart-Hamelink zogen Jet und Bram in ein herrschaftliches Haus, in dem sie mit Leichtigkeit zehn Kinder hätten unterbringen können. Sie richteten zwei Arbeitszimmer, eine Bibliothek und zwei Gästezimmer ein. Jet war von der Akustik begeistert, Bram von der zentralen Lage und dem Garten, in dem Petersilie, Rosmarin, Erdbeeren, Johannisbeeren und ein Feigenbaum wuchsen. »Der wird es in diesem Klima nicht schaffen«, prophezeite Jet. Aber Bram rieb sich schon die Hände und freute sich auf seine hausgemachte Marmelade. Der Blickfang im Garten war eine Linde. Ihr robuster Stamm und die bizarre Form kündeten von einer reichen Vergangenheit. »Drum herum baue ich eine Holzbank«, war das Erste, was er ausrief, als sie zusammen mit dem Vermieter das Haus besichtigten. Jet sah es mit Erstaunen: Ihr Mann brauchte nichts, um glücklich zu sein. Manchmal sprang es fast auf sie über.

Bram scharte eine Reihe von Bekannten um sich, Gesellschaftstier, das er von Haus aus war, und lotste seine Frau mit zu Umtrünken, Abendessen und Vorträgen. Sie besuchten Konzerte, Museen und gingen ins Theater. Der Beginn der Weltausstellung verwandelte Brüssel in eine aufregende Stadt. Jet war froh, dass ihr Mann eine Leidenschaft fürs Kochen entwickelte, und es war ihr egal, dass er sich damit auf ihr Terrain begab. So viel Geduld und Hingabe sie an den Tag legte, um einen schwierigen Klavierpart zu meistern, so viel Ungeduld und Unvernunft zeigte sie, wenn sie ein einfaches Gericht zubereiten musste. Bram schickte sie dann kichernd aus der Küche. »Spiel du mal ein bisschen Mozart unters Soufflé.«

Nur am Sonntag gingen sie noch zur Messe. Die Ankündigung des Zweiten Vatikanischen Konzils war der Auftakt einer Ära, in der sie langsam, aber sicher das Joch der Kirche von sich abschütteln würden. Eines Abends, als der Herr Pastor vor der Tür stand, begrüßte ihn Bram mit den Worten: »Ich schenke Ihnen gerne einen Kaffee und einen holländischen Getreidegenever ein, aber wir werden nicht über Familienzuwachs sprechen. Wir brauchen keine katholische Einmischung in unsere Zukunftsplanung. Wollen Sie immer noch reinkommen?«

Der Pastor machte sich nach dem Kaffee aus dem Staub, und Jet war Bram dankbar. In solchen Momenten fragte sie sich, was er über ihren Aufenthalt im Kloster wusste. Was brachte ihn dazu, für sie in die Bresche zu springen, was fand er an ihr, dass er sich ihren Wünschen unterordnete? Es war nicht wahrscheinlich, dass der Vater ihn ins Vertrauen gezogen hatte, der musste um seinen guten Ruf bangen. Und auch Catos Sache war es nicht, hinter ihrem Rücken mit Bram zu reden. Jet kam es nicht in den Sinn, sie direkt danach zu fragen. Alle Gedanken und Worte, die sie auf die Zeit bei den Nonnen verschwendete, beschworen wieder Bilder herauf, die sie aus der Bahn werfen würden. Also gab sie Bram, der die Zeitung las, einen Kuss in den Nacken und kündigte an, dass sie für ihn Chopin spielen würde. Einen Walzer in Dur. Sie konnte sich nicht erinnern, dass sie jemals ein Stück in Moll für ihn gespielt hätte. Sie trug ein neues tailliertes Kleid aus Crêpe de Chine, und sein Blick kribbelte ihr das Rückgrat hinauf, als sie zum Flügel ging.

Er war ein unkomplizierter Liebhaber.

*A*m Ende des Sommers kamen die Eltern wie verabredet nach Brüssel. Seit Jet verheiratet war, gestaltete sich der Kontakt mit ihrem Vater und ihrer Mutter weniger schwierig, obwohl sie in der Zeit ihres Besuchs viel mehr Zeit als sonst in der Küche verbrachte und Bram inzwischen das Gespräch in Gang hielt.

»Für dich ist ein Brief gekommen«, sagte ihre Mutter, als sie beim Kaffee saßen. Bram hatte gerade vorgeschlagen, einen Rundgang durchs Haus zu machen.

»Fein, danke.« Jet versuchte, so unbeteiligt wie möglich zu klingen, und nahm den Brief an sich. Sie drehte den Umschlag um. Er kam aus dem Kloster. Wäre er von Felicitas gewesen, hätte die ihn sicher wie beim letzten Mal zu Cato geschickt.

»Machst du ihn nicht auf?«

Die Mutter schien davon überzeugt zu sein, dass es zwischen ihr und Bram keine Geheimnisse gab. »Gleich. Ich dachte, ihr würdet gerne sehen, wo ihr schlaft.« Sie legte den Brief zur Seite und hoffte inständig, dass die Mutter nicht darauf zurückkommen würde. In der Zwischenzeit sah Bram sie fragend an. »Wichtige Post?«

»Nachricht von einer befreundeten Schwester.« Es war, als würden die Worte auf ihrer Zunge zu Eiswürfeln werden. Ihr »Komm, lass uns das Gepäck ins Zimmer bringen« war kaum zu verstehen.

Bram musterte sie mit einem forschenden Blick von Kopf bis Fuß. In seinem fröhlichen »Das machen wir, und dann kann das Fest beginnen« klang durch, dass er in ihrer Körpersprache etwas gelesen hatte, das ihn beunruhigte. Auf der Treppe nach oben legte er einen Arm um sie.

Den Brief öffnete sie auf der Toilette. Es war ein förmliches Schreiben des Klosters, das sie darüber informierte, dass das Kind bei guter Gesundheit war. Die Pflegeeltern, von Haus aus Katholiken, seien dankbar, und auch sie dürfe sehr dankbar sein, dass es ein so gutes Zuhause gefunden habe. Nicht, dass ein Beweis dafür beigefügt worden wäre. Die Adoptiveltern würden es das Kloster sicher nicht wissen lassen, wenn das Kind ein schlechter Schläfer war und stundenlang weinend in seinem Bettchen lag. Beigefügt war ein Zettel von Felicitas, in dem ein Foto mit geriffeltem Rand eingeschlagen war, das ein gut genährtes Baby auf einem Schaffell zeigte.

Liebe Jet, ich weiß nicht, ob ich gut daran tue, Dir dieses Bild zu schicken. Die Priorin hat mich angewiesen, es im Archiv aufzubewahren. Besser, es ist bei Dir als in einem dunklen Ordner.

Ihr Schutzengel schrieb auch noch, dass es diesmal eine zähe Angelegenheit sei, die Kartoffeln einzubringen, und dass sie Jet im Gemüsegarten vermisse.

Jet betrachtete das Foto aus nächster Nähe und hielt es weiter weg, sie suchte nach etwas, das sie erkennen würde: den Haaransatz, das Grübchen im Kinn, den Blick. Es konnte sowohl ein Junge als auch ein Mädchen sein. Sie roch an dem Papier, als wäre es möglich, den Geruch ihres Kindes durch das Bild aufzufangen. Sie ließ ihren Finger über den gezackten Rand gleiten. Nichts geschah. Es blieb das Porträt eines Babys, das im Schaufenster beim Fotografen hängt: ein Niemandskind. Sie konnte nicht sagen, was überwog, die Bestürzung über diese Erkenntnis oder die Erleichterung. Es klopfte an der Toilettentür: »Alles in Ordnung?«, fragte Bram.

Sie steckte das Foto in den BH und legte den Umschlag auf den Spiegelschrank. Niemand würde ihn dort suchen. Wenn die Eltern wieder weg waren, würde er zu den alten Zeitungen kommen.

Nachts weckte Bram sie auf, strich ihr über den Kopf: »Liebes«, sagte er ihr ins Ohr, »du schreist im Schlaf.«

Jet knipste das Licht an, setzte sich auf und trank das Wasser, das Bram ihr reichte. Er sah besorgt aus: »Gibt es etwas, das ich wissen sollte? Stand in diesem Brief etwas Beunruhigendes?«

»Nur ein Traum«, sagte sie, als ob Bram sie wegen etwas anderem geweckt hätte, »als Kind habe ich immer einen Haufen Abenteuerbücher zusammengeträumt. Meine Eltern holen vergessene Geschichten in mir hoch.«

»Die anscheinend nicht so harmlos sind.«

Im Traum hatte Vater hoch oben auf der Kanzel mit dem Foto des Babys in der Hand gestanden, wie ein Priester, der die Hostie zeigt. »Verflucht sei dieses Kind«, hatte er den Brüdern und Schwestern zugerufen und das Porträt in Dutzende kleiner Schnipsel zerrissen, die er von oben auf sie hinabrieseln ließ.

Jet schaltete das Licht wieder aus. »Ich werde mein Bestes tun, dich nicht mehr wach zu schreien.« Sie küsste ihren Mann, den sie mit ihrer gespielten Unbeschwertheit nicht zum Lachen verleiten konnte.

»Du hast meine Frage nicht beantwortet«, sagte Bram, bevor er sich umdrehte.

Sie blieben in Brüssel, bis das europäische Statut ausgearbeitet war, und kehrten dann in die Niederlande zurück, wo sie in einem eleganten Stadtviertel ein Herrenhaus bezogen, weit genug von der Gegend entfernt, in der sie aufgewachsen waren. Jet legte erfolgreich ihr Solisten-Examen ab, wurde immer öfter für Konzerte gebucht und machte erste Schritte auf den roten Teppichen verschiedener Konzertsäle.

Bram fing als Notar in der Kanzlei seines Vaters an, der sich langsam, aber sicher zurückziehen wollte. Es war seltsam, wieder in ihrer alten Stadt zu sein. Jet sah, wie sehr Bram sich schon wieder in seinem Element fühlte. Er genoss es, dass seine Familie in der Nähe war, besonders nun, da sie alle naselang zu Auftritten unterwegs war. Seine Brüder und Schwägerinnen kamen gern vorbei, und die Neffen und Nichten waren verrückt nach ihrem Onkel, der fantastische Torten backen konnte oder Pfannkuchen oder ihnen einen Strammen Max mit Speck vorsetzte.

Meijlings Laden gab es immer noch, hatte Jet festgestellt. Sie war an einem der ersten Tage nach ihrer Rückkehr auf dem Fahrrad kopfscheu daran vorbeigefahren. Würde sie es wagen, hineinzugehen? Um was genau zu sagen? Dass sie verheiratet war, dass es dem Kind gut ging und ob sie Zev von ihr grüßen könnten? Fortan änderte sie ihre Route.

Eines Nachmittags traf sie Korneel in der Stadt.

»Jet!«, rief er, als er sie am Arm packte. »Du bist wieder da. Und wie gut du aussiehst! Du glaubst gar nicht, wie ich nach dir gesucht habe.«

Seine Stimme brachte sie zurück auf die steile Treppe, die zu seinem Arbeitszimmer über der Kneipe führte. Da waren die Freunde, da spielte ihre Musik. Sie sah Zev in die Augen, als sie seinem Freund in die Augen blickte. Wenn Korneel sie nicht angesprochen hätte, wäre sie vor Schreck weitergegangen. Nun stand sie zitternd da und wusste nicht, was sie sagen sollte. Sie trat von einem Bein auf das andere.

»Komm, lass uns Kaffee trinken, ich habe dir viel zu erzählen.«

Bevor sie sich's versah, saßen sie in einem Café. Er sei in eine sehr anständige Wohnung umgezogen, und obwohl er inzwischen bei den Rotterdamer Philharmonikern eine Anstellung habe, wolle er nicht nach Rotterdam umziehen. Er erzählte so, wie er auch eine Partita spielen würde: geschwind und vivace.

Und wie sei es ihr ergangen? Er habe gehört, dass sie zum Studium nach Brüssel gegangen und inzwischen eine gefragte Pianistin sei.

Sie brauchte nur zu nicken. Sie rührte in ihrem dünnen Kaffee, nahm all ihren Mut zusammen und fragte: »Was hast du mir zu sagen?«

Zum ersten Mal nach einer Viertelstunde verstummte Korneel. Er trank seine Tasse aus, stellte sie neben die Untertasse und malte mit dem Löffelrucken ein Muster in den Kreis, den der Kaffee zurückgelassen hatte. »Zev hat dir aus Amerika geschrieben; jede Woche einen Brief. Er wusste nicht, wie er dir die Post zukommen lassen sollte. Er konnte sie ja schlecht an deine Eltern adressieren. Also hat er mir seine Briefe geschickt. Er hat mich beauftragt, herauszufinden, wo du geblieben bist. Das ist mir nicht gelungen. Ich habe bei deinen Eltern vor der Tür gestanden, die mir hoch und heilig versprachen, dir Bescheid zu geben, dass ich da gewesen sei und dich sprechen wollte. Irgendwann habe ich Zev geschrieben, dass es keinen Sinn habe, dass er aufhören und sich auf sein Leben in Boston konzentrieren solle. Es hat mich enorm frustriert, wenn wieder so ein Luftpostbrief auf die Türmatte fiel und ich nichts anderes tun konnte, als auch den wieder oben auf den Stapel zu packen.« Er stand auf, legte seine Hand auf ihre und sah sie streng an. »Bleib da, wo du sitzt. Ich bin gleich wieder da.«

Sie wollte weglaufen, saß aber von einem Moment auf den anderen wie angewurzelt auf ihrem Platz. Es durfte nicht sein, dass die Geschichte von Zev und ihr wieder hochkam. Sie hatten keine gemeinsame Zukunft, und deshalb wollte sie auch nicht wissen, was Zev ihr all die Monate geschrieben hatte. Sie musste diese Vergangenheit verbrennen.

Nach fünf Minuten kam Korneel mit verschwitztem Gesicht und einem Schuhkarton zurück, den er vor sie auf den Tisch stellte. »Es sind hundertsiebenundvierzig; das Gewicht eines schweren Herzens.« Er sah noch strenger aus als eben. »Immer zwanzig zusammengebunden. Sieben Bündel und sieben Einzelstücke. Der letzte Brief liegt obenauf. Den habe ich vor anderthalb Jahren bekommen.« Ehe sie etwas erwidern konnte, zog er wie aus dem Nichts eine LP unter dem Tisch hervor und reichte sie ihr: »Unsere Plattenaufnahme habe ich auch für dich aufgehoben. Du warst gerade weg, als sie erschienen ist.«

Jet wollte sagen, dass sie besser daran getan hätte, in Brüssel zu bleiben. Aber sie schluckte ihre Worte herunter. »Ich könnte jetzt einen Schnaps vertragen«, sagte sie. »Du auch?«

Nachdem sie den jungen Klaren in einem Zug hinuntergestürzt hatte, stand sie auf und klemmte sich die Schachtel unter den Arm: »Du bist jedenfalls von diesem Erbe erlöst.« Sie ließ ihre Hand einen Moment auf Korneels Schulter ruhen. »Schön, dass du der Hüter dieses Dramas sein wolltest. Ich meine das nicht zynisch. Lass es dir gut gehen.«

Es war nicht die Jahreszeit, den Kamin anzuzünden. Bram würde sicherlich Fragen stellen, wenn sie an einem Sommertag wie diesem Feuer machen würde. Außerdem war immer er derjenige, der sich um das Feuer kümmerte, während sie sich davon fernhielt. Sie nahm Kurs auf Cato, die einen Holzofen besaß, der für diese Zwecke geeignet war. Obwohl ihr die Beine wieder zitterten, jetzt unter dem Einfluss des Alkohols, verspürte sie Lust, die ganze Strecke an den Straßenbahnschienen entlangzulaufen. Doch das würde ihr zu viel Gelegenheit zum Nachdenken geben. Also ließ sie die Straßenbahn vorbeifahren und hielt ein Taxi an. Als würde sie sich zu einem Konzert bringen lassen.

»Du hast Glück, dass ich zu Hause bin«, begrüßte Cato sie. »Ich habe dich eine Ewigkeit nicht mehr gesehen, und dann rufst du nicht mal vorher an.« Sie sah Jet prüfend an. »Aber ich sehe schon, es ist ein spontaner und notwendiger Besuch.«

»Entschuldige, ich fürchte, du hast recht. Ich bin gekommen, um hier etwas in Verwahrung zu geben, bis es draußen kalt genug ist, es zu verbrennen.« Sie klopfte auf den Schuhkarton.

»So, so«, sagte Cato und schickte sie auf den Dachboden. »Du kennst den Weg. Aber leg bitte dein Geheimnis irgendwo hin, wo ich nicht aus Versehen darüber stolpere.«

Bevor Jet den Karton in den kleinen Raum hinter dem Schornstein stellte, hob sie den Deckel an und starrte auf die Briefbündel, die sorgsam mit dünnen, rot-weiß gedrehten Kordeln verschnürt waren. Ihr Herz raste so sehr, dass es wehtat. Sollte sie nur den letzten Brief mitnehmen? Lass es, sagte eine strenge Stimme in ihrem Kopf, das wäre der Anfang vom Ende.

Als sie wieder nach unten kam, saß ihre Tante mit selbstgemachtem Eistee da. »Was soll ich dir schenken, kleiner Komponist? Trost, Mut, Einsicht?«

»Stille«, antwortete Jet prompt.

»*Silenzio*«, sagte Cato feierlich, während sie mit großem Schwung einschenkte. Es wirkte für ihre Verhältnisse etwas übermütig. »Solange du nur weißt, dass das in der Regel eine Scheinlösung ist.«

»Verstanden«, antwortete Jet der Form halber.

Allmählich wurde sie zu einer schlechten Schläferin. Jede Woche wurde nachts ein Schwung Briefe aus Amerika am Strand angespült, stand ein verlorener Musiker vor der Tür, oder der Vater saß auf dem Rand des Ehebettes und erklärte ihr, dass es für sie wirklich keinen Platz im Himmel gebe.

»Jet, wird es nicht mal Zeit, dass du mit jemandem redest?«, fragte Bram, wenn sie wieder von ihrem Schreien aufwachten.

Sie meinte, es sei am besten, den Hirngespinsten so wenig wie möglich Aufmerksamkeit zu schenken. Wenn man anfing, darüber zu reden, wurden sie noch Wirklichkeit.

*K*urz vor ihrem vierundvierzigsten Geburtstag kam Jet eines Abends nervös an den Tisch. Sie war gerade aus München zurückgekehrt und stand schon wieder zur Abreise nach Stockholm bereit. Bram hatte Champignonsuppe aufgetan, von der Jet noch keinen Löffel angerührt hatte.

»Keinen Appetit? Mein Süppchen ist mir wirklich gut geraten.«

»Wir müssen reden.«

Bram legte seinen Löffel auf den Tellerrand und sah Jet erwartungsvoll an.

»Ich bin schwanger, Bram, schon im fünften Monat, wie es scheint. Ich habe nichts gemerkt. Ich habe zwar etwas zugelegt, aber immer angenommen, dass es mit dem Alter zusammenhängt. Man kann es jetzt nicht mehr wegmachen.«

»Wegmachen? Dass du überhaupt nur daran denken kannst!« Über den Tisch griff er nach Jets Händen. »Wir bekommen ein Kind. Das ist eine fantastische Nachricht! Ich werde Vater! Besser spät als nie.«

Jet erhob sich vom Tisch, ging in den Wintergarten und blieb vor der Gartentür stehen. Sie starrte nach draußen, wo die Linde, die noch längst nicht so weit war wie ihr Baum in Brüssel, triefnass dastand. Die selbstgebaute runde Bank war in Brüssel geblieben, und Bram hatte keine neue gemacht. Jetzt würde er das sicher tun, wahrscheinlich auch einen Sandkasten anlegen und vielleicht ein Kletterhaus oder eine Baumhütte. Sie musste, obwohl sie es nicht wollte, darüber lächeln. Er stellte sich hinter sie und legte seine Hände auf ihren Bauch. »Kann ich es schon fühlen?«

Sie wusste es nicht. Sie hatte Angst, um nicht zu sagen, sie war ratlos. Wie sollte sie ihren Beruf mit der Mutterschaft vereinbaren? Sie hatte schon so oft gesagt, dass es ihr nicht vorherbestimmt sei, Mutter zu werden. Sie wüsste nicht, was sie mit so einem Würmchen anfangen sollte. Wegen ihres fortgeschrittenen Alters bestünde zudem das Risiko, dass das Kind nicht gesund sei. Das war es, was sie Bram sagte. Das Einzige, wovor sie wirklich Angst hatte, war, dass die Erinnerungen an ihre erste Schwangerschaft wieder hochkämen und sie durch das neue Kind ihre Sehnsucht nach dem ersten nicht mehr unterdrücken könnte.

Sie hatte damals fast sofort gewusst, dass etwas nicht in Ordnung war. Sie roch die Menschen, die vor und neben ihr in der Kirche saßen, die säuerlichen Ausdünstungen von Sachen, die in die Wäsche gehörten. Der Geruch von Weihrauch ließ sich überhaupt nicht ertragen. Außerdem war sie ständig durcheinander; ließ eine Partitur zu Hause liegen, übersah eine Übung, die sie hätte machen müssen, verlor ihre Schlüssel, ihren Rosenkranz oder ihren Füllfederhalter. Normalerweise hielt sie ihre Sachen in Ordnung. Sie machte sich selbst weis, dass es von der Sünde käme, dass sie deshalb so aus dem Konzept war, weil sie etwas getan hatte, was sie jetzt bereuen müsste. Sie bereute es nicht, aber schuldig fühlte sie sich trotzdem, und sie bekam Bauchschmerzen. Sie wunderte sich nicht, dass ihre Periode ausblieb, und fast unmittelbar danach hatte es begonnen, dass sie sich übergeben musste. Es erforderte eine ziemliche Anstrengung, das zu verheimlichen. Wenn ihre Mutter unten war, tat sie es oben, und war sie oben, flüchtete sie nach unten. Sie versuchte, so wenig Lärm wie möglich zu machen, indem sie den Kopf, so tief es ging, in die Toilettenschüssel steckte, sofort das Fenster aufriss, damit der beißende Geruch nicht in der Luft hängen blieb, und sorgfältig alle Spuren verwischte. Sie konnte fast nichts mehr bei sich behalten und nahm kiloweise ab. Das hatte allerdings den Vorteil, dass in den ersten Monaten niemand etwas bemerkte. Wenn es Zeit für ihre Periode war, weichte sie ihre sauberen Binden mit einem kräftigen Schuss Blut ein, das von Herzen stammte, die sie beim Metzger in der Nähe des Konservatoriums kaufte. Das Fleisch verfütterte sie an die Nachbarskatzen.

Ihre Mutter war argwöhnisch geworden, weil sie so wenig aß.

»Mit dir ist was, Jet«, hatte Zev nach ungefähr fünf Wochen gesagt, »du hast plötzlich keine Wangen mehr.« Sie waren mit der Straßenbahn zum Meer gefahren, um sich den Wind um die Nase wehen zu lassen. Seinen Vorschlag, irgendwo eine heiße Schokolade mit Rum zu trinken, hatte sie abgelehnt. Fäustling in Fäustling gingen sie die Strandpromenade entlang, der scharfe Wind blies ihnen die Mützen vom Kopf. Sie waren dann doch in ein Café gegangen, um sich aufzuwärmen. Im windstillen Vorraum hatte Zev sie an sich gezogen. Hier konnten sie einander zumindest verstehen.

»Ich glaube, dass ich schwanger bin, Zev.« Es war heraus, ehe sie sich's versah.

Seine Augen leuchteten wie Perlmutt, aber er schüttelte gleichzeitig den Kopf. Das war nicht gut.

Ihre Mutter erfuhr es erst nach Monaten. »Ich mache dir einen Termin beim Arzt«, hatte sie eines Montagmorgens gesagt, »du siehst aus wie der Tod persönlich. Vielleicht hast du ja eine schwere Anämie.«

Doktor de Brauw hatte Blut abgenommen und sie untersucht. »Ihre Tochter ist fast im vierten Monat, Frau

Hamelink«, sagte er, als sie wieder neben ihrer Mutter vor seinem Schreibtisch Platz genommen hatte.

Ihre Mutter ließ ihren Blick vom Arzt zu Jet und wieder zurück wandern. »Sie müssen sich irren.«

»Mevrouw, ich irre mich nicht. Ihre Tochter bekommt ein Kind.«

»Genau, *sie* hat sich geirrt«, sagte Jet, »oder, besser gesagt, sie ist abgeirrt, und deshalb ist sie offenbar nicht ansprechbar.« Sie stand auf und verließ ohne Gruß das Sprechzimmer.

Bram versuchte, sie zu beruhigen. Er sei doch auch noch da, er könne auch weniger arbeiten, wie sehr er sich schon darauf freue, sie könnten Tests machen lassen, die zeigten, ob das Baby gesund wäre, es werde schon schiefgehen, und der Rest werde sich von selbst regeln. In seiner Aufregung verhedderte er sich mit seinen Sätzen.

»Komm, ich mache die Suppe noch mal warm. Du musst jetzt tüchtig essen.«

»Ich kriege keinen Bissen runter.«

Als er mit dem Topf in die Küche ging, sah Bram über die Schulter und ulkte: »Willst du mir sonst noch etwas sagen? Ist es vielleicht nicht mein Kind?«

Jet ließ sich in einen Sessel im Wintergarten fallen und schloss die Augen. »Es wäre schön, wenn es so wäre«, murmelte sie vor sich hin. Nicht zu verstehen für Bram, der in der Küche lauthals »Summertime« schmetterte.

Ganz gegen seine Gewohnheit schlug Bram vor, mit nach Stockholm zu kommen. Jet hielt das für keine gute Idee. Höchstens zweimal im Jahr begleitete er sie auf ihrer Tournee. Sie fand es anstrengend, ihre Aufmerksamkeit zwischen dem Klavier, ihren Kollegen und ihm aufzuteilen. Meist wählte sie ein Konzert, das technisch nicht so anspruchsvoll war. Jetzt wäre seine Gesellschaft sicher beruhigend für sie, aber gleichzeitig fürchtete sie sich davor, was sich ihr im Schlaf aufdrängen und was ihr Bettgenosse davon mitbekommen würde.

»Ich würde am liebsten aufs Fahrrad springen und es jedem erzählen, der es hören will«, seufzte Bram.

»Warte damit bitte noch ein bisschen.«

Nach dem Abendessen blieb Jet im Wintergarten sitzen, und Bram kündigte an, dass er sich an einen Plan für das Kinderzimmer setzen würde.

»Wir haben noch vier Monate Zeit. Es sind zwar keine neun mehr, aber wir haben noch alle Zeit der Welt.«

Der werdende Vater zuckte mit den Achseln, rieb sich die Hände und ging in sein Arbeitszimmer.

*B*ei der Ankunft im Stockholmer Hotel hängte Jet ihr Abendkleid auf und zog sich für eine kurze Siesta aus. Vom Bett aus lugte sie durch die Wimpern auf den kirschfarbenen Stoffstreifen am Schrank. Ein Wimpel, breiter war er nicht. Sie stand wieder auf und versuchte in das Kleid hineinzukommen. Sie hatte es in den Koffer gelegt, ohne einen Moment darüber nachzudenken, wie eng es anlag, so eng, dass sie den Reißverschluss nicht mehr zubekam. Sie zog das Kleid wieder aus, das immer wie eine zweite Haut gesessen hatte, und warf es in eine Ecke.

Dieses Kind war ein Irrtum. Damals fanden das andere, diesmal war sie selbst davon überzeugt.

Sie brauchte jetzt unverzüglich ein neues Kleid. Es blieben ihr noch genau anderthalb Stunden. Jetzt bedauerte sie, dass Bram nicht mitgekommen war. Er würde sagen, wie schön sie aussähe, selbst wenn sie sich in einen alten Vorhang gewickelt hätte, und dass sie sich keine Sorgen machen sollte. Dass ihr Publikum mit geschlossenen Augen lauschen und ihr niemand etwas anmerken würde. Er hätte ihr in der Umkleidekabine mit einer Engelsgeduld fünfunddreißig Kleider angereicht, wenn denn überhaupt so viele in Frage gekommen wären. Aber in dieser fremden Stadt kannte sie nicht die richtigen Geschäfte. In den drei Ungetümen, die sie abwechselnd anprobierte, wirkte sie eher, als sei sie im siebten statt im fünften Monat. Sie wollte schon aufgeben; sie würde zum ersten Mal in ihrer Karriere ein Konzert absagen und eine Krankheit vorschützen, da holte die Verkäuferin ein klassisches Kleid mit hoher Taille und weit fallendem Rock hervor. Es hatte nicht im Laden gehangen, weil ein kleines Dreieck hineingerissen war. Das könne genäht werden, man werde nichts mehr davon sehen, versicherte ihr die Verkäuferin. Sie bezahlte das Doppelte dessen, was sie für das gleiche Kleid in den Niederlanden bezahlt hätte. Schimpfend blätterte sie den Betrag hin.

Bevor sie ihr Hotelzimmer verließ, hatte sie vor dem Spiegel ausprobiert, wie sie den Rock anheben musste, was notwendig war, wenn sie die Bühne betrat und verließ. Solange sie den Stoff nur weit genug raffte, war nichts zu sehen. Fragen zu ihrer körperlichen Verfassung würde sie nach dem Konzert nicht beantworten.

Wegen der Suche nach dem neuen Kleid wurde es nichts mit ihrer Vorbereitung, die aus einem festen und beruhigenden Ritual bestand: ein oder zwei Bananen essen, die Partitur noch einmal flüchtig durchsehen, Übungen, um Schultern und Finger zu lockern, umziehen, Haare hochstecken, schminken. Sie ging mindestens dreimal zur Toilette und lief so lange wie möglich auf Strümpfen herum. Obwohl sie längst vom Glauben abgefallen war, schickte sie, ehe sie der Welt in Abendtoilette entgegentrat, immer ein »Stößerchen« zum Himmel, wie Felicitas ein Stoßgebet genannt hatte. In ihrer ganzen Verwirrung vergaß sie es diesmal.

Als sie die Bühne betrat, reichte sie auf dem Weg zum Flügel wie üblich dem ersten Geiger die Hand. Der Mann erinnerte sie so sehr an Zev, dass sie beinahe vergaß, seine Hand wieder loszulassen. Aber Zev spielte keine Geige. Ausgerechnet heute Abend stand Brahms auf dem Programm, das Erste Klavierkonzert. Sie wischte ihre feuchten Hände an der spröden Seide um ihre Oberschenkel ab, spürte, wie sich der Blick des Geigers in ihren Rücken bohrte, und dann geschah, was in all den Jahren noch nie passiert war;

sie begann falsch. Der Dirigent klopfte aufs Pult und ließ das Orchester abbrechen. Ihr Kopf brannte inzwischen, als hätte sie mehr als vierzig Grad Fieber. »*I'm so terribly sorry*«, sagte sie mindestens dreimal. Der Dirigent wandte sich dem Publikum zu und sagte etwas auf Schwedisch, wobei er sich über den Bauch strich. Das Publikum begann zu lachen und applaudierte. Doch Jet hob ihre Hand, als ob sie den Verkehr stoppen wollte, hielt die andere Hand vor ihr Gesicht, und im Saal wurde es still. Es galt, den Gedanken, dass ihre Schwangerschaft jetzt eine weltbewegende Nachricht wäre, gar nicht erst aufkommen zu lassen. Sie konzentrierte sich auf die Noten; der Schreck über ihren Ausrutscher trieb sie an. Ihr Kopf blieb zum Flügel geneigt, auch wenn sie den Blick zum Dirigenten richtete; das Instrument reichte ihr die Töne an, und sie musste sie nur einen nach dem anderen entgegennehmen. Sie konnte es sich nicht leisten, noch einen fallen zu lassen. Ihre Kiefer schmerzten vor lauter Konzentration. Sie spielte das Konzert fehlerfrei zu Ende.

Sie bekam stehende Ovationen. Auch der Dirigent applaudierte ihr, dann beugte er sich zu ihr herunter: »Die Klasse eines Solisten erkennt man daran, wie er einen Fehler ausbügelt.«

*D*er Hausarzt schickte sie zum Gynäkologen, weil bei ihr als vierundvierzigjähriger Frau das Komplikationsrisiko hoch war. Sie dürfe nicht unter der Aufsicht einer Geburtshelferin entbinden.

»Ist das Ihr Erstes?«, fragte Doktor Gijzel beim ersten Vorstellungsgespräch routinehalber. Sie war froh, dass sie einen Termin ohne Bram vereinbart hatte. Es dauerte einen Moment, bis sie zu einer Antwort in der Lage war. »Nein«, antwortete sie knapp.

Der Arzt bat sie, sich auf die Liege zu setzen. Er befühlte ihren Bauch und fragte, wie viele Kinder sie bereits habe. Ohne ihre Antwort abzuwarten, informierte er sie, dass das Wachstum des Babys den Schwangerschaftswochen entspreche.

»Eins«, sagte sie.

»Ein was?«

»Kind, was sonst?«

»Wie alt?« Der Gynäkologe zog einen Bügel des Stethoskops aus dem Ohr.

»Sechsundzwanzig.« Ihr Herz schlug im Brustkasten, als würde sie eine Todsünde beichten.

Jetzt ließ er beide Ohrbügel wieder um den Hals baumeln. »Das ist also schon eine Weile her.«

Es überraschte sie beinahe, dass er ihr nicht auftrug, einen Rosenkranz zu beten, stattdessen fragte er, wie die Entbindung seinerzeit verlaufen sei.

Er legte die Manschette des Blutdruckmessgerätes um ihren Oberarm.

»Ich könnte es Ihnen nicht mehr sagen.«

»Dann muss es wohl eine komplizierte Geburt gewesen sein. Aber wie man sieht, auf normalem Wege.«

Rhythmisch drückte er ein paarmal den schwarzen Ballon zusammen, den er in der Hand hielt. Dann las er die Werte ab: »Der untere Wert ist gut, der obere zu hoch. Haben Sie sich sehr angestrengt, bevor Sie hierhergekommen sind, machen Sie sich um etwas Sorgen?«

»Ich muss übermorgen ein schwieriges Konzert spielen. Ich habe eigentlich gar keine Zeit, hier zu sein.«

»Sie sind Konzertpianistin, ich weiß. Ich empfehle Ihnen, mindestens sechs Wochen vor dem errechneten Datum aufzuhören, besser acht. Sie haben einen stressigen Beruf.«

»Das wird leider nicht gehen. Das Kind ist nicht geplant, meine Tourneen schon.«

»Mevrouw, wenn Sie sich einen Finger brechen, können Sie auch nicht spielen.«

»Das ist mir zum Glück in meiner ganzen Laufbahn noch nicht passiert.«

»Sie können am Empfang einen Termin für Ultraschall und einen Kontrolltermin in drei Wochen vereinbaren. Vielleicht bringen Sie dann auch Ihren Mann mit. Es ist immer schön, auch den Vater vor einer Entbindung kennenzulernen. Die Ergebnisse der Tests sollte ich dann ebenfalls haben.« Er gab ihr die Hand: »Guten Tag, Frau van den Boogaart.«

»Hamelink«, korrigierte sie ihn.

»Du regst dich auf«, sagte Bram, der sie, als er nach Hause kam, am Flügel vorfand.

»Ich war beim Gynäkologen.« Sie war über den Beethoven hinweg kaum zu verstehen. »Was für ein Naivling. So einer, der glaubt, dass man zwei Monate vor dem errechneten

Datum aufhören sollte zu spielen. Das wäre in zwei Wochen.«

Bram fragte, ob sie nicht eine kurze Pause einlegen könne. »Das wäre doch sehr vernünftig. Du wirst bald nicht mal mehr an die Tasten heranreichen.«

Jet zuckte mit den Achseln, sie hatte keine Lust, darüber zu reden. Sie sollten alle aufhören, ihren Senf dazuzugeben. »Ich weiß selbst gut genug, was geht und was nicht geht. Ich will keinen Marathon laufen. Ich mache nur Musik, davon kriegt das Kind nichts. Bäuerinnen arbeiten auch bis zum letzten Moment auf dem Feld. Es muss gesät werden, die Ernte muss eingebracht werden. Niemand, der das unnormal fände.« Sie spielte das Zweite Klavierkonzert an der Stelle weiter, an der sie abgebrochen hatte. Doch Bram nahm ihre rechte Hand. Die linke hörte von selbst auf. So gebieterisch kannte sie ihn gar nicht. »Unser Kind wird etwas zurückbehalten, wenn du dich weiterhin weigerst, zur Kenntnis zu nehmen, dass du schwanger bist. Und du kannst mich ruhig ein bisschen mehr einbeziehen.« Er ließ ihre Hand los und ging in die Küche.

*E*ines Samstagmorgens im Spätherbst flüchtete Jet zum Bäcker. Es war ein ausgesprochener Novembertag, düster und nasskalt. Wetter, um drinnen am Ofen zu bleiben, wenn Bram ihr dort nicht mit so vielen Fragen zusetzen würde. Hatte sie das letzte Konzert nun endlich abgesagt? Hatte sie gespürt, wie sich das Baby heute Morgen bewegt hat? Hatten sie alles im Haus? Hatte sie ihre Tasche für das Krankenhaus schon gepackt?

Ihre Gedanken kreisten nicht um das Baby. Sie versuchte dem Gespräch eine andere Wendung zu geben. Für die nächste Saison hätte sie das Angebot erhalten, mit einem Streichquartett zu spielen. Vielleicht ließe sich das gut mit einem Kind vereinbaren. Es wäre eine schöne Aussicht, enger mit Kollegen zusammenzuarbeiten, mehr Kontakt zu haben. Bram nickte zwar, schien aber nicht wirklich zugehört zu haben.

Sie nahm das Rad. Der Bäcker war zwar nur zwei Straßen entfernt, aber zu Fuß ging es nicht mehr. Allein schon das Aufsteigen war eine Kunst. Sie stellte das Rad direkt an die Bordsteinkante, ein Pedal parallel zu den Gehwegplatten, setzte sich auf den Sattel und stieß sich mit den Füßen auf dem Trottoir ab, bis sie genug Schwung hatte, um in die Pedale zu treten.

Zurück mit dem Brot, ließ sie sich seitlich zum Bürgersteig gleiten und wollte das Rad gerade an den Zaun des Vorgartens lehnen – Bram würde es dann wegbringen –, als sie spürte, wie Wasser an ihren Beinen entlanglief. Den Lenker noch in der Hand, starrte sie auf die Gehwegplatten unter sich, als hätte sich dort eine riesige Pfütze gebildet. Aber es war nichts zu erkennen. Der kalte Wind krallte sich in die durchweichte Strumpfhose an ihren Beinen. Sie blieb steif stehen, nicht in der Lage, das Fahrrad an die Seite zu stellen, um ins Haus zu gehen. Ich muss zusehen, dass ich hier wegkomme, dröhnte es in ihrem Kopf. Dass sie ein Kind bekam, durfte nicht sein, und dass sie jetzt ins Krankenhaus musste, war ebenfalls ein Missverständnis. Sie sollte weglaufen, so weit wie möglich. Niemand würde merken, wenn das Kind in ihrem Bauch bliebe, solange sie selbst es nur nicht beachtete, und es würde von ganz alleine zusammenschrumpfen und absterben.

Bram kam heraus und legte seinen Arm um sie. Mit seiner freien Hand versuchte er, ihr das Rad aus den Händen zu nehmen. »Jet, Liebling, du stehst jetzt schon seit zehn Minuten hier. Was ist los? Komm doch rein, es ist viel zu kalt.«

»Das Wasser …«, war das Einzige, was sie herausbrachte.

»Das Wasser?«, wiederholte er.

Offenbar verstand er nicht, wovon sie sprach.

»Lass doch wenigstens das Fahrrad los.« Es kippte gegen den Zaun, und er hielt sie jetzt mit beiden Händen fest.

Statt ins Haus zu gehen, ließ sich Jet wie eine schlaffe Puppe an Brams Beinen entlang auf den Boden gleiten.

»Was machst du da? Du kannst dich nicht auf das Pflaster setzen, es ist eiskalt.« Er versuchte sie hochzuheben, indem er sie unter den Achseln packte. In der Hocke hinter ihr sagte er im Flüsterton: »Wir gehen ins Haus, ich mache dir etwas Warmes, und dann rufe ich den Arzt.«

Sie wollte andere Hände auf ihrem Rücken spüren. Genau wie damals waren sie auch jetzt nicht da: falscher Mann, falsches Kind, falsches Leben. »Kein Arzt, ich will keinen Arzt!«, schrie sie.

Bram verlor das Gleichgewicht, fing sich aber schnell und sprach noch ruhiger als zuvor: »Aber wir müssen schon vom Bürgersteig runter. Sieh dir deine Hände an, du hast zehn abgestorbene Finger.«

»Herr van Tongeren, Sie kommen wie gerufen«, sagte Bram zu dem Nachbarn, der plötzlich wie vom Himmel gefallen dastand.

»Wenn er mich auch nur mit einem Finger anrührt …«, knurrte Jet.

Plötzlich lag sie auf einer Trage in einem Krankenwagen. Sie wollte schreien, dass sie nicht mitwolle, sie gehe nicht ins Krankenhaus, aber ihr war so kalt, dass es nicht mehr als ein Bibbern war, was sie hervorbrachte. Sie bekam eine Spritze, man erklärte ihr nicht, warum, vielleicht verstand sie es auch nur nicht. Ein Mann in einer fluoreszierenden Weste erzählte Bram, dass sie unter Schock stehe. Unsinn! Sie versuchte, nach Brams Hand zu greifen, konnte aber ihren Arm nicht bewegen. Und sie sollten die Sirene ausschalten. Was sie Bram nur für Fragen stellten? Als ob er auch nur eine einzige Antwort wüsste!

Es wurde neblig, und dann war da plötzlich grelles Licht, und die Konturen Brams und Dr. Gijzels hingen über ihr mit grünen Hauben auf dem Kopf.

»War die erste Entbindung derart traumatisch?«

»Das ist ihre erste, Doktor.«

»Nach meinen Informationen nicht.«

Bram ergriff nur ihre Hand.

Man machte einen Kaiserschnitt. Das mussten sie ihr nicht erzählen, als sie auf der Entbindungsstation wieder zu sich kam.

In etwas Aquariumähnlichem auf Füßen neben ihrem Bett lag ein rosafarbenes Baby. Noch so ein Niemandskind. Erst eine Entbindung ohne Kind, und jetzt war da ein Kind, von dem sie nicht entbunden worden zu sein schien.

Ein Mädchen, sie hatten ein Mädchen bekommen! Bram war euphorisch. Er nahm das Kind in seine Arme und setzte sich damit aufs Bett. »Sieh mal, Jet, sie hat Klavierspielerfinger. Und diese Lachfältchen ...«

Sie lächelte, so gut sie konnte, sank mit geschlossenen Augen zurück in die Kissen. Warum hatte man damals keinen Kaiserschnitt gemacht? Mahler erklang in ihrem Kopf, ein schriller Kontrast zu Brams Strauss-Stimmung. Der Verlust des ersten Kindes war all die Jahre über lebendig geblieben, aber zu ertragen gewesen, weil nichts in ihrem täglichen Leben sie an das Kind erinnerte. Dieses Baby war die zweite Hälfte eines zweieiigen Zwillings: Ava war untrennbar mit dem anderen, namenlosen Baby verbunden, trotz des zeitlichen Abstands von sechsundzwanzig Jahren. Fiel der Name des einen Kindes, dachte sie an das andere.

Bram legte Jet das Mädchen auf die Brust, gleich unter ihr Kinn. »Riech nur mal, dann willst du sie nie wieder loslassen.«

Jet hob den Kopf etwas an; der süße Duft des Babys zog ihr in die Nase. Sie sah das grimassierende Mädchen in ihren Armen an. Wie konnte sie bloß eine gute Mutter für ihre Tochter sein, wenn sie ihrem anderen Kind eine so schlechte Mutter gewesen war? Wie sollte sie dafür sorgen, dass Ava niemals davon erfahren würde? Sie streichelte das zarte Köpfchen. Die einzige Lösung bestand darin, auch dieses Kind wegzugeben. »Bram, hör zu«, sie reichte ihm das Baby, »wir geben sie weg. Es geht nicht anders.«

Er wandte sich mit ihrer Tochter von ihr ab und legte sie in die Wiege aus Plexiglas zurück. Er setzte sich wieder auf die Bettkante und sah sie mit sorgenvollem Blick an. »Du bist immer noch ganz verwirrt, Jet. Das verstehe ich gut. Aber Ava hat einen Vater, der für sie sorgen kann.«

Jet sank in ihr klammes Bett zurück und schloss die Augen.

Bram nahm ihre Hand: »Es muss nicht mit mir sein, aber du musst mit jemandem reden, das habe ich dir schon mal gesagt.«

»Reden, reden, immer nur reden … es klärt nichts, und der Schmerz wird auch nur größer dadurch.«

»Genau wie das Glück oder der Trost. Wie soll ich ohne Worte deutlich machen, wie teuer du mir bist, wie sehr ich mich nach diesem Kind gesehnt habe?«

»Ich denke in Noten, in Tönen. Ein Pianist braucht keine Worte.«

»Du bist auch meine Frau, Jet. Und Avas Mutter.«

Wenn Jet nach Hause kam, hörte sie Bram und Ava oft in der Küche. Bram hantierte mit Töpfen und Pfannen und alberte dabei unentwegt herum. Das war dem lauten Gelächter ihrer Tochter anzuhören. Oder sie fand sie im Garten; Bram am Rand des Sandkastens, wo er Sandtörtchen mit Geschichten auftischte, ob nun für Ava allein oder für eine ganze Schar an Nachbarskindern, für die er das Tor offen gelassen hatte. Es kostete ihn keine Mühe, im Gegenteil, er genoss es. Je mehr Seelen, umso größer die Freude, lautete sein Leitspruch. Jet hingegen musste immer erst tief durchatmen, ehe sie dem Gezwitscher der Kinderstimmen nähertreten konnte.

Wenn dann im Haus wieder Ruhe eingekehrt war und sie sich an den Flügel setzte, kam Ava regelmäßig zu ihr.

»Was machst du da?«, hatte Jet das Kind gefragt, als es sich zum ersten Mal schräg hinter sie auf ihr Stühlchen gesetzt hatte. Sie mochte es nicht, wenn ihr beim Spielen jemand auf die Finger sah.

»Zuhören. Deiner Geschichte.«

Seither schloss Jet ihr Übungsprogramm mit der *Kleinen Nachtmusik* ab, ob es nun Schlafenszeit war oder nicht. Eine Zugabe für ihre stille Zuhörerin. Ava unterbrach sie nie, um zu fragen, ob sie *ihre* Musik spielen könne. Ruhig und unsichtbar blieb sie eine Stunde sitzen und wartete darauf.

Jet hatte Ava gefragt, ob sie nicht Lust hätte, auch spielen zu lernen. Doch das wollte sie nicht. Jet bedauerte das. »Und ein anderes Instrument?«

Ava hatte keine Lust zum Üben, sie saß lieber da und träumte oder zeichnete. Vielleicht hätte das andere Kind spielen wollen? Das Kind eines musikalischen Vaters. Sie dachte an Zev und verspürte den Drang, den Karton mit den Briefen von Catos Dachboden zu holen. Die Worte des Vaters könnten sie vielleicht ihrem anderen Kind näherbringen.

»Mama, warum ist dein Klavier heute so laut?«, fragte Ava.

Es gab keinen einzigen Grund, ihm näherzukommen. Was sollte sie denn mit einem imaginären Kind und einem Vater aus Papier?

»Weil ich unruhig bin.«

»Was ist das, unruhig?«

»Dass ich immer vom Klavierhocker aufstehen will, dass meine Finger nicht das machen, was ich will.«

Sie überließ Avas Erziehung so weit wie möglich Bram, der sich langsam, aber sicher damit abzufinden schien. Und bei allem, was Ava tat oder ließ, musste sie an das andere Kind denken. Weil es nur in ihrem Kopf existierte, war es ein Kind ohne Ecken und Kanten. Und es war in allem der Gegenpol zu Ava.

Bis kurz vor Avas achtem Geburtstag in einer Konzertpause ein Polizist an ihre Garderobentür klopfte. Sie eilte zum Dirigenten, bat den Polizisten mitzukommen, als müsste sie beweisen, dass sie nicht etwas erfunden habe.

Als Bilderbeek sie, gefolgt von einer Polizeimütze, in die Kantine kommen sah, stellte er seinen Becher ab. »Jet. Du bist weiß wie Milchschaum.«

»Bram«, war das Einzige, was sie herausbrachte, »ein Herzinfarkt, ich muss ins Krankenhaus.«

Bilderbeek nahm sie am Arm und dirigierte sie in Richtung Tür. »Geh und zieh dieses Kleid aus. Ich rufe dir inzwischen ein Taxi.«

»Und Schostakowitsch?«

»Das kläre ich, keine Sorge. Willst du, dass noch jemand mitkommt?«

Sie machte eine abwehrende Geste, wer um alles in der Welt hätte das sein sollen?

Sie fragte den Taxifahrer, ob er so freundlich sein könne, das Radio abzuschalten. Popmusik konnte sie nicht ausstehen, und jetzt schon gar nicht.

»Und wohin geht die Fahrt?«

»Ins Bronovo-Hospital. Bitte beeilen Sie sich.«

»Familie?«, erkundigte sich der Fahrer.

Sie nickte.

Der Rhythmus des hin und her sausenden Gummis auf der Windschutzscheibe des Mercedes ließ in ihrem Kopf das Erste Klavierkonzert beginnen, das sie nach der Pause hätte spielen sollen. Wie von selbst kamen ihr die Denkfehler in den Sinn, die ihr früher beim Spielen dieses Stückes unterlaufen waren. Als würde sie nicht von einem Auftritt kommen, sondern auf dem Weg dorthin sein und sich mental darauf einstellen.

Sie musste an ihren Mann denken und nicht an Schostakowitsch. Und an Ava. Sie hätte den Polizisten fragen sollen, wo ihre Tochter war. Aber die Noten und Tempi des Konzertes, das jetzt ausfallen würde, fesselten erneut ihre Aufmerksamkeit. Zum ersten Mal in ihrem Leben wünschte sie sich, diese Gedanken auslöschen zu können, weil es jetzt um Bram ging. Bram, der jahrelang dafür gesorgt hatte, dass sie ein fast normales Leben führte. Wenn mit ihm etwas Ernstes wäre, dann war es vorbei mit dem eisernen Rhythmus von Essen, Arbeiten und Schlafen, der besten Medizin gegen das Leben. Jeder andere würde es Trott nennen, doch für sie war es ein Metronom, an dem sie sich festklammerte. Was würde das Orchester jetzt spielen? Welche musikalische Überraschung würde Bilderbeek aus dem Hut zaubern? Zum Glück waren es nur zwanzig Minuten, die überbrückt werden mussten.

Sie war bedrückt. In der Dunkelheit und dem Nieselregen schien die Welt nicht größer als das Innere dieses Autos zu sein. Das scharfe Licht der Scheinwerfer des Gegenverkehrs verursachte alle paar Sekunden schmerzhafte Stiche auf der Filmleinwand ihrer Netzhaut, verstärkt durch die Musik in ihrem Kopf. Wann würde sie zurückkommen müssen, um dem Publikum das zu geben, wofür es ins Konzert gegangen war? Vielleicht würde der Dirigent einen anderen Solisten engagieren, und ihre Zusammenarbeit endete hier. Sie seufzte tief.

»Ja, das ist schlimm, wenn der Ehemann so plötzlich umkippt.«

Woher wusste er das? Hatte sie es erzählt?

Der Chauffeur fing an, von seinem Bruder zu berichten, mit dem er etwas Ähnliches erlebt habe, aber Jet versuchte sich dem zu entziehen und sah durch das Seitenfenster auf ihr Spiegelbild. Der Mund gerade wie ein Taktstock, genau wie im Gesicht ihres Vaters. Nun, da sie die fünfzig überschritten hatte, war der Potentat in sie gefahren, ohne dass sie es gemerkt hatte. Und eigentlich der Meinung gewesen war, dass sie ihn dauerhaft ausgesperrt hätte.

Sie drehte ihren Kopf brüsk zurück und griff auf gut Glück zum Lautstärkeregler des Radios. Schlechte Musik war immer noch besser als das Elend eines anderen.

»Soso«, sagte der Fahrer.

Sie würde ihm gleich ein ordentliches Trinkgeld geben.

Im Krankenhaus traf sie ihren Nachbarn von gegenüber: Frans Dijkman. Ein hochgewachsener Mann mit buschigen Augenbrauen. Sie erinnerten sie an seinen Hirtenhund, mit dem Ava gern spielte. »Ava?«, fragte sie, bevor er etwas sagen konnte.

Er legte einen Arm um sie, aber sie schob seine Hand von der Schulter. Leute, die sie kaum kannte, durften sie nicht anfassen. Sie sah sich um: An welcher Rettungsboje konnte sie sich auf diesem neonerleuchteten Styx festklammern? Sie ging in Richtung einiger fest miteinander verbundener Plastikschalensitze in grellem Orange und ließ sich auf den ersten niederfallen.

»Sie wollte im Auto warten, bei Zebra.« Frans setzte sich neben sie, wandte sich ihr halb zu. Er legte eine Hand auf ihr Knie. »Nettie ist bei ihr. Soll ich fragen, ob …«

»Nein, warte damit noch.«

»Sie hat sehr gut reagiert, ein Erwachsener hätte es nicht besser machen können.«

»Tüchtig, sehr tüchtig.« Sie sah zum Kaffeeautomaten und stand auf.

Frans drückte sie auf den Stuhl zurück. »Warte, lass mich nur.«

Für ihr Empfinden viel zu schnell stand er wieder vor ihr und reichte ihr einen Plastikbecher, aus dem Dampf aufstieg. »Jet«, begann er, während er ihr nachdrücklich in die Augen sah, »dir muss klar sein, dass es ernst aussieht.«

Sie nickte. Wollte sagen, dass sie nicht dumm sei.

»Ein paar Ärzte kümmern sich um ihn.«

»In Belgien haben sie Bram den Wackeren genannt.«

Es erschien ihr doch besser, Frans mit Ava nach Hause zu schicken. Wer weiß, vielleicht müssten sie sonst hier noch die ganze Nacht sitzen.

Frans meinte, dass sie nicht allein hier warten könne, aber Jet sah das nicht ein. Sie sei schon mehrmals im Leben auf sich allein gestellt gewesen. »Es ist spät, Frans, geh nach Hause. Ich brauche dich in Zukunft vielleicht noch öfter. Leg Ava neben Zebra auf die Couch. Ich rufe an, sobald ich mehr weiß.«

Frans zögerte. »Soll ich noch was für dich holen?«

»Geh nur. Du hast heute wirklich genug für mich getan.«

Er legte ihr die Hand auf die Schulter, drehte sich um und ging mit schweren Schritten auf die Schwingtüren zu.

Jet sank in den Schalensitz zurück und schloss die Augen. Natürlich hätte sie kurz mitgehen müssen. Welche Mutter schickte in einer solchen Situation ihr Kind einfach so mit Fremden nach Hause? Sie war doch nicht recht gescheit. In dem Moment, als sie ihre Augen wieder öffnete – es waren keine fünf Minuten vergangen –, schwangen die Türen erneut auf, und ihre Tochter kam auf sie zu. Schmächtig in ihrer engen Jeans und dem Lieblingspullover. Unter ihrem rechten Arm trug sie eine unordentlich zusammengelegte rote Decke, und in ihrer Linken hielt sie etwas umklammert, aber Jet konnte nicht erkennen, was es war. Der Nachbar folgte ihr.

Jet stand auf. Ava stoppte ihren Schritt einen Moment zu spät und stieß mit ihr zusammen. Sie blickte nicht hoch, sondern vergrub ihr Gesicht in Jets Bauch und murmelte: »Ich bleibe hier. Ich gehe nicht ohne Papa nach Hause.«

Jet strich ihrer Tochter über das Mäusefellchen im Nacken. Sie hatte sich diese Woche die Haare raspelkurz schneiden lassen. »Fast wie eine Glatze«, hatte sie den Friseur angewiesen. Bram hatte darüber schallend gelacht, wie er später erzählte. Sie hätte dem Ganzen einen Riegel vorgeschoben, aber er argumentierte in so einem Fall, dass es schließlich

Avas Kopf sei. Jet spürte, wie der Körper des Kindes zu zittern begann.

»Komm«, sagte sie entschlossen und nahm Ava mit zu der Sitzreihe, »es ist gut.« Frans gab sie durch eine Geste zu verstehen, dass er jetzt wirklich gehen könne. Sie nahm Avas Decke, faltete sie auseinander und wickelte sie um das Kind, dann zog sie Ava auf ihren Schoß. Sie rieb ihr über den Rücken in dem Versuch, das Zittern zu bannen, doch ihre Berührung löste nur ein heftiges Schluchzen aus. Jet konnte sich nicht erinnern, dass Ava jemals so unbändig geweint hätte. Man hätte fast – wider besseres Wissen – von einem epileptischen Anfall ausgehen können, so sehr schüttelte es ihren Körper. Wenn sie überhaupt einmal wegen irgendetwas traurig war, vertrieb Bram ihre Tränen immer mit Späßen. »Ruhig, Mädchen«, versuchte sie, Ava zu beruhigen, »ganz ruhig.« Sie sagte absichtlich nicht »mein Mädchen«, wie es Bram immer tat.

Was hätte sie sonst noch sagen sollen, sie konnte ihr doch nicht versprechen, dass alles in Ordnung käme. Die Sprache, derer sie sich im praktischen Leben so selbstverständlich bediente, war ihren Ängsten nicht gewachsen. Sie begann zu summen: *Eine kleine Nachtmusik.* Sehr viel langsamer, als sie es normalerweise auf dem Flügel spielte. Wieder strich sie über die kurzen Härchen auf dem dünnen Nacken. Nach dem fünfundzwanzigsten Takt ging Avas Atem ruhiger. Der Tennisball, den Ava die ganze Zeit in ihrer Faust festgehalten hatte, rollte über den Boden. Als das Stück zu Ende war, atmete sie gleichmäßig. Jet begann aufs Neue, diesmal leiser, um sich selbst in den Schlaf zu summen.

Sie schrak hoch, als eine Tür, ein paar Meter entfernt, aufging. Ein Arzt in beruhigendem Grün kam durch den Flur gestiefelt. Kein Schritt, um den Tod anzukündigen. Als sie seinen Blick auffing, hörte sie nicht mehr, was der Mann sagte.

Wenig später stand sie in einem fensterlosen Raum, Ava immer noch auf ihrem Arm. Ihr Mann lag unter einem weißen Laken, das ihm bis zum Kinn reichte.

»Herzliches Beileid, Mevrouw«, las sie von den Lippen einer Krankenpflegerin ab. Die bedeutete ihr, dass sie ihr das Kind abnehmen würde, aber Jet dachte nicht daran, Ava loszulassen. »Ich lasse Sie mit Ihrem Mann allein.« Die Pflegerin schaltete den Monitor ab, auf dem Jet gerade noch die Linie der Herzfrequenz sehen konnte, den Horizont, hinter dem Bram verschwunden war.

Was sollte sie einem Leichnam sagen? Ava seufzte im Schlaf. Jet sank auf den Hocker, der neben der Tragbahre stand. Sie betrachtete Brams schiefen Mund, seine geschlossenen Augen und suchte unter dem Laken nach seiner Hand. Der Hand, die sie unter Tausenden erkennen würde: breit, mit ziemlich kurzen Fingern. Arbeiterhände, nicht die eines Juristen. Wie viele Tassen Tee hatte er ihr damit angereicht? Wie viele Gläser Wein? Oder ein Baby, das Durst hatte. Locken, die sich aus ihrem Knoten gelöst hatten, hatte er ihr damit aus dem Gesicht gestrichen, fast täglich in den vergangenen dreiunddreißig Jahren. Diese Finger waren an ihrer Wirbelsäule entlang nach oben gewandert, wenn sie beim Klavierspielen einen krummen Rücken machte, hatten ihr Schlüsselbein berührt, wenn sie am Morgen aufwachte. Sie wollte sich mit dem Kind auf der Brust neben Bram unter das Laken legen, damit sie zu dritt unbemerkt in die Kühlzelle geschoben werden konnten.

Unwillkürlich dachte sie an diesen anderen Moment zurück, als der Vater ihres Kindes so einfach verschwunden war. Sie hatte ein Kind in ihrem Bauch gehabt, statt eines darauf, und sie hatte an einem Baumstamm gesessen und nicht in einem sterilen Raum, aber die Zukunft war auf gleiche Weise weggerutscht.

*A*m nächsten Tag konnte sie sich nicht mehr daran erinnern, wie sie nach Hause gekommen war. Nur daran, dass sie Ava neben sich ins Bett gelegt und eine Schlaftablette genommen hatte. Sie hatte immer welche im Haus, für den Fall, dass sie vor einem Konzert so aufgeregt war, dass sie nicht einschlafen konnte.

Als sie um halb neun aufwachte – nicht zu glauben, dass es schon so spät sein sollte –, war auf Brams Seite die Bettdecke zurückgeschlagen. Nur ein ovaler Abdruck auf dem Laken verriet, dass ihre Tochter hier geschlafen hatte, zusammengerollt wie eine Katze. Für einen Moment glaubte Jet, sie wäre ganz normal zur Schule gegangen, doch es war Samstag. Außerdem lagen ihre Schuhe noch neben dem Bett herum. Jet zog ihren Bademantel an und ging in die Küche, um Teewasser aufzusetzen.

Auf der Schwelle blieb sie stehen. Vierter Akt, Schlussszene, schoss es ihr durch den Kopf. Die Küche, Brams Domäne, sah aus wie ein mit Requisiten vollgestopftes Bühnenbild, das von den Schauspielern in aller Eile verlassen worden war. Auf dem Herd stand noch eine Bratpfanne, in der ausgelassene Butter angetrocknet war. Auf der Spüle daneben eine Mepal-Schüssel, zu drei Vierteln mit Pfannkuchenteig gefüllt. Ein Teller mit einem einzigen Pfannkuchen, der halb über den Rand hing. Ein aufgerissenes Päckchen Butter. Auf dem Fußboden vor dem Ofen ein Esslöffel in einer kleinen Teiglache. Die Stühle standen kreuz und quer. Saubere Teller in Reih und Glied auf dem Tisch. Ava musste schon gedeckt haben. Wenn es nicht so ein Durcheinander gewesen wäre, hätte sie sich nicht gewundert, Bram wie üblich am Herd vorzufinden, wo er vor sich hinpfeifend Eier mit Speck briet, dabei, wie immer, sein unvermeidliches Geschirrtuch über der Schulter. Eine Schürze hatte er sich nie umgebunden, doch auf das Geschirrtuch konnte er in der Küche nicht verzichten. Wenn es nicht über seiner Schulter hing, hatte er es in eine Schlaufe seiner Hose geknotet, und es diente abwechselnd als Topflappen, Abtrockentuch oder Untersetzer. Jetzt lag es da, direkt vor ihren Füßen. Sie hob es auf. Das Tuch müsste ihm in den Sarg gelegt werden.

Sie vergaß, Wasser aufzusetzen, und verließ mit großen, stelzenden Schritten das Schlachtfeld durch die andere Tür, die zum Wintergarten führte. Das Geschirrtuch zwischen den Fingern reibend, blickte sie sich im Raum um. Hier war Ava auch nicht. Sie ging durch zum Wohnzimmer, schloss den Deckel des Flügels, lief zurück nach oben, steckte ihren Kopf ins Badezimmer, obwohl es zu still war, als dass ihre Tochter dort hätte sein können, und stieg dann die Treppe zum Dachgeschoss hinauf, wo Ava ihr Zimmer hatte.

Eine kahle Matratze. Ein breiter Lichtstreifen fiel durch die offenen Ritzen der Vorhänge. Ava musste sie in aller Eile zugezogen haben. Der Affe saß nicht auf dem Bett, und es lag auch kein Buch auf dem Nachttisch. Zu ihrem achten Geburtstag hatte Bram seiner Tochter ein Märchenkochbuch geschenkt. Seither hatten sie alle Rezepte zusammen ausprobiert. Ava schlief mit dem Buch unter ihrem Kopfkissen, zumindest hatte sie es immer in Reichweite. Meist hatte Bram sie ins Bett gebracht, aber auch sie kannte die Fixpunkte ihrer Tochter. Die waren verschwunden, registrierte sie, als müsste sie gleich ein Protokoll darüber ausfertigen. »Ava?« Ihr Name, laut ausgesprochen, hallte in der Stille der Dachkammer wider. »Ava?«

Der Kleiderschrank aus Ebenholz, der gegenüber dem abgezogenen Bett stand, gab ein Knarzen von sich. Er stammte von Oma Gustava, Brams Mutter, der Ava ihren Namen verdankte. Ava hatte sie nie kennengelernt, aber Bram hatte derart mythische Geschichten über sie erzählt, dass Ava den Schrank unbedingt in ihrem Zimmer haben wollte, nachdem sie dahintergekommen war, dass er von ihrer Oma stammte. Jetzt sah Jet das Springseil und die Pantoffeln auf dem Boden neben dem Schrank, die Moonboots, die Mädchenpuppe und den kleinen Webstuhl, der vermutlich schon zwei Jahre unbenutzt unten im Schrank gestanden hatte. Ava war keine Bastlerin. Sie baute lieber Hütten oder spielte mit den großen Jungs von der Straße Völkerball. Jet ging zum Schrank und klopfte an die Tür. Der Schlüssel steckte nicht im Schloss. »Ava? Warum sitzt du im Schrank?« Sie klopfte noch einmal. »Ava? Bitte, sag mal was.«

Draußen kreischte eine Möwe. Jet stellte sich mit dem Rücken zur Schranktür, lehnte ihren Hinterkopf an das Holz und sah die weiß gestrichenen Balken an. Es waren ein paar große Risse darin, die ihr vorher nie aufgefallen waren. Was sie gestern Abend hatte tun wollen, hatte Ava tatsächlich getan; sie hatte beschlossen zu verschwinden. Genau wie Bram. Wie hatte sie eigentlich erfahren, dass ihr Vater nicht mehr lebte? Hatte sie sich nur schlafend gestellt, als dieser Arzt die verhängnisvolle Nachricht überbrachte? Versuchte sie sich jetzt vorzustellen, wie es sich in einem Sarg anfühlte? Oder wollte sie einfach nur allein sein? Versteckte sie sich vor ihr? Stellte sie sie bewusst auf die Probe? Damit sie gar nicht erst auf den Gedanken käme, dass sie Bram so einfach ersetzen könnte? Als ob sie auch nur eine Sekunde daran gedacht hätte.

Die Möwe hatte Gesellschaft bekommen. Ihr Kreischen schmerzte Jet in den Ohren. Und sie konnte nicht für den Rest des Tages wie angenagelt vor diesem Schrank stehen bleiben. Es musste alles Mögliche geregelt werden. Sie drehte sich um und wandte ihr Gesicht der Tür zu. »Ava, ich mache dir Frühstück und stelle es dir hier hin. Ich muss ein paar Dinge erledigen. Iss etwas, schlaf ein bisschen. Leg dich einfach in dein Bett.«

»Geh weg!« Es klang, als säße Ava unter zehn Daunendecken. »Du kapierst überhaupt nichts.«

Jet schloss lautlos die Tür hinter sich. Wenn eines nicht passieren durfte, dann, dass sie ihre Selbstbeherrschung verlor. Aber als sie den rechten Fuß auf die erste Treppenstufe gesetzt hatte, wurde sie von einem solchen Drang überfallen, sich hinabzustürzen, dass sie sich mit beiden Händen am Geländer festkrallen musste. Kühlen Kopf bewahren, kühlen Kopf bewahren, kühlen Kopf bewahren. Ohne das Geländer loszulassen, ließ sie sich zu Boden sinken; ihr Gesäß noch auf dem Treppenabsatz, die Füße unten auf der ersten Stufe. Erst als es in ihren Achseln zu schmerzen begann, ließ sie das Geländer los. Sie musste für Ava Frühstück machen, selbst etwas essen und trinken, duschen, sich ankleiden, den Bestatter anrufen. Einfach so, auf Autopilot.

Das Essen und Trinken, das Jet vor den Schrank auf den Boden gestellt hatte, war am nächsten Morgen kaum angerührt. Sie stand mit dem Teller in der Hand da und starrte auf das Butterbrot, von dem ein Mickey-Mouse-Ohr abgebissen worden war. Die Käsescheiben wölbten sich an den Rändern nach oben. Sie hätte nicht einmal sagen können, was Ava am liebsten aufs Brot aß. Solche Sachen wusste

Bram. Über dem Wasserspiegel der Schüssel mit Hühnersuppe, die sie am Abend nach oben gebracht hatte, hing ein Fettaugenrand von einem halben Zentimeter. Mehr als zwei große Schlucke hatte sie nicht davon genommen. »Ava«, sagte Jet, mehr zu dem Teller in ihrer Hand als zu der uneinnehmbaren Festung vor sich, »du musst doch was essen.« Sie musste den Drang unterdrücken, laut an den Schrank zu hämmern und »du Scheißgöre, komm raus!« zu brüllen. Stattdessen ging sie nach unten, ließ die Türen, durch die sie ging, weit offen, stellte das schmutzige Geschirr in die Spüle, setzte sich an den Flügel und spielte *Karneval der Tiere*, Avas Lieblingsmusik, das zumindest wusste sie, fortissimo, damit es auch noch im Dachgeschoss zu hören war.

Als oben jegliche Reaktion ausblieb, rief sie Cato an. Sie konnte den Hörer nicht still in der Hand halten. Cato riet ihr, einen Arzt hinzuzuziehen. Zum Beispiel den von der anderen Straßenseite, den Ava bei Brams Infarkt verständigt hatte.

Das wäre die allerletzte Möglichkeit, entschied Jet. Eine Mutter sollte doch in der Lage sein, zu ihrem Kind durchzudringen. Sie begann vorzulesen. Auf dem Fußboden vor dem Schrank.

Frans fragte am Abend, warum sie denn nicht früher gekommen sei. Wieder hielt er sie fest – sie ließ ihn gewähren – und nahm sie mit ins Haus. Er befahl ihr, bei Nettie zu bleiben; sie ließ sich auf einen Stuhl setzen und nahm das Glas Wasser mit dem Beruhigungsmittel, das die Nachbarsfrau ihr gab. War sie eigentlich auch Ärztin? Jet wusste es nicht. Sie hatte sich nie um das Leben ihrer Nachbarn gekümmert.

Nettie setzte sich neben sie an den Tisch: »Jet, das geht so nicht. Schau dir deine Hände an, du bist völlig mit den

Nerven runter. Hast du die letzten Nächte überhaupt geschlafen?«

Im Flur rief Frans Zebra zu sich. Er steckte noch kurz
den Kopf durch den Spalt der Küchentür: »Darf ich reinkommen?«

Jet stand auf. Der Hund. Das war's. Mit ihm musste es
klappen. »Ich versuche es noch einmal selbst, Frans. Wenn
es für dich in Ordnung ist, nehme ich den Hund mit.« Sie
wartete seine Reaktion nicht ab. »Komm Zebra, los!«, forderte sie das Tier auf, als sie hinausging.

Der Hund bellte aufgeregt, die Tür fiel ins Schloss, bevor
Frans Einspruch einlegen konnte.

Beim Betreten des Hauses nahm Jet eine von Avas Jacken von der Garderobe und ließ den Hirtenhund daran
schnuppern. »Such Ava!« – sie flüsterte es beinahe. Entzückt
sprang Zebra vor ihr die Treppe hinauf und schnüffelte wie
ein Verrückter in Avas Zimmer. Schließlich setzte er sich vor
Gustavas Schrank, bellte und kratzte mit der Vorderpfote an
der Tür.

»Ava, hörst du, wer bei mir ist?«, meldete sich Jet. »Zebra
will mit dir spielen.«

Als er seinen Namen hörte, sprang der Hund wieder auf
die Pfoten, bellte erneut und schlug mit seinem Schwanz
rhythmisch gegen das Holz. Man hörte ein Scharren, der
Schrankboden knarrte. Das Bellen ging jetzt in ein sonores
Knurren über: als würde das Tier ein Lied brummen.

»Scht, Zebra, scht«, brummte Ava zurück. Der Schlüssel
drehte sich im Schloss, die Tür öffnete sich einen Spalt. Zebra trat einen Schritt zurück und bellte. Auch Jet machte
einen Schritt rückwärts. Sie konnte es fast nicht glauben,
dass es ihre Tochter war, die da zum Vorschein kam. Ava,
noch immer in die Decke gehüllt, setzte ihre Füße auf den

Boden. Der Hund sprang mit den Vorderpfoten auf ihren Schoß und gab ihr eine Chance, sich wieder zu verstecken, doch jetzt mit ihrem Gesicht in seinem Fell.

So blieb sie eine Weile sitzen. Zebra drückte seine Schnauze ein paarmal an ihren Hals. »Ava, Mädchen. Zebra will dich trösten«, sagte Jet. Sie wusste nicht, woher sie ihre Weisheiten nahm.

Als der Hund an der Tür stand, um ihr zu verstehen zu geben, dass es Zeit wäre, nach unten zu gehen, ließ sich Ava der Länge nach auf den Boden fallen: »Ich will Papa wiederhaben«, klang es erstickt.

Jet setzte sich neben sie, strich ihr über den Kopf, nannte ihren Namen und seufzte, dass sie sie verstehe.

»Papa hätte sich zu mir gesetzt«, gluckste Ava, »*in* den Schrank.« Mit einem Auge, das andere auf den hochflorigen Teppich gerichtet, sah sie Jet an: »Um vorzulesen. Das machst du nicht.«

»Nein«, sagte Jet, »ich bin nicht so gelenkig wie Papa, aber du hast den Schrank auch abgeschlossen. Wie hätte ich mich da zu dir setzen können?« Sie zog Ava an sich, die wieder am ganzen Körper zitterte. »Komm mit mir runter, dann darfst du mit Zebra auf die Couch.«

Sie hatte Ava mit dem Hund und allem unter eine Decke auf das Sofa im Erker gelegt und wollte gerade die Vorhänge schließen, als sie Frans im Vorgarten stehen sah. Der Hund bemerkte es ebenfalls, denn er hob neugierig die Nase in die Höhe. Als Frans Ava erblickte, hob er den Daumen und deutete mit Gesten an, dass Zebra unbedingt bei ihr bleiben sollte. Nachdem er mit einem bohrenden Zeigefinger auf Jet gedeutet hatte, legte er seine Hände an seiner linken Wange aufeinander: Sie solle sich auch schlafen legen. Jet nickte zustimmend. Dann drehte er sich um und ging auf die andere Straßenseite. Sie holte tief Luft und setzte sich an den Flügel. Sie spielte aus dem Gedächtnis und ließ sich nicht von den unvermeidlich in der Partitur vermerkten Anweisungen wie *Andante, Allegro (ma non troppo)* leiten, sondern erlebte die Tage, die hinter ihr lagen, aufs Neue: die Panik, den Kummer, ihre Ohnmacht und die Einsamkeit.

Ava hatte den Arm um den Hund geschlungen und atmete tief, aber so unregelmäßig, dass Jet es nicht eher wagte, mit dem Spielen aufzuhören, bis sie sah, dass der Atem von Kind und Hund im Gleichtakt ging. Dann legte sie die losen Kissen aus den Sesseln vor die Couch auf den Boden, zog die Schuhe aus, wickelte sich in ihre Strickweste und schlief einen unruhigen Schlaf; dauernd schreckte sie hoch, um ihre Augen gleich wieder zu schließen, nachdem sie sich vergewissert hatte, dass Ava noch da war.

Nach der Beerdigung beschloss Jet, Ava so geräuschlos wie möglich großzuziehen. Anfangs schien das ganz gut zu funktionieren. Sie besuchte wie jedes andere Kind die Schule, ohne sich noch einmal in Gustavas Schrank zu verstecken oder einen anderen Fluchtversuch zu unternehmen. Jet ging wieder dazu über, das zu tun, was sie immer getan hatte: zu üben und aufzutreten.

Ava verbrachte anfangs viel Zeit mit Zebra und führte ihn wenigstens zweimal am Tag aus. Wenn man sie in vollständigen Sätzen statt in kurzen Schreien kommunizieren hörte, dann sprach sie mit dem Hund. Sie legte oft eine Pause ein, als wolle sie ihm die Möglichkeit geben, ihr zu antworten, um es dann an seiner Stelle zu tun, oder sie setzte ihren Monolog einfach fort.

Jet schaltete Cato ein, die sich als Ersatzoma entpuppte und dafür sorgte, dass Ava nach der Schule nicht in ein leeres Haus kam, sonst aber ihrer eigenen Wege gehen konnte. Sie gewann Ava mit ihrem Koch- und Backfaible für sich, obwohl sie, wie Cato sagte, keine Gelegenheit ausließ zu betonen, dass niemand es mit Brams Kochkunst aufnehmen könne.

Es bereitete Jet Sorgen, dass sich Ava kaum mit Gleichaltrigen aus der Schule abgab. Sie wollte selbst Cato mit ihrer jahrzehntelangen Unterrichtserfahrung nicht glauben, dass sich so etwas nicht steuern ließe, und schon gar nicht nach dem Trauma, das das Kind erlitten hatte.

»Ohne genau nachzählen zu wollen«, sagte Cato spitz, »aber wie viele Freundinnen hattest du in der Schule?«

Etwa sechs Monate nach Brams Tod fand Jet eines Abends eine Zeichnung von Ava auf dem Notenständer des Flügels. Das gesamte Blatt war mit farbigen Flecken gefüllt, als hätte sie peinlich genau alle Stifte aus ihrem neuen Buntstiftkasten ausprobiert, obwohl die Form der Farbwolke nicht zufällig erschien, es war ein Muster darin zu erkennen. Einige Teile waren intensiver gefärbt als andere, es gab Ausreißer nach oben und nach unten wie Feuerwerksraketen, die in den Neujahrshimmel geschossen wurden und später mit auseinanderplatzenden Schweifen zu Boden stürzten. Jet hörte dabei ein leiser werdendes Geräusch. Als sie sich am nächsten Morgen beim Frühstück bei Ava für ihr Kunstwerk bedankte und fragte, was sie da gezeichnet habe, sagte sie: »Schostakowitsch, das Stück, das du immer übst und das du so unmöglich findest.« Sie traf genau Jets Intonation. Jet hatte das wortwörtlich so gesagt, als sie mit dem Üben fertig war und einigermaßen erregt den Flügel zuklappte. »Ich dachte, wenn ich es für dich zeichne, findest du es vielleicht weniger unmöglich. Aber es ist eigentlich auch eine Zeichnung für Papa, denn du solltest es an dem Abend spielen, als er starb.«

Jet wusste nicht, was sie erwidern sollte. Sie starrte auf diese erstaunliche Partitur in ihren Händen.

Ava stellte sich zu ihr, nahm ihr die Zeichnung aus den Händen und zeigte es ihr, der Finger wurde zum Zeigestock der Lehrerin an der Tafel. »Schau, hier fängt es an, und dann geht es so weiter.« Währenddessen summte sie die Melodie, genau so, wie sie sein musste.

Jet war sofort aufgefallen, dass sie exakt in der richtigen Tonhöhe angefangen hatte. Sie war perplex. »Also haben alle Noten eine eigene Farbe?«

»Das sehe ich, wenn du es spielst, und auch, wenn ich es mir im Kopf noch einmal vorspiele.«

»In deinem Kopf noch einmal vorspielen? So, als wenn du ein Tonband laufen lassen würdest?«

»Ja.« Ava gab Jet die Zeichnung zurück und kündigte an, dass sie mit Zebra hinausgehen würde.

Jet wusste nicht so recht, was sie davon halten sollte, von Avas goldenen Ohren. Je mehr sie darauf drängte, dass ihre Tochter ein Instrument erlernen sollte, desto hartnäckiger weigerte sie sich.

»Ich mag keine Musik«, sagte sie, aber wenn Jet ein Konzert gab, ging sie lieber mit, als zu Hause beim Kindermädchen zu bleiben. Ava saß dann im Konzertsaal und erzählte hinterher, was sie gehört und gesehen hatte. Und für ein Kind, das keine Musik mochte und außerdem nicht gerne redete, tat sie das bemerkenswert genau und enthusiastisch: wie viele Geiger da in den beiden Halbkreisen gesessen hatten, dass einige ihren Part wohl auswendig kannten, weil sie die Noten nicht umgeblättert hätten, warum diesmal fast keine Bläser da gewesen seien und weshalb die Musiker bloß immer diese schwarzen Sachen trügen? Ein Konzert war doch keine Beerdigung? Sie wollte kein Instrument spielen, aber wenn es denn, zur Strafe, sein müsse, würde sie sich für den Kontrabass entscheiden. Da müsse man die Arme um das Instrument legen, um streichen zu können. Dann würde es sicher ein Freund werden. Ganz anders als der Flügel, zu dem man sich nur herabbeugen könne.

Letztens war da eine nette ältere Kaffeefrau. Eine Oma mit einer weißen Spitzenschürze, die zur Konzerthalle gehörte. Sie kannte Jet und hatte Ava gefragt, ob sie auch Pianistin werden wolle. Die hatte den Kopf geschüttelt. Nein, da müsse man viel zu viel arbeiten, um so wie ihre Mutter zu spielen. Sie wolle ein richtiges Leben. Sie wolle

Strandräuberin werden und sich einen netten Mann suchen, der niemals sterben würde.

Wenn Ava nach einem solchen Konzert bei Jet im »großen Bett« schlief, wachte sie nachts immer wieder auf, weil das Kind im Schlaf nach Bram rief.

»Geräuschlos« war nicht der Begriff, der zu Avas Schulzeit passte. Bis zu ihrem zwölften Geburtstag hatte Jet das Leben ihrer Tochter noch im Blick gehabt, durch die Geschichten von Cato, Frans und Nettie, durch eine Heerschar an Kindermädchen am Abend und die Lehrkräfte der Schule sowie durch die paar Stunden, die sie täglich mit ihr verbrachte. Doch sobald Ava in die Orientierungsstufe ging, entglitt sie Jet vollständig. Ava war schon immer ein wissbegieriges Kind gewesen – Bram hatte sich recht bald beklagt, dass er nicht immer eine Antwort auf ihre Warum-Fragen wusste – aber als sie dreizehn wurde, stellte sich bei ihr eine Gleichgültigkeit ein, die sich auch unter ihrem Pubertätspanzer festgesetzt zu haben schien.

Das Haus war noch leerer als in den letzten fünf Jahren. Jet vermisste Bram am meisten, wenn sie den Kühlschrank oder die Speisekammer aufmachte. Sie griff ins Leere, wenn sie abends nach einem Konzert Heißhunger auf Steak und Pommes frites, Lasagne oder Zwiebelkuchen mit Speck verspürte. Dass es jetzt schlimmer war als kurz nach seinem Tod, lag daran, dass ihr Terminkalender sich wieder gefüllt hatte. Alle Pflanzen waren aus dem Haus verschwunden, weil sie vergaß, sie zu gießen, und es kam ihr auch nicht in den Sinn, jede Woche frische Blumen zu kaufen. Ava hatte sich darauf verlegt, mit Catos Hilfe Brams Kräutergarten in Schuss zu halten, doch seitdem sie das Gymnasium besuchte, war die Petersilie vergilbt, der Thymian verdorrt und das Basilikum ins Kraut geschossen. Die Pinnwände an der Rückseite der Küchentür und in den Toiletten waren nackt wie Bäume im Winter: Zuerst waren ihre Blätter – Zeichnungen von Ava, Zeitungsausschnitte, Rezepte, Briefe von der Schule, Einladungen von Freunden – vergilbt, und dann waren sie heruntergefallen, zusammengerollt und verschwunden. Cato hatte zwar versucht, das Ausschneiden, Durchstechen und Anheften von Bram fortzusetzen, aber inzwischen kam sie dafür zu selten vorbei. Denn Ava fand es unsinnig, dass man noch auf sie aufpasste. Sie war dreizehn, fast erwachsen. Zum Glück ging sie regelmäßig von sich aus zu Cato, weil die an ihrem Schulweg wohnte.

Avas Gleichgültigkeit äußerte sich vor allem in ihrem Schweigen. »Ja« und »Nein«, höchstens »Ja klar« und »Ach nein«, wenn sie gut gelaunt war, »Ich weiß nicht«, »Ist mir egal« oder »So what?« war das Einzige, was Jet ihr entlocken konnte. Jet hatte Cato gefragt, ob sich Autismus auch noch im Alter von dreizehn Jahren einstellen könne. »Ja«, hatte die sie beruhigt, »aber das nennt man dann Pubertät.«

Ava trug ihr Haar noch immer raspelkurz, wollte nur schwarze Sachen anziehen und schminkte auch ihre Augen pechschwarz. Jet fragte sich, wie Bram darauf reagiert hätte. Vielleicht hätte sich ihre Tochter anders verhalten, wenn Bram am Leben geblieben wäre; und wenn sie ein Instrument lernen würde, hätte sie keine Zeit für den ganzen Unsinn. Als Jet ihren Ärger Cato anvertraute, lautete deren kluger Rat: »Ignoriere es.«

Jet biss sich fortwährend auf die Zunge: Das Haus verwandelte sich in einen toten Raum, in dem die Wände jeden Ton vollständig verschluckten, anstatt ihn zurückzuwerfen, was die Stille allgegenwärtig und erstickend machte.

Als Ava im Gymnasium Tamar, eine Sitzenbleiberin, kennenlernte, öffneten sich Fenster und Türen endlich wieder. Das Schuljahr zählte noch keine zwei Tage, als sie sich schon angefreundet hatten. Nach zwei Wochen waren sie unzertrennlich. Und zwei Monate später klebten sie aneinander wie siamesische Zwillinge. Ihr Lachen hallte durchs Haus. Jet setzte sich, wenn sie zu Hause war, extra dafür zurecht, Füße auf dem Tisch, Augen geschlossen und die Ohren weit aufgesperrt für den fröhlichen Lärm.

Tamar – blondes Zottelhaar, einen Schal wie ein Haarband um den Kopf gewunden – brachte ab und zu ihr Akkordeon mit. Sie sang französische Chansons auf eine Weise, die vor Ironie nur so triefte. Da die Begleitung oft ins Stocken geriet, beschlich Jet die Ahnung, dass es Ava sein könnte, die auf dem Akkordeon spielte. Sicher war sie sich nicht, aber sie stellte es sich so vor, und es stimmte sie froh. Am Ende würde vielleicht doch noch alles gut werden.

Mit Tamar zu reden war einfacher. Small Talk, aber zumindest lagen wieder Worte in der Luft, und wenn Jet Glück hatte, beteiligte sich auch Ava an dem Gespräch. Sie schien jetzt in sozialer Hinsicht weniger unbeholfen zu sein. Tamar kam so häufig vorbei, dass es Jet oft schien, als habe sie zwei Töchter. Das wäre sicher einfacher gewesen. Merkwürdigerweise hatte die Besucherin Brams Gemüt.

*E*ines Nachmittags im November kam Jet vom Einkaufen nach Hause. Sie hängte ihren Mantel auf und wollte die vollen Tüten in die Küche bringen, stellte sie aber sofort wieder ab, nachdem sie sie angehoben hatte. Aus dem Vorderzimmer erklang Musik, eine Schallplatte, wie sie gleich erkannte. Sie benutzte den Plattenspieler nicht mehr, hörte CDs nur in Vorbereitung eines Konzertes, nicht etwa zu ihrem Vergnügen. Ava benutzte die Musikanlage im Erdgeschoss nie, sie besaß ihren eigenen Discman. Alle Härchen auf Jets Armen hatten sich aufgestellt.

Das war Brahms.

Das war Zev.

Das war sie selbst in einem früheren Leben.

Das konnte nur eines bedeuten.

Sie öffnete die Zimmertür und hielt sich am Türrahmen fest, um nicht den Boden unter den Füßen zu verlieren. Ava stand am Plattenspieler und wandte ihr den Rücken zu. Die Nackenmuskeln straff gespannt über dem viel zu dünnen T-Shirt. Jetzt drehte sie sich um und sah ihre Mutter streng an. Jets Stimme klang brüchig, als sie ihrer Tochter befahl, die Musik abzustellen. Sie ließ ihren Kopf am Türpfosten ruhen, als wäre er von einem Moment auf den anderen fünf Kilo schwerer geworden.

»Warum?«, fragte Ava, die keine Anstalten machte, die Nadel von der Platte zu heben.

»Weil du sonst einen Krankenwagen für mich rufen kannst.« Jet bewegte sich auf den nächststehenden Sessel zu, stützte sich an dem niedrigen Schrank und einer Stehlampe ab.

»Ava, bitte!«

Ihre Tochter hob den Tonarm und brachte ihn wieder in Ausgangsposition. Es war, als hätte Jet den Atem minutenlang angehalten, so tief musste sie jetzt seufzen.

Ava setzte sich in den Sessel gegenüber und stellte einen Schuhkarton auf den niedrigen Tisch, *den* Schuhkarton. Hunderte Male war diese Schachtel Jet in ihren Träumen erschienen, bei Bram auf der Spüle, auf dem Esstisch während eines Abendessens mit Freunden, im Schuppen zwischen den Gartengeräten, in einem Taxi auf dem Weg zum Konzert, vor der Tür wie ein Baby, das als Findelkind abgelegt worden war. Dann war sie schreiend aufgewacht. Jetzt musste sie sich in den Arm kneifen, um sich klarzumachen, dass dies die Wirklichkeit war und zu schreien ihr nicht aus einem Traum helfen würde, auch wenn sie es sich noch so sehr wünschte. Ava hob den Deckel an und nahm ein paar Umschläge heraus. Sie waren geöffnet.

»Was ist das?«

»Ein Inquisitor würde nicht anders fragen.«

»Wie denn sonst? Angenehm überrascht?«

»Etwas mehr Verständnis könnte nicht schaden.«

»Verständnis, Verständnis … antworte erst mal.«

Es blieb still.

»Ich kann es nicht«, sagte Jet schließlich, sie war kaum zu verstehen. »Es ist wirklich nicht so, dass ich es nicht will.«

»Du kannst es nicht?!« Avas Stimme wurde dunkel und eisig. »Ich habe eine Schwester oder einen Bruder, und du kannst nichts dazu sagen? Weißt du, was das für mich in den letzten Jahren in diesem leeren Haus hier hätte bedeuten können?« Mit einer Armbewegung mähte sie die Schachtel in Jets Richtung vom Tisch.

Mit der Türklinke in der Hand sagte sie: »Ich will dich nie wiedersehen.«

Wäre es eine Glastür gewesen, sie wäre zersprungen, so heftig war der Schlag, mit dem Ava sie zuknallte. Jet krümmte sich. »Ava«, flüsterte sie, »hör zu.« Aber das hier war kein Traum, in dem man sich durch Türen, Mauern und Geheimnisse verständigen konnte.

Die Frage war nicht gewesen, ob ihre Tochter sich aus ihrem Leben entfernen würde, die Frage war allein: wann. Von dem Moment an, da Ava aufs Gymnasium ging, hatte Jet damit gerechnet. Aber nun traf es sie doch. Es schien in letzter Zeit so gut zu laufen, dass sie es nicht hatte kommen sehen. Sie versuchte, sich zu beruhigen: Ava war sicher zu Cato oder Tamar geflüchtet, dort würde sie ein paar Tage bleiben, um alles abkühlen zu lassen, und dann zurückkommen. Sie stand mitten im Examensjahr. Sie würde anderes im Kopf haben.

Jet nahm die Schachtel, ging mit ihr zum Kamin, baute eine Pyramide aus Kienspänen und errichtete mit großer Sorgfalt ein Tipi aus Holzscheiten darüber. Sie steckte einen Kaminanzünder in Brand, der in kürzester Zeit ihr Gebilde mit großen gelben Flammen umarmte. Sie setzte sich auf eine Fußbank und warf Zevs Briefe nacheinander ins Feuer. War sie seinerzeit noch in Versuchung geraten, sie zu lesen, jetzt, da sie wegen dieses Zwischenfalls ihr zweites Kind zu verlieren drohte, wollte sie sie nur noch in Rauch aufgehen lassen. Sie wartete, bis von einem Brief nichts mehr zu erkennen war, ehe sie den nächsten ins Feuer warf. Es dauerte endlos, bis die Schachtel leer war. Das Ritual hatte eine beruhigende Wirkung. Warum hatte sie das nicht gleich getan, seinerzeit nach dem Treffen mit Korneel?

Die LP wagte sie nicht ins Feuer zu werfen. Sie stellte sie hinter den riesigen Spiegel mit dem Blattgoldrahmen, der auf dem Kamin stand. Niemand würde sie dahinter suchen, und sie würde so schnell wie möglich vergessen, dass sie sie dort versteckt hatte.

Sie wollte nicht ins Bett gehen, nickte auf der Couch ein, eine Decke über sich geworfen in der trügerischen Hoffnung, dass ihre Tochter es sich überlegen und heimkehren würde. Jetzt hätte sie gern einen Hund im Haus gehabt, einen Zebra, der sie hätte trösten können. Der sich ihr zu Füßen legen und sie mit einem »Alles wird gut«-Blick ansehen würde. Vor einigen Jahren hatte sie überlegt, Ava einen Hund zu schenken, aber aus praktischen Erwägungen schließlich doch davon abgesehen. Bedauern stieg wie Magensäure in ihr auf.

Als sie am nächsten Nachmittag bei ihrem Agenten gewesen war, um mit ihm zu besprechen, dass sie gerade andere Prioritäten als Klavierspielen habe, bemerkte sie bei ihrer Rückkehr, dass Ava im Haus gewesen sein musste. Zwei Jacken an der Garderobe fehlten, ihre Zahnbürste war verschwunden, und ihr Zimmer hatte seit Monaten nicht mehr so ordentlich ausgesehen. Sie würde vorerst nicht zurückkommen.

Jet rief Tamar an, um zu fragen, ob Ava bei ihr sei oder ob sie wisse, was sie für den Rest des Tages geplant habe.

»Hier ist sie nicht. Ich weiß nicht, ob sie irgendwelche Pläne hat.« Tamars Stimme war dünner als sonst.

»Oh. Na ja. Danke, Tamar.« So kam sie nicht sehr viel weiter.

»Frau Hamelink?«, Tamar klang zögerlich.

»Ja?«

»Ava ist heute früher gegangen. Während der Mathestunde war sie beim Konrektor. Dann hat sie ihre Sachen geholt und ist gegangen. Ich bin ihr noch nachgerannt, weil ich es nicht kapiert habe. Sie hat den ganzen Tag kein Wort mit mir geredet.«

»Und dann? Hast du sie gesprochen?«

Tamar antwortete nicht gleich. »Sie hat nur gesagt, dass sie die Schule verlassen werde.«

»Und weiter?«

»Nichts weiter.«

»Danke, Tamar.« Sie wollte schon auflegen, als Tamar sagte: »Frau Hamelink, sind Sie noch da?« Es dauerte einen Moment, bis Tamar fortfuhr: »Gestern habe ich Ava gesagt, dass ich nach der Prüfung ein Jahr ins Ausland gehe. Sie war danach, wie soll ich es sagen, ziemlich von der Rolle.«

»Ja. Ja. Danke noch mal, Tamar.«

Bei Cato war Ava ebenfalls nicht. Cato wusste nicht, dass Ava die Briefe und die Plattenaufnahme gefunden hatte. Oder sie ließ Jet wenigstens in diesem Glauben. Jet berichtete ihr von dem Telefongespräch mit Tamar.

»Ich verstehe es schon. Zuerst ist sie von Bram im Stich gelassen worden, dann von dir. Das muss ihre Schlussfolgerung gewesen sein, als sie die Briefe von Zev gefunden hat. Nun, da auch Tamar angekündigt hat, wegzugehen, wollte sie ihr zuvorkommen. Es ist immer besser, jemanden zu verlassen, statt selbst verlassen zu werden, nicht wahr? Wenn ich du wäre, würde ich in der Schule nachfragen. Der Konrektor scheint als Letzter mit ihr gesprochen zu haben.«

Herr de Hoes berichtete, dass Ava ihm am Morgen einen Brief ausgehändigt hatte, in dem sie ankündigte, die Schule abzubrechen. Er habe alles getan, was er konnte, um sie von ihrer Meinung abzubringen, doch sie war nicht zu überzeugen gewesen. Sie habe eine Entschlossenheit an den Tag gelegt, die ihm nie zuvor an ihr aufgefallen sei, und eine Verbissenheit, als ob sie sehr schwer enttäuscht worden wäre. Er habe darauf vertraut, dass Ava ihre Entscheidung mit ihr abgesprochen hätte.

»Ein bisschen naiv, oder?«

»Bei näherer Betrachtung, ja. Ich habe noch versucht, dem Gespräch eine andere Wendung zu geben, und über ihre Zukunftspläne gesprochen: ›Was willst du nach der Schule machen?‹«, habe ich sie gefragt. Damit hätte sie sich noch nicht befasst, war ihre Reaktion, und dann ist sie gegangen.«

»Und jetzt?«, fragte er. »Was werden Sie tun?«

»Zur Polizei gehen. Sie als vermisst melden.«

»Sie kommt schon wieder.«

»Ja, das würde ich an Ihrer Stelle auch glauben.«

Sie hatte nicht damit gerechnet, dass sie bei der Polizei auf so wenig Kooperationsbereitschaft stoßen würde. Sie hatte ein Kind verloren, und dort zuckte man nur mit den Achseln. Sie hatten ihr einen langen Fragebogen vorgelegt und waren dann zu dem Ergebnis gekommen, dass das Kind volljährig sei und Ava ihre Abreise vorbereitet habe. Es sehe nicht so aus, als sei sie von jemandem entführt worden oder dergleichen. Vielleicht habe sie sich entführen lassen, aber das sei dann wieder etwas anderes. Ein Unfall erschien ihnen ebenfalls unwahrscheinlich, und außerdem würden die Behörden sie dann schon finden. Ava habe ihre Papiere bei sich. Mevrouw solle sich mal keine allzu großen Sorgen machen. In dem Alter seien Kinder abenteuerlustig. Irgendwann sei das Geld alle, und dann kämen sie von ganz allein zurück. Es sei wirklich zu früh, viel zu früh sogar, um eine

Vermisstenmeldung aufzugeben. Und selbst wenn sie noch eine Weile wegbliebe, wäre es nicht ausgemacht, dass man eine solche Meldung herausgeben könne.

Jet konnte nicht mehr Klavier spielen. Das war ihr in ihrem ganzen Leben noch nicht passiert. Selbst nach Brams Tod hatte sie es gekonnt. Jede Note, die sie jetzt anschlug, war falsch oder klang falsch. Vielleicht war es an der Zeit, den Klavierstimmer kommen zu lassen. Normalerweise vertrieben ihr die Noten immer die Gedanken. Selbst wenn es kein Klavier in der Nähe gab, hatte sie mit einer Partitur immer dafür sorgen können, dass sie nur noch an Musik dachte: keine Worte, nur Noten, Metrum, Tempi und Themen. Wenn es keine aufgeschriebenen Noten gab, hatte sie sich vorgestellt, Notenpapier vor sich zu haben, dann musste sie nur noch mit dem Blick dem Liniensystem folgen, ihre Finger und ihre Ohren kamen von selbst hinterher. So hatte sie jahrelang überlebt. Musik war für sie in erster Linie eine Methode gewesen, das Denken zum Stillstand zu bringen und Emotionen zu beherrschen. Das Denken ließ sich freilich nicht abstellen. Selbst nachts belagerten Gedanken ihren Kopf, während sie schlief und sich dessen nicht bewusst war. Nicht denken war nur durch intensives Üben möglich. Das Schöne am Spielen eines Instruments war, dass es nie aufhörte, auch nicht, wenn man die Ausbildung beendet hatte. Man musste weiter üben, ein paar Stunden am Tag.

Jetzt versagte das System.

Angenommen, sie fände Ava, wie sollte sie sie dann überzeugen zurückzukommen, und wenn es nur hin und wieder wäre? Und warum konnte sie sie eigentlich nicht gehen lassen? War es denn nicht eine Befreiung für sie, dass Ava ihren eigenen Weg gehen wollte? Sie klappte den Flügel des

Instruments herunter, legte ein rotes Filztuch auf die Tastatur und schloss auch hier den Deckel. Als sie den Notenstapel, der auf dem Flügel lag, in den Schrank räumte, flatterte Schostakowitschs Erstes Klavierkonzert in Avas klingenden Buntstiftfarben auf den Boden.

ZWEITER TEIL

Jurre

»Ich habe nichts zu sagen,
und ich sage es,
und das ist Poesie,
wie ich sie brauche.«

John Cage über 4'33"

Kaum hatte Jurre die Tür zur Waschküche geöffnet, wusste er schon Bescheid. Der unverkennbar üble Geruch wehte ihn an wie die Jaucheduche, die ihn weggeschwemmt hatte, als er als kleiner Junge dem Güllewagen zu nahe gekommen war. Das späte Nachmittagslicht des Mai kündigte einen Sommer an, der niemals enden würde, und hier stand ein Winteressen auf dem Herd. Er musste nicht einmal den Deckel des verbeulten Kochtopfs lüpfen. Sie würden Rotkohl essen. Mit Püree. Und Blutwurst. Er ekelte sich vor diesen großen runden Scheiben von mindestens anderthalb Zentimetern Dicke, tief dunkelrot, eher braun, gespickt mit weißen, quadratischen Speckwürfeln. Fetttropfen perlten von ihnen ab wie der Schweiß auf Vaters Stirn an Tagen, wenn Heu gemacht wurde. Früher hatte Mammen die Wurst für ihn in Würfel geschnitten. Und auch wenn er die zusammen mit einem Löffel Apfelmus herunterwürgte, blieb der Geschmack unverkennbar: Blut, geronnenes Blut. Und dann die Struktur des Specks, glatt und gummiartig. Wenn man darauf herumkaute, schien sich die Substanz nicht zu verändern. Sechzehn quadratische Stückchen Blutwurst. Ein Martyrium. Im Hause Woudriga wurde nichts übrig gelassen. Pappen ließ ihn so lange am Tisch sitzen, bis sein Teller leer war. Einmal musste er sich dabei übergeben. Da war eine Kopfnuss fällig.

Mammen ging mit einer Schüssel in den Händen an den runden Tisch, als er hereinkam. Sie tickte mit ihren Nägeln gegen das Emaille.

»Wieso Rotkohl im Sommer?«, fragte Jurre.

»Guten Tag, Jurre.« Sie kehrte ihm beim Sprechen den Rücken zu. Das Ticken hörte auf, sie stellte das Apfelmus auf den Tisch, auf dem eine rot-weiß karierte Decke lag. »Es ist noch kein Sommer«, sagte sie in einem Ton, der eher überrascht als beleidigt klang, »es wird noch einen ganzen Monat dauern, bis es so weit ist.« Sie hatte einen letzten Kopf Rotkohl liegen gehabt, der gegessen werden musste, und Pappen gefragt, worauf er Appetit habe. Wenn Jurre diese Woche erfahren würde, dass er seine Abschlussprüfung bestanden habe, dürfe er bestimmen, was sie essen sollten. Mit energischem Schwung stellte sie die Töpfe auf die Blümchenuntersetzer, legte ihre Schürze ab und hängte sie über die Stuhllehne. Sie stützte sich auf die Ellbogen und sah Jurre durchdringend an: »Pappen will mit dir reden.«

»Kann schon sein.«

Er trat mit einem »Moin« ein. Selbst wenn Jurre die Augen schließen würde, sähe er vor sich, was jetzt kam: die blaue Wollmütze an den Nagel, der dafür wohl mal in den Türpfosten geschlagen worden war, die Holzschuhe neben die Matte, und dann trat er händereibend an den Tisch. Dass es gut rieche und er Hunger wie ein Wolf habe. Jurre seufzte. Jeden Tag das Gleiche. Exakt das Gleiche.

Mammen tat auf, sobald Pappen saß. Als sie mit der Fleischgabel eine Scheibe Wurst aus dem Topf gefischt hatte und auf Jurres Teller legen wollte, wehrte der mit der Hand ab. Für einen Moment baumelte die Blutwurst ziellos über dem Topf mit der Sauce. Mammen hob eine Augenbraue und änderte entschieden die Richtung, sodass die Wurst auf ihrem eigenen Teller landete.

»Früher …«, fing Pappen mit vollem Mund an, worauf Mammen ihr Messer erhob und seinen Satz abschnitt: »Na, Pappen, lass mal …«

In dem Moment, als Pappen seine ganze Aufmerksamkeit auf das Graben eines Trichters im Püree richtete, um dort zwei volle Löffel Sauce hineinzuschöpfen, reichte Jurre seiner Mutter lächelnd die Schale mit dem Apfelmus. Er war dankbar, dass sie sich für ihn eingesetzt hatte.

Sie aßen schweigend. Man hörte nur die Gabeln und Messer auf den Tellern, wenn man Pappens Schmatzen ausblendete. Ein Tropfen Sauce rann an seinem Kinn hinunter. Jurre sah in die andere Richtung. Beim Essen war sein Vater am abstoßendsten.

»Was gibt's als Nachtisch?«, fragte Pappen.

Statt einer Antwort stellte Mammen die Flasche Joghurt vor seine Nase sowie das Glas mit braunem Zucker.

Mit dem Daumen drückte Pappen den grünen Aluminiumverschluss von der Flasche und legte ihn mit der sauberen Seite auf die Tischdecke. Dann kratzte er mit dem Löffel seinen Teller noch einmal richtig ab und goss ihn schließlich randvoll. Er streute reichlich Zucker darüber und zog mit seinem Löffel Figuren in die Joghurtoberfläche, bevor er einen ersten Bissen zum Mund führte.

Jurre schob seinen Stuhl zurück und nahm seinen Teller, um ihn in die Spüle zu stellen.

»Willst du keinen Nachtisch?«, fragte Mammen.

Wenn er überhaupt Lust auf ein Dessert gehabt hätte, wäre es ihm jetzt vergangen. »Doch, eine Zigarette.« Er verschwand nach draußen.

Auf dem Zaun der Pferdewiese holte er ein frisches Päckchen Samson aus seiner Gesäßtasche, steckte einen Moment die Nase hinein, um das prickelnde Aroma zu schnuppern, und drehte sich eine feste Zigarette. Beim ersten Zug schloss er die Augen. Als er sie wieder öffnete, stand Doewe, das alte

Zugpferd, neben ihm. Er strich dem Tier über die Nüstern, die hart und weich zugleich waren. Er mochte den warmen Atem gern, der aus den großen Nasenlöchern strömte. Seine Selbstgedrehte war noch nicht zur Hälfte aufgeraucht, als er Pappens Holzschuhe näher kommen hörte. Im nächsten Moment hielt sein Vater seine breite Hand mit einem Häufchen Bix-Futter unter den Pferdekopf. Doewe fraß es mit geschürzten Lippen. »Wir müssen mal reden, Junge«, sagte Pappen und tätschelte das Pferd am Hals, als würde er mit dem Tier sprechen. Er wollte, dass Jurre den Bauernhof übernahm, wenn es Zeit dafür wäre. Da er jetzt die Prüfungen hinter sich habe, könne er sich langsam mal an diese Idee gewöhnen. Große Veränderungen stünden ins Haus; sie müssten auf ein neues Melksystem umsteigen, und dafür seien Investitionen nötig und eine grundlegende Renovierung des Stalles. Ihm liege der Betrieb am Herzen. Ein schöner gewinnträchtiger Bauernhof, der erhaltenswert sei. Die Familientradition müsse fortgesetzt werden.

»Und werde ich dazu auch noch gefragt?« Jurre hatte sich über seine Zukunft noch nicht so viele Gedanken gemacht. Die Klassenkameraden gingen zum Studium in die Stadt. Ihn interessierte das nicht. Er wollte nur Musik machen. Wie er davon leben sollte, darum würde er sich später kümmern. »Es interessiert Sie kein Stück, wie ich dazu stehe. Ich bin so viel Bauer, wie Sie Musiker sind.«

Er stieg vom Zaun auf den Rücken des Pferdes. Wie ein Fürst schaute er auf seinen Vater herab. Jurre mochte zwar gut mit den Pferden klarkommen, hatte aber zwei linke Hände, wenn es darum ging, die Kühe zu melken. Und die Ziegen ergriffen schon die Flucht, wenn sie ihn nur ankommen sahen. Mit dem Traktor hatte Pappen ihn noch nie fahren lassen.

»Mit der Zeit kommt das von selbst. Gib dir ein paar Jahre.«

Jurre schnalzte mit der Zunge, drückte seinen linken Unterschenkel gegen die Flanke des Pferdes, und als er es im Schritt vom Zaun wegführte, hob er seine Hände zum Himmel, wie die nackte Frau auf dem Wahlplakat der Sozialpazifisten, das vier Jahre nach den Wahlen noch immer hier und da herumhing. Geiles Weib, hatte Zeeger seinerzeit auf das Bild geschmiert, das an einer Litfaßsäule in der Nähe von De Harmonie hing. »Ich bin kein Bauer, und ich werde kein Bauer. Im Leben nicht.« Doewe drehte eigensinnig eine Schleife zurück und blieb dann stehen, als ob er sich vor dem Bauern hinter dem Zaun erschreckt hätte. Pappens Kopf war violett wie der Rotkohl, den sie gerade gegessen hatten. Er hatte nur diesen einen Sohn. Er spuckte es heraus: *eijnen Säöhn*. Dann stellte er einen Fuß auf den Zaun und betrachtete seine Holzschuhe. Würde er es wagen, sein Bein über den Zaun zu schwingen, fragte sich Jurre. Pappen packte mit beiden Händen den obersten Gitterstab, blieb aber stehen, wo er stand.

»Und wenn ich hundertmal Ihr einziger Sohn bin: Sie haben nicht über meine Zukunft zu bestimmen. Dazu haben Sie nicht das Recht. Fragen Sie lieber Freerk, der kommt mehr nach einem Woudriga als ich!«

Die Augen seines Vaters wurden schwarz und klein wie die Kerne in einem Apfelgehäuse. »Wenn dich der Hof einen Dreck interessiert, wird es Zeit, dass du gehst. Ich werde zu keinem einzigen Studium meine Zustimmung geben. Nur dass du Bescheid weißt.«

Jurre gab dem Pferd erneut die Sporen und kehrte seinem Vater den Rücken zu. Er hob eine Hand: »Na, dann mal tschüss.« Er versuchte, so kaltblütig wie möglich zu klingen, aber sein Herz begann wie wild zu schlagen. Er hatte nicht damit gerechnet, dass ihn Pappen ohne Pardon vor die Tür setzen würde. Das nannte sich nun Vater, sein einziges Kind wegzuschicken, weil es nicht den Erwartungen entsprach.

Er musste an diesem Abend im Café arbeiten. Noch nie zuvor war er so froh darüber gewesen.

*A*ls er nachts um halb eins fertig war, ging er nach Hause, um seine Sachen zu packen. Er hatte den Wind auf dem notenliniengeraden Polderweg direkt im Gesicht, sodass er in die Pedale steigen musste, um dagegenzuhalten. Scheißpolder, er hatte hier nichts mehr zu suchen. Sein Leben würde erst in der Stadt richtig losgehen. Lammert hatte ihm versprochen, einen befreundeten Kollegen in Groningen anzurufen. Vielleicht konnte er erst mal bei dem arbeiten. So einen Chef konnte man sich nur wünschen. Kein Gemaule über seinen Weggang, obwohl er natürlich gefragt hatte, wie das so aus heiterem Himmel gekommen sei. Jurre hatte wie ein Besessener gearbeitet; er polierte die Gläser, als würde er jeden glänzenden Bierseidel extra bezahlt bekommen, nahm Bestellungen auf und hielt mit jedem Gast ein Schwätzchen, füllte die Kühlschränke unter der Theke wieder auf, bis sie rappelvoll waren, und wenn er mal nichts zu tun hatte, dachte er sich etwas aus: Aschenbecher leeren oder Gläser abräumen, auch wenn es nicht unbedingt notwendig war. Er wischte sogar die Kreidetafel ab, auf der alle Biersorten standen, um dann in Schönschrift eine neue Preisliste anzuschreiben. Dieses ununterbrochene Tätigsein war das beste Mittel gegen den Aufruhr, der unter seinem Zwerchfell tobte.

»Mach mal langsam«, sagte Lammert um halb zwölf und setzte ihm ein großes Bier vor. Erst nach dem dritten Glas verspürte Jurre nicht mehr den Drang, aufzuspringen und irgendetwas zu erledigen. Trotzdem war er aufgestanden, um Freerk, der glücklicherweise nie vor Mitternacht ins Bett ging, anzurufen, ob er bei ihm übernachten könne. Das war okay. Freerk war für ihn wie ein Bruder. Solange Jurre sich erinnern konnte, hatte er auf dem Hof gearbeitet. Er nahm alles nicht so furchtbar ernst, die Arbeit in der Landwirtschaft, und war einem Scherz nie abgeneigt. Oft hatten sie zusammen Fußball gespielt, wenn die Arbeit geschafft war, oder Freerk half ihm, seinen Reifen zu flicken. Er nahm ihn mit, wenn in der Stadt Kirmes war, jedenfalls wenn er Geld dafür hatte, denn reich machte es einen nicht, das Landarbeiterleben. Er wohnte in einem Arbeiterhäuschen in Hongerige Wolf. Wenn man auf den Hinterhof in Ganzedijk stand und pisste, landete der Strahl – zumindest, wenn man den Wind im Rücken hatte – im benachbarten Weiler. Es war typisch für Freerk, dass er keine weiteren Fragen gestellt hatte.

Das Blut pochte in seinen Schläfen, als Jurre auf dem Hof eintraf. Fast hoffte er, Pappen würde zu dieser nachtschlafenden Zeit an der Tür auftauchen, damit er sich auf ihn stürzen und ihm die blöde Mütze vom Kopf reißen könnte. Jetzt hätte er genug Energie dafür und Mut sowieso mit den drei Bieren im Bauch. Haus und Stall lagen jedoch totenstill da, unberührt vom Streit zwischen Vater und Sohn. Der Anblick beruhigte ihn, und er stellte sein Fahrrad wie üblich an die Mauer zur Waschküche, anstatt es wütend auf den Kies zu werfen, wie er es sich eben noch vorgenommen hatte.

Er knipste die Schreibtischlampe in seinem Dachzimmer an. Der alte hölzerne Küchentisch, auf dem sie stand, war jetzt, da die Prüfungen vorbei waren, so leer wie die nahe Zukunft. Erst während der Vorbereitung auf die Abschlussprüfungen hatte er es geschafft, hier sitzen zu bleiben, um zu lernen. Er war keiner, dem alles zuflog, er lernte am besten beim Machen. Sein Saxofon hatte er so lange bei Zeeger deponiert. Was für eine Erleichterung es doch gewesen war, es gestern abzuholen. Er hatte sich sofort die Unterlippe wund gespielt. Wenn sein Freund ihn nicht vor Jahren überredet hätte, zu De Harmonie zu kommen, hätte er heute keine blasse Ahnung gehabt, was er hätte machen sollen.

Er warf ein paar Sachen in eine Tasche, packte seine kleine LP-Sammlung dazu. Er hatte erst Platten gekauft, als er Geld verdiente. Bis auf das Poster von Dexter Gordon gab es nichts, woran er hing, was er vermissen würde, wenn er es hierließ. Ja, die Aussicht! Der grüne, schwarze oder weiße Acker, je nach Jahreszeit und den Pflanzen, die da wuchsen, eingerahmt von dem quadratischen Dachbodenfenster. Die strenge Pappelreihe auf der anderen Seite des Feldes: sein Horizont. Der hatte jahrelang nicht über die Baumreihe hinausgereicht. Er nahm seinen Hero von der Wand, war gerade dabei, ihn zusammenzurollen, als es klopfte. Mammen. War sie so spät ins Bett gegangen, oder hatte er sie geweckt? Sie trug einen Morgenrock und Frotteeslipper und sah müde aus; ihre Haare, die sie tagsüber zusammenband, hingen jetzt offen um ihr Gesicht. Ihm fiel plötzlich auf, wie klein sie eigentlich war. Er war mehr als einen Kopf größer.

»Was machst du da?«

»Packen.«

Sie sah ihn an wie ein ängstliches Kind im Dunkeln, setzte sich auf den Stuhl an dem leeren Tisch und sah zu der Tasche auf dem Bett. Er ließ sich neben sein Gepäck fallen, das aufgerollte Poster in der Hand, mit dem er nervös auf seinem Oberschenkel herumtrommelte. »Pappen will, dass ich gehe.«

»Aber doch nicht so Hals über Kopf?« Ihre Stimme zitterte. »Du musst dich nicht wie ein Dieb nachts aus dem Haus schleichen.«

»Warum soll ich noch bleiben, wenn ich hier nicht länger erwünscht bin?« Es klang bissiger, als er es beabsichtigt hatte.

»Was mich angeht, bist du immer willkommen, schreib dir das hinter die Ohren.«

Die Rolle aus glänzendem Papier landete im hohen Bogen in der Tasche. Er zog den Reißverschluss zu.

»Nimmst du den nicht mit?« Seine Mutter reichte ihm den Notenständer aus Nussbaumholz. Es war ein Tischmodell. Ein Geschenk von ihr, als er gerade mit dem Saxofon angefangen hatte. Er nahm ihn, und für einen Moment hielten sie beide den Rahmen von je einer Seite fest. »Jurre …« Sie sah ihm in die Augen und schien nicht daran zu denken, den Notenständer loszulassen. »Jurre, ich möchte, dass du weißt … ich … Gott, ich weiß nicht, wie ich es sagen soll, ich hatte mir diesen Moment ganz anders vorgestellt.«

»Mammen, es ist okay. Ich weiß, dass du die Dinge nicht so siehst wie Pappen. Aber ich gehöre nicht hierher. Ich bin kein Bauer, ich werde Saxofonist.«

Sie ließ den Notenständer los. Sah auf den Boden. Seine Finger wanderten über das Holz. Der Notenständer war kaum benutzt, da er fast nie vom Blatt spielte. Wenn er ein Stück einstudierte, tat er das genau ein Mal. Dann war es in seinem Kopf. Der Rest ging übers Gehör. So musste man Musik machen, nach Gehör, mit den Eiern, nicht nach einem Buch, nicht vom Blatt. Die Noten entzogen der Musik alles Leben. Er übte nur so lange, bis er ein Stück buchstäblich in den Fingern hatte, bis sein Gehirn sich nicht mehr einmischte. Das Notenpult war für ihn eher eine symbolische Geste als ein praktisches Geschenk gewesen.

»Wo willst du hin?«

»Diese Nacht schlafe ich bei Freerk. Morgen fahre ich nach Groningen.«

Sie blickte zum Fenster, als gäbe es da um diese Zeit noch irgendetwas zu sehen.

»Ich hoffe, dass du es schaffst, dass du dich in der Welt behaupten kannst. Nimm es nicht auf die leichte Schulter.« Sie schwieg und sah sich in dem kahlen Raum um. »Nimm hundert Gulden aus meinem Haushaltsportemonnaie. Es liegt in der Schublade vom Küchentisch. Dann hast du einen kleinen Puffer.«

Er umarmte sie, den Notenständer noch immer in der Hand.

»Ich will dich nicht verlieren, Junge.«

Er gab ihr einen Kuss auf die Wange. »Du verlierst mich nicht.«

Im Dunkeln schwang er sich aufs Fahrrad, das Saxofon auf dem Rücken und die Reisetasche am Lenker. In seinem Kopf erklang das Baritonsaxofonsolo aus *Shine On You Crazy Diamond* von Pink Floyd, und damit verließ er Ganzedijk.

*E*r tauchte in Groningen ein, wie er an einem frühen Sommertag vom Steg ins Oldambtmeer getaucht war. Nicht zögern, ordentlich Anlauf nehmen, kurz über der Oberfläche schweben, das Kribbeln des eiskalten Wassers in jeder Hautzelle spüren und dann mit Armen und Beinen so wild um sich schlagen, dass der Herzschlag in die Höhe schnellt und man die Kälte nicht mehr spürt.

Es waren mit dem Rad fünfundvierzig Kilometer von Hongerige Wolf. Den Bus zu nehmen war keine Option. Auch in seinem anderen Leben würde er das Fahrrad brauchen. Als er ging, bekam er von Freerk einen Klaps auf die Schulter, eine Packung Butterbrote und eine Thermosflasche voll Kaffee. »Die Thermosflasche hätte ich gern wieder«, hatte er gesagt. »Dann hast du einen guten Grund, hier noch mal vorbeizukommen.«

Fünfundvierzig Kilometer waren ein guter Anlauf, selbst bei Gegenwind. Es würde ein heißer Tag werden. Er war kaum in Fahrt gekommen, als er auch schon anhalten musste, um seinen Pullover auszuziehen. Er stopfte ihn unter die Gurte des Gepäckträgers und trat sofort wieder in die Pedale, als würde ihn jemand verfolgen, um ihn doch noch aufzuhalten. Sein Fahrrad quietschte nervtötend. Freerk hatte ihm sicher zehnmal gesagt, dass er die Kette einfetten müsse. Er hatte nie Lust dazu gehabt; warum sollte man sich vor das Fahrrad hocken, wenn man auch Musik machen konnte? Während er versuchte, den richtigen Rhythmus zu finden, dröhnte immer wieder dieser eine Satz von Mammen in seinem Kopf: Ich hatte es mir so ganz anders vorgestellt … Offensichtlich hatte sie längst über seinen Auszug nachgedacht, obwohl sie überhaupt nicht wollte, dass er ging. Hatte auch sie insgeheim gehofft, dass er den Hof übernehmen würde? Er wusste es eigentlich nicht. Obwohl sie nie darauf angespielt hatte, zweifelte er jetzt daran.

Deshalb hatte er auch schlecht geschlafen. Auf der Couch bei Freerk war es ihm unheimlich geworden, obwohl er doch mehr als einmal dort gelegen hatte. Da hatte er jedoch immer gewusst, dass er am nächsten Tag wieder zu Hause schlafen würde; davon konnte jetzt keine Rede mehr sein. Ein Zuhause, das musste er sich selbst schaffen. Es war idiotisch, dass er so ein Tempo vorlegte, denn er hatte keinen blassen Schimmer, wie er es anpacken sollte. Ein Lkw überholte ihn, der noch eine zusätzliche Hitzewelle über ihn hinwegblies. Er schwitzte so, dass ihm das Hemd wie ein nasser Lappen am Rücken klebte. Mit einiger Regelmäßigkeit tropfte es von einer Stirnlocke erst auf die Nase und dann auf den Oberschenkel. Er war so dumm gewesen, kein Wasser mitzunehmen. Thermoskaffee, der nach einer Viertelstunde schon nicht mehr nach Kaffee schmeckte, war das Letzte, was er jetzt wollte. Er trat schneller in die Pedale, bis es nur noch das Geräusch der sich drehenden Räder und des Windes in seinem Gesicht gab. Das Saxofon auf seinem Rücken war ein Mädchen, das an diesem neonlichthellen Sommertag hinten aufgesprungen war und den Kopf zwischen seine Schulterblätter gelegt hatte.

Gegen eins kam er bei der Adresse an, die Lammert ihm genannt hatte. Das Erste, was ihm auffiel, als er die Tür des Ladens öffnete, war die Musik, die dort lief: Charlie Parkers *Ornithology*: eine angenehme Begrüßung. Es war eher ein Speiselokal als eine Kneipe wie die in Winschoten, wo er gearbeitet hatte. Überall Holztische, eingedeckt mit in Servietten gerollten Bestecken auf Höhe der rechten Armlehne von jedem Stuhl. Auf jedem Tisch eine braune Bierflasche, die als Kerzenständer diente, mit Wachs, das wie erstarrter Bierschaum darüber getröpfelt war. Er fragte die blonde junge Frau hinter der Bar nach Geuko. Ihre Haut war so weiß, dass sie durchsichtig zu sein schien.

Der Kneipenwirt kam aus der Küche in den Laden und wischte sich die Hände an seinem Schurz ab. Blondes Strubbelhaar, kräftig gebaut, fröhliche Augen. Einer, den man sich als Vater wünschte. Er musterte Jurre von Kopf bis Fuß. Dem wurde wieder bewusst, dass sein Hemd ebenso am Rücken klebte wie sein Haar am Kopf. Ob er ein Glas Wasser wolle oder vielleicht ein Bierchen? Jurre schlug beides nicht ab.

»Ach ja«, sagte Geuko und bewegte den Zeigefinger seiner rechten Hand auf und ab. »Du bist natürlich der Musiker, wegen dem mich Lammert angerufen hat.« Er stellte ein großes Glas Bier und ein Glas Wasser auf die Bar. Jurre trank in umgekehrter Reihenfolge und ohne abzusetzen. Dann wischte er sich mit dem Handrücken den Schaum von der Oberlippe. »So!«, lachte Geuko. »Gieriger Typ. Kann ich sonst noch was für dich tun?«

Ja, er suche Arbeit und auch ein Dach über dem Kopf.

»Ich meinte eigentlich eher was Ordentliches zu essen«, grinste Geuko, »aber wenn du nicht so ein Träumer bist wie die meisten dieser Musiker und weißt, wie man zupackt, kannst du zum Abwaschen kommen. Schon heute Abend, wenn du willst, es hat gerade jemand abgesagt.« Und zu dem durchsichtigen Mädchen, das die Gläser polierte, sagte er: »Hast du nicht einen Freund in einem Studentenheim? Ob sie da nicht vielleicht noch ein Klappbett stehen haben?«

»Bestimmt«, sagte sie, »aber ob sie da auf einen Schlafgast scharf sind? Bauernlümmel mögen die hier in der

Stadt nicht so. Die kommen ja hauptsächlich, um sich hier zu prügeln.«

»Sehe ich aus, als ob ich mich prügeln will?« Jurre versuchte ihren Blick aufzufangen. Sie schaute frech zurück, zuckte mit den Achseln und schrieb etwas auf einen Bierdeckel.

»Eine gute Dusche würde deine Chancen auf ein Gästebett erhöhen. Hier hast du die Adresse.« Sie schob sie ihm zu. »Wenn sie dir nicht gleich die Tür vor der Nase zuschlagen, frag nach Jort und sag ihm, dass es um ein paar Nächte geht.«

Er bedankte sich bei ihr.

»Ja, ja … Grüß Jort.«

»Und von wem?«

»Harmke.«

»Geht in Ordnung. Und bis heute Abend dann.« Jurre streckte Geuko die Hand über die Bar entgegen: »Ich bin Jurre. Und danke.«

»Ich erwarte dich um halb sechs.«

Ein Junge in einem weißen Hemd öffnete die Tür: »Und wer magst du wohl sein, guter Mann?«

Das Klischee eines Jurastudenten stand in der Tür, und plötzlich verspürte Jurre große Lust, gleich wieder umzukehren. Es war reiner Überlebensinstinkt, dass er noch fragte, ob Jort zu Hause sei. Er habe Glück, denn der stünde vor ihm. Jurre holte tief Luft und sagte, dass er von Harmke grüßen solle und einen Schlafplatz für ein paar Nächte suche. Bevor er erklären konnte, dass Geuko, Harmkes Chef, gemeint hatte, dass sie hier durchaus einen Gast einquartieren könnten, fragte Jort: »Kannst du auch ein bisschen auf deiner Rotzkanne spielen?« Mit einer Kinnbewegung wies er in Richtung des Saxofon-Koffers, der über Jurres Schulter ragte.

»Dafür bin ich nach Groningen gekommen, um nichts anderes mehr zu tun, als auf dieser Rotzkanne zu spielen.«

»Einen Moment.« Die Tür schloss sich bis auf einen Spalt.

Jurre trat einen Schritt zurück, schwang sein Saxofon vom Rücken und lehnte sich an die Balustrade der Freitreppe, um genauer in Augenschein zu nehmen, wo er gelandet war. Er stand vor einem stattlichen, freistehenden Herrenhaus, dem es ein bisschen an Farbe fehlte. Hohe Fenster mit weißen Fensterläden auf beiden Seiten der imposanten Haustür in zwei Reihen übereinander. Wenn man ein Zimmer in diesem Gebäude bewohnte, war man mindestens der Sohn eines Bankiers, Notars oder Chirurgen. In so einem Haus würde er sich wie ein Königskind fühlen. Er stand da und starrte in den Park, der nichts anderes als der Vorgarten war, als die Tür wieder aufschwang. »Wenn du spielen kannst, bist du willkommen. Nimm erst mal ein Bad, und dann lass hören, was du draufhast.«

Eine halbe Stunde später spielte er in der Küche des Studentenwohnheims vor, wo acht Jungen seines Alters die Zulassungskommission bildeten. Einer wie der andere flegelten sie sich um einen Tisch in der Größe eines Billards und gafften ihn skeptisch an. Um die Spannung zu lösen, gab er allen die Hand und fragte, was sie hören wollten, während er gleichzeitig, mit schweißnassem Rücken, daran zweifelte, ob das wirklich so eine gute Idee war.

»Du siehst in diesem Bauernkittel nicht so aus, als hättest du James Brown drauf«, sagte jemand.

Jurres *I Feel Good* fetzte dann so laut durch die Küche, dass die Herrschaften gleich ein bisschen aufrechter dasaßen. Dann ließ er sich dazu verleiten, ihnen einen Eindruck von *Fourth* von Soft Machine zu geben und das Intro von *Young Americans* von Bowie zu spielen. Es folgten die Beatles, Elvis … er konnte es alles, durfte sich glücklich schätzen, dass er es sich zur Gewohnheit gemacht hatte, mit dem Radio mitzuspielen, obwohl Pappen hundertmal gesagt hatte, dass dieser neumodische Krach nicht anzuhören sei. Als er fertig war, erhielt er nach kurzer Stille sogar Applaus von dem Herrenclub.

Im Gartenhaus stand ein Klappbett. Dort könne er in den nächsten Tagen auch üben, wenn er wolle. Morgen Nachmittag würden sie mit der Hausband proben, Jort und Pieter. Toll, wenn er da mitmachen würde. Na ja, Band, dachte Jurre, unterließ es aber tunlichst, das laut auszusprechen. Es spielte keine Rolle, schließlich hatte er an nur einem Tag alles hingedeichselt: eine Arbeit, ein Dach über dem Kopf und einen Platz zum Spielen.

Morgens gleich nach dem Aufwachen machte er Kaffee auf dem Butan-Kocher, den er im Gartenhaus gefunden hatte, und übte ein paar Stunden. Am ersten Morgen hatte er höflich gefragt, ob er jemanden wach geblasen habe, aber der Garten hinter dem Haus war so groß, dass selbst das weittragende Geräusch eines Tenorsaxofons nicht bis in die Studentenzimmer »der Burg« reichte, wie Jurre das große Haus getauft hatte. Nachmittags erkundete er die Stadt oder probte zusammen mit Jort und Pieter, die er für ein paar Hobbymusiker hielt, auch wenn sie es anders sehen mochten. Er hielt sich mit guten Ratschlägen zurück, teilte großzügig Komplimente aus, und vielleicht war es das, was Jort nach drei Tagen dazu gebracht hatte zu sagen, dass er so lange im Schuppen biwakieren dürfe, wie er wolle. Jeden Tag ging er um fünf Uhr zu Geuko, wo er eine warme

Mahlzeit bekam und dann so hart arbeitete, dass er nachts in einen traumlosen Schlaf fiel. Einmal in der Woche rief er Mammen an, um ihr zu sagen, dass es ihm ausgezeichnet gehe; dass er Arbeit habe, ein Dach über dem Kopf und viel Musik mache. Er plauderte ungefähr zehn Minuten über Belanglosigkeiten, versprach ihr, bevor sie sagen konnte, wie oft sie an ihn dachte, dass er bald wieder von sich hören lassen würde, und legte dann auf.

Mitte August kam Zeeger, der im Juni am Konservatorium angenommen worden war, nach Groningen, um sich ein Zimmer zu suchen. Sie trafen sich in der Stadt. Erst als er seinen Freund in die Arme schloss, wurde ihm klar, wie sehr er ihn vermisst hatte. Als Erstes fragte er Zeeger, ob er sich der Hausband »der Burg« anschließen wolle. Jurre wollte Jort und Pieter, für die das Klavier und das Schlagzeug hauptsächlich eine willkommene Ablenkung von den Lehrbüchern waren, nicht sitzen lassen, weil sie ihn netterweise in ihr Studentendasein aufgenommen hatten. Aber ohne Verstärkung würde nie etwas aus ihren musikalischen Ambitionen werden. Zeeger wollte kommen und zuhören und schlug vor, Fedde mitzubringen, einen guten Bassisten, den er gerade kennengelernt hatte und der bereits auf dem Konservatorium war. Dann stellte Zeeger vor allem kritische Fragen: ob Jurre schon einen Dozenten gefunden habe, der ihm weiterhelfen könne, wie viele Jamsessions er besucht und ob er schon einen Plan habe, wie er eine richtige Wohnung finden wolle, weil er nicht ewig auf diesem Feldbett kampieren könne.

»Mann, such dir erst mal selbst eine Wohnung«, hatte Jurre von sich abgelenkt. Trotzdem wälzte er sich in dieser Nacht zum ersten Mal auf seinem Behelfslager. Wie ein Radio-DJ eine swingende Nummer ausblendet, weil die Erkennungsmelodie der Nachrichten bereits angefangen hat, so erstarb die Euphorie über sein neues Leben. Er hatte verschiedene Male zu einem Jazzabend gehen wollen, doch das war immer an seinen Arbeitszeiten in der Kneipe gescheitert. Er musste sich wohl doch nach einer Arbeit umsehen, die er während der Bürozeiten erledigen konnte und die auch mehr einbrachte. Von seinem derzeitigen Lohn würde er niemals Miete, Essen und einen Privatdozenten bezahlen können. In all den Wochen hatte er es geschafft, nicht an seinen Vater zu denken, aber jetzt hatte sich der alte Mann grinsend in seinem Oberstübchen eingenistet. Zeeger hatte vollkommen recht, es bestand kein Grund zu jubeln. Er hielt vielleicht den Kopf über Wasser, aber das war es dann auch schon. Wenn er immer noch davon überzeugt war, Berufsmusiker werden zu wollen, hätte er inzwischen seinen Schlachtplan fertig haben müssen. Pappens abschätziges Lachen jagte ihn mitten in der Nacht in den Garten hinaus, das Saxofon unter den Arm geklemmt. Weil er nicht wagte, zu dieser Stunde zu spielen, zog er sein Poliertuch und die Bürste hervor. Es war lange her, dass er ans Großreinemachen gegangen war. Er kümmerte sich um alle Klappen. Es war ein Buescher von 1925, sein Saxofon, ein Oldtimer. Man durfte ruhig sehen, dass es ein Museumsstück war, dachte er, und um halb sechs Uhr morgens glänzte es wie neu.

»Was ist los mit dir?«, fragte Geuko, als Jurre an diesem Nachmittag in der Kneipe erschien. »Ist jemand gestorben?« Jurre schwieg. »Ich habe immer gedacht, deine Laune sei nicht kaputt zu kriegen.«

»Ich suche eine Wohnung. Ich kann nicht für immer in diesem Studentenhaus bleiben.«

»Ist das alles?«

Jurre stürzte sich auf den Abwasch und ging mit den Tellern und Schüsseln, den Tassen und den Gläsern etwas unsanfter um als gewöhnlich. Als er am Ende des Abends an der Bar ein Bier trank, sagte Geuko: »Was mir gerade eingefallen ist: Ein guter Kunde hat mir diese Woche gesagt, dass er auf unbestimmte Zeit ins Ausland geht. Du könntest mal fragen, was er davon hält, wenn jemand auf sein Haus aufpassen würde.«

»Scherzbold.«

Geuko zuckte mit den Schultern. »Wer nicht wagt, der nicht gewinnt. Ich gebe dir seine Nummer.«

Einer von Zeegers Dozenten am Konservatorium hatte gute Beziehungen. So kam Jurre zu Ties, einem Jazzmusiker, der ihm zweimal in der Woche Unterricht geben wollte. Weil er sechs Tage in der Woche die Post austrug, konnte er das bezahlen. Im Café sprang er nur noch ein, wenn Geuko in der Klemme saß. Jurre vermisste die warmen Mahlzeiten und Geukos Temperament.

Zeeger ließ ihn an dem Wissen und der Erfahrung teilhaben, die er im Unterricht erworben hatte, doch gleichzeitig wuchs Jurres Widerwillen gegen die am Konservatorium vorherrschende theoretische Art und Weise an die Musik heranzugehen. Jazz war eine Entdeckung. Sein Umzug in die Stadt hatte ihm ein starkes Gefühl der Freiheit vermittelt, obwohl er auf sich gestellt war, und auch beim Spielen verspürte er diesen Freiheitsdrang immer stärker. Er wollte die Musik von Gesetzen, Regeln und Konventionen befreien. Nicht nur nachspielen, was anderen eingefallen war und was sie aufgeschrieben hatten. Er sehnte sich nach seinem eigenen Sound, damit man ihn an seinem Spiel erkennen und er sich vielleicht so einen Ruf erwerben konnte.

»Hab Geduld«, lautete Ties' Rat, »spiel so oft du kannst mit anderen, hör gut zu, schau dir was von den großen Jungs ab. Versuche, ihren Sound hinzukriegen. Du wirst feststellen, dass das nicht zu machen ist. Saug alles auf, denn erst wenn du weißt, wie andere klingen, und wenn du kapiert hast, wie sie es machen, und du sie perfekt imitieren kannst, ist es Zeit, hören zu lassen, wer du bist. Gib dir, sagen wir, für den Anfang drei Jahre.«

*D*rei Jahre später war Jurre noch immer nicht davon überzeugt, dass er mit seinem Saxofonspiel bereits einen eigenen Sound gefunden hatte, obwohl Ties seine Improvisationen lobte. Er fand, Jurre sei vortrefflich in der Lage, fremde Soli nachzuahmen, und seine Finger schafften es immer besser, das zu spielen, was er in seinem Kopf hörte.

Mammen stand auf, um ihn zu umarmen, als er durch die Hintertür hereinkam. Seit er nach Groningen gezogen war, kam er immer hintenherum, meist unangemeldet, dann hätte er zur Not im letzten Moment immer noch umkehren können. Sie hielt ihn lange fest: »Jurre, Jurre! Ich hatte dich gar nicht erwartet, ich freue mich so, dich zu sehen!«

Er hielt sie mit ausgestreckten Armen ein bisschen von sich weg und sah sie musternd an. »Ich hatte doch versprochen, dass ich kommen würde?« Ihr Haar saß unordentlich. Sie wirkte grauer als beim letzten Mal, und sie hatte Kaffeeflecken auf der Bluse unter der Schürze. Zwei Tage zuvor hatte sie ihn angerufen. Pappen werde den ganzen Tag auf dem Viehmarkt sein. Da könne er doch wieder mal vorbeikommen.

»Ist gut«, hatte er geantwortet. »Ich komme.« Dann wusste er nicht mehr, was er sagen sollte. Sie würden am Freitag reden.

Der Küchentisch war mit Papieren übersät: Urlaubskarten, Weihnachtskarten, Rechnungen, Steuerunterlagen und andere offizielle Schreiben. Auf dem Boden, an den Stuhlbeinen, stapelweise Post. Die Küche war immer der Ort im Haus gewesen, wo alles seinen Platz hatte, wo das Leben übersichtlich war. Hier konnte man sehen, wie seine Mutter mit den Töpfen und Pfannen, den Gartenkräutern und den Früchten, Tellern und Tassen Zwiesprache hielt. Als ob alles, was ihr unter die Hände kam, lebendig werden würde. In seinem eigenen chaotischen Haushalt blieben alle Gebrauchsgegenstände tote Dinge.

»Was machst du da, Mammen?«

»Ich miste den Sekretär aus. Im Wohnzimmer habe ich dafür keinen Platz. Kaffee?«

Er nickte. Während sie begann, an der Spüle herumzuwirtschaften, setzte er sich an den Tisch. Jetzt sah er auch überall die gelben Zettel. Trui anrufen, las er, und: Haferflocken, Kaffee, Boerenjongens-Branntwein und: Der Schuster hat angerufen. Pappens Schuhe abholen, seit vier Wochen fertig. Es gab auch eine Notiz, auf der »Eintagsfliege?« stand.

Sie schob den Papierkram beiseite und stellte den Kaffee in einer Sonntagstasse auf die dazugehörige Untertasse vor ihn hin. »Zucker und Milch?«

Er verzog das Gesicht: »Ich trinke doch schon mein ganzes Leben lang schwarz und aus dem blauen Becher.«

Sie ging wieder zur Spüle, um ihre eigene Tasse zu holen, die Tasse, aus der sie trank, solange er sie hatte Kaffee trinken sehen; ein braunes, innen weißes Mokkatässchen. Der Glücksmoment. Das Porzellan zeigte schwarze Haarrisse. Sie setzte sich zu ihm.

»Warum trinkst du ihn jetzt auch schwarz?«

»Ach, wie dumm. Ich bin ein bisschen durcheinander.« Sie wollte wieder aufstehen.

Jurre legte seine Hand auf die ihre. »Warte mal.« Er fand Milchkännchen und Zuckerdose nicht an ihrem gewohnten Platz in der Ecke neben dem Herd, beide standen im Kühlschrank. Er schüttelte den Kopf. »Schau her, einen Schuss

Milch und zwei Würfel Zucker, Mevrouw, kann ich sonst noch etwas für Sie tun?«

»Nein, vielen Dank, Mijnheer.« Sie lachte zwei tiefe Halbmonde in ihre Mundwinkel.

Er setzte sich wieder an den Tisch und fragte, ob es ihr gut gehe.

Sie nickte, die Lippen ein wenig gespitzt. Es sah nicht überzeugend aus.

Seine Blicke wurden wieder von dem Papierkram angezogen. Er griff nach einem Dokument, weil ihm die flüssige Handschrift auffiel: nach rechts geneigt und mit blauer Füllertinte geschrieben.

Heute, am 17. August 1956, erschien vor mir, dem Beamten des Standesamts der Gemeinde G., Hamelink, Geertruida, Maria Helena Theodora, von Beruf Lehrerin, Alter: dreiundvierzig Jahre, wohnhaft im Redemptoristinnenkloster zu V., die erklärte, aus eigener Anschauung Kenntnis erlangt zu haben, dass in dieser Gemeinde am 17. August 1956 6.12 Uhr geboren wurde:

Hamelink, Jeronimus Henricus Josephus Maria …

»Eine Geburtsurkunde.« Er ließ das Dokument sinken. »Diese Namen. Was für ein verrückter Zufall.«

»Ja, Junge.« Sie erhob sich, um zum dritten Mal zur Spüle zu gehen, und drehte ihm den Rücken zu.

Seine Hand verschwand in der Hosentasche, wo seine Finger das kühle Metall seines Saxofon-Mundstücks umklammerten, das er wie einen Talisman bei sich trug. Plötzlich verstand er. Als ob er eine Melodie gehört hätte, die er noch nie zuvor vernommen hatte und die ihn auf der Höhe seines Zwerchfells durchbohrte. So ist das, war das Einzige, was er denken konnte.

»Mammen?« Seine Stimme klang, wie sie morgens klang, wenn er mit einem Brummschädel aus dem Bett stieg.

»Ja, Junge«, sie wandte sich ihm zu, eine Schüssel mit zwei Scheiben Honigkuchen in der Hand. Sie sah niedergeschlagen aus.

»Nein, lass mal.«

Es regnete, als er nach Hause fuhr. Der Regen konnte das Bild Mammens, die sich an die Spüle lehnte, nicht wegwaschen. So glanzlos, wie ihre Augen gewirkt hatten. Die stämmige Bäuerin, als die er sie gekannt hatte, war wie ein Wollpullover bei einer Sechzig-Grad-Wäsche eingelaufen. Es schien auch Einfluss auf ihre Gemütsverfassung zu haben. Selten war es vorgekommen, dass sie in einer Stimmung war, die er, wie heute, nicht einschätzen konnte. Er mochte noch so mürrisch gewesen sein: wenn er seine Mutter hatte singen hören, während sie auf dem Hof Wäsche aufhängte, die Hühner fütterte oder Suppe kochte, hatte sich das auf ihn übertragen. Seine erste Erinnerung an sie war, dass sie ihm ein Lied beibrachte. Er saß mit einem Holzlöffel in der Hand im Kinderstühlchen, das sie an die Spüle geschoben haben musste. Sie schälte Bohnen oder Kartoffeln und sang das alte Kinderlied von Berend Botje. Er schlug mit seinem Löffel auf die Tischplatte des Hochstuhls. Das Bild war unscharf, aber das Klappern von Holz auf Holz und Mammens klare Stimme, die es übertönte, waren deutlich zu hören.

Er hatte immer angenommen, dass er seinen Hang zur Musik der Musikalität seiner Mutter verdanke.

*A*m Abend hatte er mit den Jungs einen Auftritt an einer Schule. Inzwischen wurden sie regelmäßig zu Schulfeiern eingeladen, auf denen sie hauptsächlich Jazz spielten. John Coltrane, Thelonious Monk, Charlie Parker, Dave Brubeck … ihr Repertoire erweiterte sich immer mehr.

Als er die bleischwere Schultür öffnete und die Eingangshalle durchquerte, wo ihn Porträts von Lehrern mit einem Lächeln begrüßten, überkam ihn die Übelkeit, die ihn während seiner gesamten Oberschulzeit heimgesucht hatte, wenn er das quadratische Gebäude betreten hatte, das als Hochburg der Moderne und der Offenheit galt. Lange Zeit hatte er nicht gewusst, was er dort überhaupt sollte. Warum konnte er nicht gleich bei einem Saxofonisten in die Lehre gehen? Er schwänzte so oft, wie er nur schwänzen konnte. Zweimal war er sitzen geblieben.

Er brauchte nur Zeegers Trompetenton zu folgen, um die Aula zu finden. Dort saß auch Jort und hämmerte auf die Tasten des Klaviers ein. Jurre hatte große Lust, zu sagen, dass er heute Abend nur die Hooklines spielen wollte, weil ihm der Sinn nicht nach Soli stand. Allerhöchstens würde er noch die zweite Stimme bei Zeegers Trompetensoli übernehmen. Aber als die Trompete wieder durch den Raum schallte, überlegte er es sich anders: Aus vollem Herzen zu spielen war das einzige Mittel gegen dieses Durcheinander in seinem Kopf. Wenn er erst einmal loslegte und bei einer Reihe von Nummern mehrere Chorusse hintereinander spielte, würde er sich in der Musik auflösen, sich und seine Fragen vergessen, dann gäbe es ihn nicht mehr. Zeeger musste nur mit dem ersten Solo anfangen, dann hätte Jurre etwas Zeit, um warm zu werden.

Fedde und Pieter waren ebenfalls eingetroffen und stimmten ihre Instrumente. Fedde reichte Jurre ein Bier, sah ihn musternd an und fragte: »Alles okay?«

»Ja klar, warum?«

»Dein Putztuch steckt noch im Schallbecher. Hier sollte man dich schon hören können, oder?«

Langsam füllte sich die Aula mit Schülern. Der Rauch, das Geplapper und der Bierdunst bildeten einen angenehmen Vorhang, hinter dem Jurre seine Nervosität verbergen konnte. Er hoffte, dass er in den nächsten Stunden die notwendige Konzentration aufbringen würde.

Das Krakeelen der Menge verstummte in dem Moment, als sie mit der ersten Nummer loslegten. *Watermelon Man* von Herbie Hancock. Immer ein schöner Opener. Es ging los.

Er sah die blaue Wollmütze gerade hereinkommen, als er *My Favorite Things* anstimmte. Was wollte er da unter den Schülern, die feierten, dass das Wochenende begonnen hatte? Die Hoffnung machte sein Spiel leichter. Dass er extra wegen ihm gekommen war, ihm endlich einmal zuhören wollte. Diese Nummer war nur für seinen Vater. Er würde zeigen, was aus ihm geworden war.

Jurre bekam Applaus. Begeisterten Applaus. Jungen und Mädchen trommelten auf die Tische, pfiffen auf den Fingern. Die Verwunderung blieb. Jedes Mal, wenn der Beifall speziell für ihn aufbrandete, dachte er, dass er gar nicht ihm gelten könne, dass er für jemand anderen bestimmt sei. »Am Tenorsax: Jurre Woudriga«, schrie Zeeger doch tatsächlich. Mit einem breiten Grinsen verbeugte sich Jurre vor dem Publikum. Er hatte die Mütze aus den Augen verloren, aber sein Vater musste doch mitbekommen, wie das Publikum ihm zujubelte. Der Trompeter stieß ihn jetzt mit dem Mundstück in die Rippen, weil er vergessen hatte weiterzuspielen. Wie in den Wolken schwebend setzte er ein.

Am Ende des Abends suchte er die Menge ab. Als er den blau bedeckten Kopf immer noch nicht finden konnte, senkte sich sein Blick zu Boden. Würde er ein paar Schuhe in Gummiüberziehern entdecken? So sehr er auch suchte, er fand sie nicht. Er hatte sich wieder geirrt. Er irrte sich schon seit drei Jahren, bei jedem Auftritt aufs Neue.

Wenig später blieb der Saxofon-Hero auf der Bühne zurück, während er als Jurre, der Bauernsohn, das Schulgebäude verließ.

Sie gingen mit Fedde noch etwas trinken. Er wohnte am Rande der Stadt. Lärmend fuhren sie mit ihren Rädern in diese Richtung. Zeeger und Pieter gingen mit viel Armgefuchtel den Abend noch einmal durch. Es war ziemlich gut gelaufen. Fedde und Jort berichteten von den Mädchen, die hinterher zu ihnen gekommen waren, um sie mit Komplimenten zu überschütten. Er war heute Abend das Schlusslicht. Nun, da keine Musik mehr spielte, saß er wieder an Mutters Küchentisch mit der Geburtsurkunde in der Hand.

Obwohl es gegen Mitternacht ging, war es warm genug, um im Garten zu sitzen. Fedde warf ein paar Holzblöcke in ein Feuergestell, suchte nach einem Feuerzeug. Es war faszinierend, dabei zuzusehen, wie das Feuer im Dunkeln aufflackerte. Abgesehen davon, dass es behaglich war, das Licht und die Wärme, die es ausstrahlte, war es auch beruhigend. Wenn man eine Flamme an eine zusammengeknüllte Zeitung hielt, darauf eine Handvoll Kienspäne und ein paar Holzklötze legte, gab es Feuer. Jurre trank ein Bier aus, nahm sich sofort ein zweites. Drehte sich eine Zigarette.

Die Geräusche der Stadt erstarben. Ein schwacher Güllegestank hing in der Luft. Wenn er die Augen schloss, saß er auf dem Zaun der Pferdeweide.

In fußläufiger Entfernung war das dumpfe Geräusch von Hufgetrappel auf staubigem Untergrund zu hören. Um diese Zeit und an diesem Ort? Wenn sich ihm Geräusche, Gerüche und Bilder des Landes aufdrängten, lag das an der Allgegenwart seines Vaters. Nach dem Auftritt hatte er vergeblich nach dem Gesicht mit den großen Nasenlöchern und den Augenlidern wie Eierschalen gesucht – Fantast, der er war –, jetzt aber stiefelte ihm der Mann mit der unvermeidlichen Mütze wieder durch den Kopf. Und heute schlenderte Mammen hinterher.

Ein Wiehern riss ihn aus seiner Grübelei und die panische Stimme einer Frau: »Kann bitte jemand helfen? Mein Pferd ist ausgebrochen!«

Jurre schoss gegen seinen Willen hoch: »Ein durchgegangener Gaul? Lass mich mal!«, und er fing an, ein Schlaflied zu pfeifen. Er lief den Sandweg hinunter und spähte über die Felder. In der Ferne waren die Konturen eines trabenden Pferdes zu erkennen. Die Nacht war hell, der Mond voll, er würde ohne Taschenlampe auskommen. Die Frau, die um Hilfe gebeten hatte, lief schräg hinter ihm. Sie atmete flach und schnell, musste ein ziemliches Stück gerannt sein. Er blieb stehen, hörte auf zu pfeifen. »Ist es dein Pferd?«

Sie schüttelte den Kopf. »Von Freunden. Ich passe auf ihr Haus und die Tiere auf.«

Ihre Kleidung war verdreckt, sah er jetzt, und sie hatte schwarze Streifen im Gesicht. Vermutlich war sie während der Verfolgung hingefallen. Sie gingen jetzt nebeneinander. Er fragte, ob sie sich wehgetan habe. Sie schüttelte den Kopf.

Ein Stück weiter blieb das Pferd stehen und begann an der Böschung zu grasen.

»Wie heißt er?«

»Bond. Aber ich nenne ihn James.«

Jurre grinste und fing an, die Melodie, die er vorhin begonnen hatte, noch einmal zu pfeifen, damit Bond hören konnte, dass sie näher kamen. Es war ein afrikanisches Lied mit Worten, die hauptsächlich aus Vokalen bestanden. In all seiner Bedeutungslosigkeit hatte er es immer viel aufschlussreicher gefunden als alle anderen Schlaflieder, von denen er jedes Wort verstand. Mammen hatte es gesungen, wenn sie auf seiner Bettkante saß und er nicht schlafen konnte. Er war schon immer ein schlechter Schläfer gewesen.

Es war für ihn ein Kinderspiel, sich dem fuchsfarbenen Pferd zu nähern. Er tätschelte ihm den Hals und fing an, mit ihm zu reden, als wären sie alte Bekannte. Nach einer vertraulichen Flüsterei nahm er das Tier am Halfter und brachte es seiner vorübergehenden Halterin zurück, die kopfschüttelnd zusah.

»Willst du aufsitzen? Ich kann dich nach Hause bringen.«

»Ich laufe mit dir, sonst komme ich mir vor wie ein Schulmädchen während der ersten Schulstunde im Freien.«

»Führ du ihn ruhig, das scheint mir besser zu sein.«

Sie wechselten die Plätze. Jurre schaute zur Seite. Nun, da sie zwischen ihm und dem Pferd ging, sah er erst, wie klein und wettergebräunt sie war. Ihre kurzen Haare waren blond und widerspenstig, und ihre Kleidung hätte die von ihrem Freund sein können: enge Jeans, ein weißes Shirt unter einer schmutzigen, wattierten, dunkelblauen Joppe und Gummistiefel. Um ihren Hals trug sie eine hauchdünne Silberkette mit einem kleinen Stern. Er lag genau in dem Grübchen zwischen ihren Schlüsselbeinen. Mochte sie auch wie ein zierlicher Junge wirken, ihre Halspartie war überhaupt nicht jungenhaft.

Sie streckte ihre linke Hand nach ihm aus, als wollte sie diesen durchdringenden Blick wegwischen. »Ich bin Rachel«, sagte sie, sie sprach es aus wie »Kachel« mit einem »r«. Nachdem sie sich beruhigt hatte, klang ihre Stimme dunkel und rund.

Ehe er sich dessen bewusst wurde, klatschte er mit der Hand an die ihre: »Jurre. Schön, dich kennenzulernen.«

»Cowboy von Beruf?«

»Nein. Nur wohl oder übel zwischen Kühen, Pferden, Schafen und Hühnern groß geworden. Mein Vater hielt mich für völlig unfähig, mit Tieren umzugehen.«

»Ja, das sieht man gleich: völlig unfähig.«

Ihre Ironie überraschte ihn. Sie hatte ihre Panik komplett abgelegt. Er fragte, warum sie Bond hinterhergerannt sei.

Sie sah ihn fragend an. Zum ersten Mal direkt in die Augen. Ihre waren katzenartig. Dass Pferde von allein wieder nach Hause kämen, wenn sie sich auf vertrautem Terrain befänden, sagte er.

Sie hatte das Risiko nicht eingehen wollen, sie wusste nicht, wie vertraut Bond mit dem Gelände war. Es war das erste Mal, dass sie als Aufpasserin arbeitete. In der Reitschule gab es immer Leute, die Bescheid wussten. Erst in dem Moment, als das Pferd ausgebrochen war, hatte sie so richtig begriffen, dass sie sich an niemanden wenden konnte, dass sie allein verantwortlich war. Als man sie gefragt hatte, ob sie diesen Job machen würde, hatte sie, ohne zu zögern, »ja« gesagt. Sie habe das Geld gebrauchen können. Sie sei völlig unüberlegt an die Sache herangegangen.

Er hatte es mit einer impulsiven jungen Dame zu tun. Er begab sich nur ungern auf dünnes Eis, war eher die

Abteilung Wenn und Aber. Außer wenn er etwas so sicher wusste, dass sich sein Kopf erst gar nicht einschaltete.

Eine Weile gingen sie stumm durch die Nacht. Außer dem ruhigen Tritt der Hufe im Sand und ihren eigenen gedämpften Schritten war kaum etwas zu hören. Der Wind frischte auf, wie man am leisen Rauschen in den Bäumen vernehmen konnte. Mit ihrer freien Hand zog Rachel den Reißverschluss ihrer Jacke weiter hoch. Nach der Anstrengung der Verfolgungsjagd fing sie jetzt offenbar an zu frieren.

Jurre hatte seine Schritte automatisch an die von Rachel angepasst, damit sie nicht aus dem Takt kämen. Nichts ärgerlicher als das. Er begann wieder zu pfeifen. »Gute Nacht, Herr Präsident.« Wie kam er dazu? Diesen Boudewijn de Groot-Song hatte er seit Jahren nicht mehr gesungen oder gepfiffen.

»Keine Angst, ich hätte dich schon nicht für einen Liberalen gehalten.«

Sie erreichten ein kleines freistehendes Haus, flankiert von einer großen Scheune und Ställen. Rachel führte Bond hinein. Er war wieder unruhig, schnaubte und scharrte mehrmals mit einem Huf über den Boden, als wolle er Anlauf nehmen und mitten durch die Rückwand des Stalls springen. Rachel überprüfte mit kurzen, effizienten Handgriffen, ob genug Heu in der Raufe und Wasser im Trog war. »Ach, sieh mal, da ist die Stütze von einem Balken heruntergekommen. Das wird es gewesen sein.« Sie starrte zur Decke hinauf. Sie sahen aber weiter nichts herunterhängen, es gab auch kein Loch im Dach.

Rachel klopfte Bond zum Abschied den Hals: »Gute Nacht, James, und entspann dich.« Sie schloss ab und überprüfte sicher dreimal, ob die Stalltür richtig zu war.

»Einfach ein Liedchen singen, wenn er wieder mal nicht zu bremsen ist. Du hast die Stimme dafür. Und du hast gesehen, dass es funktioniert.«

»Ja, bei dir.«

»Du bist der Boss. Nicht vergessen. Sonst veräppelt er dich.«

Sie bedankte sich bei ihm.

Aber sie sei es gewesen, die ihn aus seiner Grübelei gerissen hätte.

Das habe sie gern gemacht, und dann fragte sie, ob er noch bleiben wolle, um etwas zu trinken. Plötzlich war er wieder der Jurre, der er immer gewesen war. Er hätte verdammt noch mal nur »ja« sagen oder auch nur nicken müssen. Aber er, unglaublicher Trottel, der er war, sagte, dass er unbedingt zu seinen Kumpels zurückmüsse, drückte ihr unbeholfen die Hand zum Abschied und trat den Rückweg an. Als er über die Schulter blickte, sah er, wie sie zögerte, die Haustür zu schließen, und darauf wartete, dass die Nacht ihn verschlucken würde.

*E*s musste gegen drei Uhr am Nachmittag sein, als Jurre vermeinte, die Klingel zu hören. Er spielte, wie jeden Nachmittag zu dieser Stunde. Er begann immer mit den Tonleitern, den Blues-Skalen, allen Moll-Tonleitern, den chromatischen und octatonischen, und den Akkordfolgen. Um sicherzustellen, dass in der Zeit, in der er sein Instrument nicht gespielt hatte, kein Ton in Vergessenheit geraten war. Es war nichts anderes, als seine Mannschaft zusammenzurufen: »Alle da?« Und dann stiefelte er die ganze Reihe ab, und sie meldeten sich brav der Reihe nach. Nächste Woche brauchte er sie wahrscheinlich mehr denn je. Ein Auftritt im Jazzcafé De Spieghel stand auf dem Programm. Es war ein großer Schritt, dort spielen zu dürfen.

Er setzte das Mundstück ab, ließ sein Saxofon am Tragegurt baumeln und spitzte die Ohren. Er hatte sich nicht verhört, es war die Türklingel. Es läutete noch einmal. Tragegurt lösen, Instrument auf den Ständer, einmal mit den Händen durch die Haare, zur Tür. Er sah sich selbst losgehen, als sei er der Cherubim im Relief an der Decke, der sein Tun und Lassen genau im Blick behielt. Wer könnte ihn jetzt stören? Mit einem Ruck zog er die Tür auf, bereit, dem, der davor stand, ins Gesicht zu sagen, dass er ungelegen käme. Auf der Freitreppe stand Mammen. Sie sah zerzaust und erschöpft aus. Ihre Augen krallten sich an ihm fest wie ein Kleinkind, das sich ans Bein von Vater oder Mutter klammert. »Aber Mammen, was für eine Überraschung!« Er nahm seine Mutter am Arm und führte sie hinein. »Was führt dich denn so unverhofft hierher?«

»Ich wollte dich sehen. Auf dem Hof ist es den ganzen Tag so still.«

»Stiller als sonst?«

Sie nickte.

Er fragte, ob er ihr einen Kaffee machen solle oder lieber eine Tasse Tee. Oder hätte sie eher Lust auf eine Suppe?

Kaffee sei in Ordnung. Sie setzte sich auf die Couch, immer noch im Mantel. Jurre verschwand in die Küche.

»Willst du deinen Mantel nicht ausziehen?«

»Ich kann nicht lange bleiben, ich muss noch zurücklaufen.«

»Laufen?« Jurre kam mit dem leeren Kaffeebecher in der Hand zurück ins Zimmer. »Zum Bus? Du bist doch sicher nicht den ganzen Weg gelaufen?«

»Ich bin rechtzeitig losgegangen. Gleich nach dem Kaffee.«

Sie tranken immer Kaffee, wenn Pappen die Kühe gemolken und die anderen Tiere gefüttert hatte, um acht Uhr. Also war sie den ganzen Tag unterwegs gewesen. »Warum hast du nicht den Bus genommen?«

»Das habe ich auch getan, aber ich bin zu früh ausgestiegen. Ich hatte Lust auf einen Spaziergang. Ich muss laufen. Ich laufe auf dem Hof auch viel herum. Und es war schönes Wetter.«

»Mammen … von wo an? Du siehst aus, als hättest du einen Marathon hinter dir.«

»Ich weiß es wirklich nicht, aber es hat prima geklappt.«

Jurre rieb sich seinen Dreitagebart und ging zur Kaffeemaschine zurück. Was war nur mit ihr los? War sie das vorletzte Mal, als er sie gesehen hatte – wann war das doch gleich wieder, vor zwei Monaten? –, auch so verwirrt gewesen? So alt war sie doch mit ihren dreiundsechzig Jahren noch gar nicht? Er zählte ein paar Löffel Kaffee in den Filter. Hatte er schon Wasser in den Tank gefüllt? Seit er als Untermieter in dieses Haus gezogen war, war sie vielleicht zweimal hier gewesen, es grenzte an ein Wunder, dass sie es überhaupt wiedergefunden hatte.

Er brachte ihr den Kaffee und ein paar doppelte Stullen, auf die sie sich wie ein hungriger Wolf stürzte.

»Hast du unterwegs was gegessen? Hast du was mitgenommen?«

»Ja sicher.« Sie spülte einen Bissen Brot mit einem Schluck Kaffee hinunter.

Jurre sah in die andere Richtung, und zum ersten Mal in seinem Leben fiel es ihm schwer, ihr zu glauben.

»Magst du was spielen?« Sie nickte in Richtung des Saxofons. »Ich vermisse deine Musik im Haus.«

»Jetzt, nach dreieinhalb Jahren?«

»Schon die ganze Zeit.«

Er sah seine Mutter prüfend an. Das sagte sie ihm erst heute? Oder wollte sie ihm eigentlich nach seinem Besuch letzte Woche etwas ganz anderes erzählen, hatte aber vergessen, was?

Er ging in seiner Übungsecke in die Knie und fuhr mit den Fingern an der Plattensammlung entlang, die in Gemüsekisten an der Wand stand. Es dauerte eine Weile, bis er seine allererste LP von Coltrane gefunden hatte, *Blue Train*. Es war ein Geburtstagsgeschenk von ihr gewesen. Seine Hand zitterte lästig, als er die Nadel auf das Vinyl setzte. Er mochte das knisternde Geräusch der Nadel in der Rille. Es war ein erwartungsvoller Auftakt. Er befestigte das Saxofon am Tragegurt, der noch um seinen Hals baumelte, und stimmte sein Instrument. Zu tief. Das Mundstück musste etwas weiter in den Hals hineingeschoben werden. Nach vierundzwanzig Takten setzte er ein. Das alles hatte er ein paar hundertmal gespielt. So hatte er als Vierzehnjähriger angefangen: seinen Heros zuhören und Sequenz für Sequenz mitspielen. Reine Imitation. Wie ein Kind die Sprache lernt. Es war ein Wunder, dass die Platte noch halbwegs unversehrt war.

Mit schräg gehaltenem Kopf sah er Mammen an, sie hatte jetzt doch ihren Mantel ausgezogen und starrte nach draußen. Die Musik schien die Falten in ihrem Gesicht glatt zu streichen.

»Schön«, sagte sie, als er fertig war, »das habe ich jetzt gebraucht.«

»Noch Kaffee?« Er schenkte ihr nach und drehte die Platte um. »Ich muss schnell etwas klären«, er ließ seine Hand für einen Moment auf ihrem Knie ruhen, »bleib hier sitzen, ich bin sofort wieder da.« An der Tür schaute er sich noch einmal zu seiner Mutter auf der Couch um, bevor er die Tür hinter sich zuzog. Sie saß ganz ruhig da.

Draußen blies der Wind seinen Dufflecoat auf. Luft, dachte er. Bevor er den Weg zum Haus des Nachbarn einschlug, überquerte er den Grünstreifen, ging über die Straße und blieb an der Uferseite stehen. Eine große Möwe ließ sich über dem Kanal im Wind treiben. Trotz der Schaumkronen auf dem Wasser blieb der Kielsog eines Lastkahns, der in der Ferne verschwand, deutlich erkennbar. Mammen würde immer seine Mutter bleiben, die einzig wahre. Offizielle Dokumente konnten dem keinen Abbruch tun. Wenn er sie mit dem Auto zurückbrachte, konnte er nicht verhindern, dass er Pappen unter die Augen treten musste. Sie hatten sich nicht mehr gesehen, seit er nach Groningen gezogen war.

Natürlich könnte er Mammen auch einfach absetzen, er müsste nicht mit hineingehen. Aber er war besorgt; Pappen musste mehr auf sie aufpassen, sonst lief sie noch Gott weiß wohin und fand nicht mehr nach Hause zurück. Es würde einfacher sein, mit seinem Vater zu reden, jetzt, nachdem er wusste, was nicht mehr zu verheimlichen war. Am liebsten wollte er aufs Wasser hinaus, an Bord der alten Tjalk gehen, die gerade vorbeifuhr, und dann zusehen, wo er wieder an Land kam. Er drehte sich abrupt um. Hier mit seinen Tagträumen herumzustehen konnte er sich nicht leisten. Ehe er sich's versah, würde Mammen den Rückweg antreten, wenn er zu lange wegblieb.

Jan, der Nachbar, lag in der Garage unter einem seiner Autos, einem Triumph. Jurre hatte ihn noch nie damit fahren sehen. Es machte ihm anscheinend vor allem Spaß, daran herumzuschrauben. Mit größter Selbstverständlichkeit lieh er ihm seinen alten Volvo: »Du kannst ihn haben«, er warf Jurre die Schlüssel zu, »ich brauche ihn nicht vor morgen Nachmittag.«

Jurre hob den Daumen zum Dank.

Er fand Mammen im Garten, wo sie aufmerksam den Apfelbaum betrachtete. Sie zeigte auf ein paar einsame Früchte in der fast kahlen Krone des Baumes. »Seltsam, dass sie da hängen bleiben. Die hier am Boden liegen sind nicht so reif. Außerdem kriegen sie viel Wind ab. Aber schön aufheben«, fuhr sie im selben Atemzug fort, »sonst sind sie im Handumdrehen verfault.«

Er würde sie aufheben, versprach er ihr, obwohl er sich noch nie um die Äpfel gekümmert hatte. Die Vögel hatten sich daran gütlich getan. Nach dem Winter waren sie dann einfach verschwunden. Mammen hatte schon angefangen, die heruntergefallenen Äpfel einzusammeln, sie benutzte ihren Rock als Netz. Jurre betrachtete sie wie ein Bild in einem Märchenbuch. Das Bild, das er von ihr als einer robusten, selbständigen Bäuerin hatte, ließ sich in seinem Kopf nicht mit dem der zarten Frau, die hier durch den Garten ging und vollkommen in das Aufsammeln der reifen Äpfel versunken schien, in Einklang bringen. Er holte einen Eimer aus der Scheune. Sie schüttelte ihren Rock aus. »Möchtest du sie mitnehmen?«

Sie nickte.

»Komm, ich bring dich nach Hause.« Er nahm ihr den Eimer aus der Hand und packte sie mit der freien Hand am Ellbogen, um sie zum Auto zu dirigieren. Er erinnerte sich nicht daran, dass er jemals Arm in Arm mit ihr gegangen wäre. Mammen hatte nie die Hände für irgendetwas frei gehabt.

Als sie den Hof erreichten, stand Pappen breitbeinig in der Stalltür und hielt Ausschau. In fahlblauem Overall, auf Holzschuhen und mit seiner unvermeidlichen Mütze. In seiner Vorstellung war sein Vater noch immer in der Lage, sich ihm in den Weg zu stellen. Jurre musste die Neigung unterdrücken, sofort umzukehren.

Er ließ Mammen aussteigen und brachte sie ins Haus. Sie setzte sich, ohne ihren Mantel auszuziehen, an den Küchentisch. Der Papierkram lag jetzt in zwei unordentlichen Haufen da und nahm den halben Tisch in Beschlag. Aus dem linken Haufen ragte die Geburtsurkunde, wie er mit einem Blick sah. »Komm, ich helfe dir aus dem Mantel.« Jurre zupfte an Mammens rechtem Ärmel.

In diesem Moment erschien Pappen auf der Schwelle: »Und was gibt's heute zu essen? Es ist verdammt noch mal halb sieben.« Er sprach die Worte nicht, er presste sie heraus, dass sich in seinen Mundwinkeln Speichelbläschen sammelten.

»Suppe aus der Speisekammer«, antwortete Jurre. Er zwinkerte Mammen zu und gab ihr einen Kuss auf die Wange, drückte sich an seinem Vater vorbei, der wie ein gehorsamer Gaul einen Schritt zurücktrat, und machte Licht in der Waschküche. Er hob den Deckel der Gefriertruhe und sah auf den ersten Blick, dass seine Mutter den Haushalt zumindest bis vor Kurzem noch so in Ordnung gehalten hatte, wie es immer ihre Art gewesen war. Zwischen großen Fleischstücken lagen Dosen mit eingefrorenen Mahlzeiten und Suppe. Er griff eine heraus und klappte den Gefrierschrank erleichtert zu.

Pappen war ihm hinterhergekommen. »Tu ganz so, als ob du hier zu Hause wärst.«

»Ich mache, wozu sie nicht in der Lage ist.« Er sah an dem Mann vorbei, der nicht sein Vater war, auf den glatten Putz an der Wand der Waschküche, auf dem er früher fantastische Figuren entdeckt hatte, wenn er nichts Besseres zu tun hatte. »Hier.« Er drückte Pappen den Eisklumpen an den Bauch. »Ochsenschwanz« war undeutlich auf dem Etikett oben auf der Dose zu lesen. »Lass es dir schmecken. Pass auf sie auf. Sie ist verwirrt. Sie ist ungefähr bis nach Groningen gelaufen. Ich würde den Doktor anrufen.«

Ehe Pappen etwas erwidern konnte, stand Jurre auf dem Hof. Er zog die Knebel seines Mantels durch die Schlaufen und setzte die Kapuze auf. Ihn fröstelte. Als ob er selbst in dieser Gefriertruhe gelegen hätte.

Doewe und Dante grasten auf der Weide. Er ging auf sie zu, strich über ihre samtenen Nasen und wärmte sich die

Hände an ihrem schnaubenden Atem. Plötzlich musste er an Rachel mit ihren grazilen Schlüsselbeinen und der tanzenden Kette in dem Grübchen dazwischen denken.

*M*eist blieb Jurre an seinem freien Tag viel zu lange liegen, heute jedoch war er rechtzeitig aufgestanden. Viertel nach zehn saß er im Zug Richtung Süden, ohne genau zu wissen, was er dort sollte.

Obwohl sich der Herbst bisher überwiegend nass und grau gezeigt hatte, war es ein trockener Tag. Er hatte an seinem Fensterplatz einen guten Ausblick. Der Wind wehte kräftig, sodass der holländische Himmel die endlosen Äcker charakteristischer aussehen ließ, als sie es ohnehin schon waren. Hin und wieder blinzelte die Sonne durch die barocken Wolken. Seit Mammens Besuch war er niedergeschlagen. »Die folgende Station ist Zwolle«, tönte es aus dem Lautsprecher. Er hatte Appetit auf einen Kaffee, zweifelte jedoch daran, dass die Umsteigezeit für eine Kaffeepause reichen würde. Also nicht. Auf der gelben Tafel mit den Abfahrtszeiten las er, dass sein Anschlusszug in drei Minuten abfuhr. Er würde sich also gedulden müssen, bis er sein Ziel erreicht hatte. Er beeilte sich, zum Gleis 10 zu kommen.

Im Intercity suchte er sich erneut einen Platz am Fenster. In einem Abteil, in dem sonst weiter niemand saß. Er sah sein Spiegelbild im Doppelglas. Verzerrt. Es war nicht das Bild, das ihn morgens im Spiegel anschaute. Nun, da sein Alter Ego neben ihm als einzigem Mitreisenden auf seiner unsichtbaren Bank mit übereinandergeschlagenen Beinen über dem Weideland schwebte, schien ein Gespräch unausweichlich: War es also eine gute Idee gewesen, sich aufs Geratewohl auf den Weg zu machen, wenn doch jedes Rathaus am Samstag geschlossen hatte? Du hättest lieber üben sollen. Ein Saxofonist, der nicht spielt, der nur faul herumhängt, ist kein richtiger Saxofonist. Was hast du denn in Gelderland verloren? Der Beweis liegt doch längst vor, oder? Wäre es dir lieber, wenn du ihn nie gesehen hättest? Du hast doch schon lange geahnt, dass da etwas nicht stimmt? Aber das hat dich nie so weit gebracht, herausfinden zu wollen, wie die Dinge wirklich lagen. Warum eigentlich nicht?

Weil es egal war.

Was sagst du? Könntest du das noch mal wiederholen?

Weil es egal war?

Was willst du dann in diesem Zug?

Er richtete den Blick nach draußen. Ackerland, in Raster geteilt durch Wassergräben, schoss vorbei, Bäume, manchmal in Reihen, dann wieder in schwungvollen Linien, Kühe, Pferde, Schafe, hier und da ein Bauernhof. Ein Zaun, ein Traktor, ein Bauer im blauen Overall auf dem Fahrrad. Es war übersichtlich, wie das Land seiner Jugend. Als er gestern Abend wieder ins Auto gestiegen war und Mammen hinter dem Küchenfenster zugewinkt hatte, musste er daran denken, dass es der reinste Zufall gewesen war, dort in Ganzedijk aufzuwachsen. Ebenso gut hätte es Leeuwarden sein können oder Sittard oder Goeree-Overflakkee.

Er holte seinen Walkman heraus, weil er keine Lust mehr hatte, zu reden. Klaviermusik flutete seinen Kopf. Keith Jarrett, *The Köln Concert*. Jazz, aber kein Saxofon. Er ertrug es nicht, wenn er nicht übte, aber üben sollte, vielleicht sogar nach einer Ausrede suchte, es nicht zu tun. Wie sollte aus ihm je ein berühmter Saxofonist werden, wenn er sein Instrument nicht anrührte? Er musste mindestens drei Stunden pro Tag spielen, wenn jemals etwas daraus werden sollte, und jetzt hatte er sich einfach einen Tag freigenommen. In ein paar Tagen war dieser Auftritt.

Eine junge Frau setzte sich auf den Platz ihm gegenüber. Obwohl sie keine Ähnlichkeit mit Rachel hatte, musste er an sie denken. Er ärgerte sich darüber mindestens ebenso sehr wie über seine heutige Torheit, sie nicht eingeladen zu haben, in De Spieghel zu kommen. Nun war es ausgeschlossen, dass er sie jemals wiedersehen würde. Er kannte nicht einmal ihren Nachnamen. Seine Mitreisende schraubte eine Thermoskanne auf. Er musste seinen Kopf abwenden, um die Frau gegenüber nicht wie ein sabbernder Hund anzustarren.

Im Fenster erblickte er erneut sein Spiegelbild. Er dachte sich eine blaue Mütze auf den Kopf. Es war nicht sein Alter Ego, das mit ihm reiste. Er schaute wieder ins Abteil. Seine Mitreisende nahm kleine Schlucke aus der Kappe ihrer Thermosflasche. Ihr knallroter Lippenstift war ein bisschen verlaufen. Sie hatte sich in die Samstagszeitung vertieft. Pappen klebte an ihm wie sein eigener Schatten. Und als wäre das nicht genug, mischte er sich auch noch wie ein Fußballtrainer überall ein. Er wusste immer ganz genau, was Jurre tun sollte und was nicht, gab zu allem Kommentare und hatte eine Meinung dazu. Wie auch jetzt wieder: Wärst du nur zu Hause geblieben, würdest du jetzt beim Kaffee sitzen – deine Lippen und die Finger wären zumindest nicht aus der Übung gekommen.

Jurre schloss die Augen und versuchte, sich auf das Spiel von Jarrett zu konzentrieren. Das gezierte Stöhnen des Pianisten ärgerte ihn.

Es spielte überhaupt keine Rolle, ob er Bauerngene hatte oder nicht. Der Vater, der zu fünfzig Prozent in seinen Zellen saß, hielt sich seit zweiundzwanzig Jahren verdammt ruhig, während der Mann, mit dem er keine einzige physische Verwandtschaft hatte, in seinem Wesen allgegenwärtig war. War ein Vater, der seinem Sohn Bedingungen stellte und wütend wurde, wenn er sich nicht daran hielt, nicht einem Vater vorzuziehen, der in jeglicher Hinsicht durch Abwesenheit glänzte? Ach Quatsch! Er sehnte sich nach einer dauerhaften Abwesenheit Pappens. Er wollte endlich mal seine eigenen Gedanken hören können, ohne dass dieser Schreihals mit seinen guten Ratschlägen und seiner ewigen Besserwisserei dazwischentrötete.

Auf dem Bahnhofsvorplatz liefen Reisende links und rechts an ihm vorbei. War es möglich, dass das Rathaus an diesem Samstagmorgen, der unmerklich in einen Samstagnachmittag übergegangen war, noch geöffnet hatte? Er bezweifelte es. Die Dame vom Fremdenverkehrsverein bestätigte seine Vermutung. Er war zu spät. Um sicherzugehen, fragte er, ob sie wisse, ob es in der Gegend ein Kloster gebe. Es gab tatsächlich eins, es gab sogar mehrere. In der Gegend lebten sowohl Mönche als auch Nonnen. Es gebe ein Kapuziner- und ein Redemptoristinnenkloster. »Die roten Nönnchen« nenne man die Schwestern dieses Klosters. »Sie sehen mit ihren weinroten Kutten und blauen Mänteln aus, als wären sie einem Märchen entlaufen.« Er dankte für die Informationen und kaufte eine Straßenkarte. Aber zuerst ging er Kaffee trinken.

»Noch etwas dazu?«, fragte der Kellner in dem Café, das auf den Bahnhof blickte.

»Ein Glas Kognak«, sagte er, ohne nachzudenken. Gestern, als er von Ganzedijk nach Hause gekommen war, hatte er auch einen Schnaps genommen, und jetzt machte sich wieder diese Unruhe in ihm bemerkbar. Vielleicht hätte er besser daran getan, zuerst zum Standesamt in Winschoten zu gehen, um nach seinem Auszug aus dem Geburtsregister zu fragen. Nun, das konnte er immer noch tun. Und da wäre das Rathaus zweifellos auch geschlossen gewesen. Hamelink. Dieser Name spukte andauernd in seinem Kopf herum. Woher kannte er ihn? Es wollte ihm einfach nicht einfallen.

Er bestellte einen Strammen Max und beschloss danach, ein Fahrrad zu mieten. Das Kloster war nur fünfzehn Kilometer entfernt. Fest in die Pedale treten war der einzige Weg, seinen Kopf frei zu bekommen; er erinnerte sich prompt an seine Übersiedlung nach Groningen.

*E*ine Stunde später stand Jurre verschwitzt vor einer ummauerten Festung. Ohne sein Fahrrad abzustellen, probierte er es mit der Klinke am Eingangstor. Es war verschlossen. Was würde der Postbote mit einer solchen Burg machen? Bekamen Nonnen etwa keine Post? Zwischen dem Efeu links neben dem Tor entdeckte er nach einigem Suchen einen Glockenzug. Geläut wie von einer Kirchenglocke klang von der anderen Seite der Mauer herüber. Wenig später schob sich ein vergittertes Fensterchen in der Tür auf, hinter dem ein verschleierter Kopf erschien. Es war, als betrachte er ein Marienbild in einer Glasmalerei, vor allem auch deshalb, weil die Frauenfigur auf der anderen Seite keinen Ton von sich gab. Weil sie den Blick nicht von ihm abwandte, fing er an zu reden. »Guten Tag. Ich suche Informationen über eine gewisse Frau Hamelink.«

Sie nickte ihm ermutigend zu.

»Ich habe gehofft, dass mir hier jemand Auskunft geben könnte, ob sie in diesem Kloster gelebt hat.«

Maria trat einen Schritt zurück, schlug ein Kreuz, schaute zum Himmel und hob ihre Hand zum Zeichen, dass er warten solle. Konnte sie vielleicht nicht sprechen, diese Nonne? Sie drehte sich um und ging zum Kloster, wo sie durch eine imposante Eingangstür verschwand. Die Tatsache, dass sie das Fensterchen im Tor offen gelassen hatte, ließ ihn hoffen, dass sie zurückkehren würde. Zehn Minuten später tat sie es tatsächlich.

»Mijnheer«, sprach sie mit wie von Zauberhand gelöster, sanfter Stimme, »wir hatten eine Schwester in unserer Mitte, die Hamelink hieß. Sie ist vor zwei Jahren von uns gegangen.

Gott sei ihrer Seele gnädig.« Sie nahm das Kreuz, das an einer Schnur um ihre Taille hing, in die Hand und zeigte damit nach oben.

Sie musterte ihn vom Scheitel bis zur Sohle, und bevor er etwas sagen konnte, fuhr sie fort: »Aber ich glaube, dass Sie nicht nach ihr suchen, Mijnheer.«

Er war es nicht gewohnt, mit »Sie« und »Mijnheer« angesprochen zu werden. Groningen war eine Stadt, in der jeder jeden duzte. Er war unangenehm berührt und wandte seinen Blick ab.

Die Frau auf der anderen Seite der Tür sprach unbewegt weiter: »Ich glaube, dass man Ihnen im Hospital nicht weit von hier weiterhelfen kann.«

»Das Hospital«, wiederholte er.

»Richtig. Guten Tag, Mijnheer, ich wünsche Ihnen viel Erfolg. Und Gott sei mit Ihnen.«

Bevor er sich bei ihr bedanken konnte, hatte sie die Luke schon wieder zugeschoben.

Jurre stieg auf sein Rad und fuhr in die Richtung, die ihm angewiesen worden war. Die Frage war, ob er »nicht weit von hier« weiterkommen würde. Es war ein idiotisches Unterfangen, einfach so drauflos nach seiner Mutter zu suchen, er war nicht recht gescheit. Mit welcher Erkenntnis hoffte er nach Hause zu kommen? Würde sich etwas ändern, wenn er wüsste, wer seine biologische Mutter war? Es gab nur eine Frau auf der Welt, die ihn großgezogen hatte.

Das Hospital war ein kompaktes, aber imposantes Gebäude mit einer breiten Eingangstür, umrahmt von dreizehn hohen Fenstern, die in jeweils acht Scheiben unterteilt waren, und einem kleinen Glockenturm auf dem Dach. Der Baustil erinnerte ihn an das Studentenheim in Groningen, das er »die Burg« getauft hatte, obwohl die Ausstrahlung dieses kleinen Krankenhauses strenger war. Am Empfang traf er auf eine Dame mit schelmischem Blick, die in ihrer grauen Bluse und ihrem dunkelblauen Wollpullover vertrauenerweckend wirkte. Auf ihrer Brust baumelte ein Kreuz an einer Holzperlenkette. »Guten Tag, womit kann ich Ihnen helfen?«, fragte sie freundlich. »Wollen Sie zu jemand Bestimmtem?«

Jurre umklammerte das Mundstück in seiner Manteltasche und erklärte, dass er herauszufinden versuche, ob eine gewisse Frau Hamelink am 17. August 1956 in diesem Krankenhaus einen Sohn zur Welt gebracht habe.

Die Empfangsdame sagte, sie fürchte, dass es am Samstag niemanden gebe, den sie ins Archiv schicken könne, um nach einer Akte zu suchen.

»Schade«, sagte Jurre, »ich bin extra deswegen aus Groningen gekommen.« Er wollte schon umkehren, als sie ihn bat, sich noch einen Moment zu gedulden. Sie nickte in Richtung einer Reihe von Stühlen. Zufällig sei heute eine Kollegin da, die seit über fünfundzwanzig Jahren hier arbeite. Sie verließ ihren Tresen und verschwand entschlossenen Schrittes durch eine Schwingtür.

Es dauerte lange, bis die Empfangsdame zurückkehrte. Sie nahm sofort wieder hinter ihrem Tresen Platz, die Kollegin, die sie gerufen hatte, kam auf ihn zu. Eine Schwester in hellgrauem Habit. Ihr Schleier war so fest um ihr Gesicht geschlungen, dass ihre Wangen ihn ein wenig ausbeulten.

Er stand auf. Er hatte eine Krankenpflegerin oder einen Arzt erwartet, keine Nonne.

»Mijnheer …« Die Nonne blieb einen Meter vor ihm stehen und musterte ihn mit einem hoffnungslosen Blick, öffnete ihren Mund, sagte jedoch nichts und neigte den

Kopf nach rechts. Jurre wusste nicht, ob es Mitgefühl oder Mitleid war, das er aus ihrem Blick herauslas. »Ich vermute, dass die, nach der Sie suchen, Henriette Hamelink ist. Sie ist im Sommer 1956 kurz bei uns aufgenommen worden. Sie ist heute Konzertpianistin. Guten Tag.« Abrupt machte sie kehrt und verschwand durch die Schwingtüren zurück in ein anderes Zeitalter.

$\mathcal{E}$s dämmerte, als er in Groningen aus dem Zug stieg. Mit hochgestelltem Kragen und die Hände tief in den Taschen vergraben begab er sich zum Ausgang des Bahnhofs. Es war ein kühler Abend. Außerdem hatte er Hunger. Was hatte er noch im Kühlschrank liegen? Während er darüber nachdachte, dass es bitter wenig war, tippte ihm jemand auf die Schulter. Die unverkennbaren Katzenaugen sahen ihn aus nächster Nähe an.

»Hey!«, begrüßte sie ihn vergnügt. »Ich habe dich schon im Zug sitzen sehen.«

»Du hast mich gesehen? Spionierst du mir hinterher?«

»Wenn du es so nennen willst.«

Leute, die es eilig hatten, rannten an ihnen vorbei.

»Sicher einen anstrengenden Tag gehabt.«

Er konnte ihren Ton nicht einschätzen, wusste nicht, ob sie sich über ihn lustig machte oder es ernst meinte.

Sie gingen weiter zum Ausgang, und da standen sie sich dann vor dem Bahnhof gegenüber. Ihre treffsichere Beobachtung brachte ihn aus dem Konzept; er konnte es nicht fassen, dass er ihr so einfach in die Arme gelaufen war. Er sah an ihr vorbei zu den an- und abfahrenden Taxis. »Und dein Tag?«

»Der nimmt auf jeden Fall eine überraschende Wendung.« Sie lachte ihr schiefes Lächeln. Er konnte sich kaum zurückhalten, diesen Mund zu küssen. Sie war schneller, zog ihn am Ärmel zu sich herab und küsste ihn. Er schloss die Augen: Rotwein, Erdbeeren, eine Prise Salz. Der Geruch ihres afghanischen Mantels drängte sich dazwischen. Schaf. Obwohl er nichts lieber wollte, als sich in dieser jungen Dame festzubeißen, ließ er los. Verdutzt sah er ihr in die Augen, die er in der vergangenen Woche in den Augen aller anderen Frauen, denen er begegnet war, gesucht hatte. »Machst du das immer, fremde Männer mitten auf der Straße zu küssen?«

»Es gibt Momente, in denen das Reptilienhirn die Regie übernimmt. Das ist jetzt so ein Moment. Und du bist kein ganz Fremder.«

Ihm war auf einmal viel zu warm in seinem zugeknöpften Mantel. »Hast du schon gegessen?«

»Ja, aber ich esse gern noch einmal mit dir.«

Er kannte ein kleines, nur wenige Schritte vom Bahnhof entferntes italienisches Restaurant. Beim Gehen würde er hoffentlich wieder zur Besinnung kommen.

Beim Italiener war sein Hunger verflogen. Er bestellte nur eine Vorspeise und genoss vor allem die Art und Weise, wie Rachel Essen und Trinken zu sich nahm. Sie aß mit Überzeugung, kaute nachdrücklich, ließ ab und zu ein Schmatzen hören, dann leckte sie sich die Lippen und nahm große Schlucke aus ihrem Glas. Während sie sprach, fuchtelte sie mit ihrer Gabel herum, um bestimmte Worte zu unterstreichen oder Aussagen zu bekräftigen. Essend, trinkend oder redend gab es keinen Moment, an dem sich nicht etwas an ihr bewegte. Er hatte ihr die naheliegende Frage gestellt, was sie im normalen Leben tue. Sie sei seit einem halben Jahr mit dem Jurastudium fertig und arbeite jetzt als Assistentin des Gemeindevorstehers. Sie schwärmte in höchsten Tönen von ihrem neuen Job, sprach über Politik – etwas, was Jurre überhaupt nicht beschäftigte. Sie wolle eine aktivistische Anwältin werden, um Missstände in der Welt zu bekämpfen. Hoffentlich sei die Verwaltung in dieser roten Stadt der richtige Ort, um damit zu beginnen. Dann erzählte sie mit einer Gelassenheit, die ihn neidisch machte, davon, wo sie wohnte, in einem Studentenheim im Zentrum der Stadt, und von Pferden.

Er entschuldigte sich, ging zur Toilette und kniff sich in den Arm. Es tat weh, und seine Haut rötete sich. Er bildete sich also nicht nur ein, hier mit einer Frau beim Essen zu sitzen, die er jetzt zufällig schon zum zweiten Mal getroffen und die er obendrein geküsst hatte. Er war nicht leicht zu beeindrucken, wusste nicht so recht, was er mit dem anderen Geschlecht anfangen sollte, selbst wenn er sich noch so sehr von ihm angezogen fühlte. Als er den Kopf aus dem Toilettenfenster steckte und die Abendluft einsog, war er wieder auf dem Adrillenmarkt, dem Jahrmarkt in Winschoten. Es war der Moment, als er die Musik entdeckt hatte. Er war ungefähr zehn Jahre alt und durfte mit seinem besten Freund Edo mitgehen. Der Markt wurde mit einem Kanonenschuss eröffnet. Sie standen da und hüpften in ihren Holzschuhen auf und nieder und hielten sich die Ohren zu, Edos Vater zwischen ihnen und jeweils einen Arm um sie geschlagen. So etwas hatten sie noch nie erlebt. Als er später am Tag die Blaskapelle hatte vorbeiziehen sehen, war er von den Klängen des Messings förmlich umgeblasen worden. Es war nicht so sehr die Lautstärke als vielmehr die Erkenntnis, dass Musik machen etwas war, das er lernen konnte – einige der Jungen, die in diesem Zug mitliefen, waren nur ein paar Jahre älter als er. Vor lauter Begeisterung hatte er sich nicht vom Fleck rühren können. Mit der Blaskapelle war die Musik in sein Leben einmarschiert, um nie wieder daraus zu verschwinden.

Beim Kaffee fragte sie: »Und jetzt?«

Er blickte ihr geradewegs in die Augen, versuchte das Kirmesgefühl, das von ihm Besitz ergriffen hatte, zu unterdrücken, und zwang sich, den Blick nicht als Erster abzuwenden. Erst als sich ihr Blick auf die Espressotasse vor ihr auf dem Tisch senkte, sagte er: »Vielleicht noch ein bisschen in die Stadt. In De Koffer spielt sicher eine nette Band.«

Sie gingen zum Bahnhof zurück, um sein Fahrrad zu holen. Er wollte sie auf dem Gepäckträger Platz nehmen lassen. Sie wollte vorn auf die Stange. Dann müsse sie das Risiko in Kauf nehmen, dass sie ziemlich schnell in der Gosse lägen, sagte er. Er hatte unter diesen Umständen Zweifel an seinem Gleichgewichtssinn. Sie zuckte mit den Achseln. Schwankend und vor Lachen wiehernd wie zwei glückliche Pferde nahmen sie Kurs aufs Zentrum. Nach ein paar Hundert Metern hatte Jurre den Dreh raus. Er fuhr, perfekt in der Balance, mit ihr zwischen den Armen. Es ging so gut, dass er fast an der Kneipe vorbeigefahren wäre.

Es war viel los in De Koffer, obwohl es noch früh am Abend war. Mit ihren Bieren hoch über den Köpfen bahnten sie sich einen Weg zur Bühne. Rachel fragte, ob Jurre oft in solchen Läden sei. Er nickte und gab die Frage zurück. Rachel schüttelte den Kopf, wenn sie schon ausginge, wolle sie tanzen. Ein Bassist, den Jurre noch nie gesehen und gehört hatte, spielte mit einer Präzision, die Neid erweckte. »Du findest ihn gut«, sagte Rachel, »ich kann das sehen.«

»Als wäre er Gott selbst.« Rachels Lachen erinnerte ihn an Zeegers Glanzstücke auf der Trompete. Vielleicht hatte ihre Körperwärme sein Urteil getrübt.

Als sie nach Mitternacht zu seinem Haus fuhren, waren sie in Schweigen verfallen. In Jurres Ohren rumorte noch der Kneipenlärm; die nächtlichen Geräusche der stillen Stadt klangen jetzt klar dagegen. Jemand trat gegen eine

Bierdose. Der Dynamo des Fahrrads schnurrte, und am Kanal betätigte Rachel die Klingel, als wolle sie ihre unverzügliche Ankunft vermelden.

»Hier ist es.«

»Ach, du bist Brückenwärter im normalen Leben.«

»Brücken und Schleusen werden heutzutage fast alle zentral bedient. Ich wohne hier zur Untermiete, aber es ist sehr gut, dass ich keine direkten Nachbarn habe.«

Rachel war vom Fahrrad gesprungen und schaute sich im Garten um, so weit es die Dunkelheit zuließ. Wie eine Reporterin nahm sie die Umgebung in sich auf. Jurre sah, wie sie inventarisierte: alter Apfelbaum, verfallener Schuppen, leerer Kaninchenstall.

Sie gingen hinein. Er machte Licht und dimmte es sofort, er hatte nicht mit Damenbesuch gerechnet, als er das Haus am Morgen verließ. Er nahm Rachels Mantel, machte aber keine Anstalten, seinen auszuziehen. »Was zu trinken? Bier, Wein, Wasser, Whisky?«

Sie nickte zustimmend, ohne ihre Vorliebe zu verraten.

Er ging in die Küche und suchte nach den Getränken. Sie verschwand im Wohnzimmer.

Als er mit zwei Gläsern Whisky zurückkam, war sie nirgends zu sehen. Vielleicht war sie zur Toilette gegangen, doch auch nachdem er ein halbes Glas Whisky getrunken hatte, war sie noch nicht wieder zurück. Er klopfte an die Toilettentür in der Diele. Keine Antwort. Er schaltete das Licht aus und stieg die Treppe hinauf, die vom Wohnzimmer ins Zwischengeschoss führte, wo sein Bett stand. Er brauchte nur ihrem regelmäßigen, sonoren Atemgeräusch zu folgen. Zwischen der obersten Stufe und dem Bettende ein Häufchen Kleidung. Er fischte ein Hemdchen vom Boden auf und schnupperte daran: Patchouli, Schweiß, ganz entfernt Thymian. Er zog seine Sachen aus. Das Kleider-häufchen wurde zu einer Insel. Er schob sich unter die Decke. Sie lag auf der Seite, hatte ihm den Rücken zugewandt. Ihr Atem veränderte sich nicht, als er näher an sie heran-rückte. Lag schon mal eine Frau in seinem Bett, wagte er es nicht, sie anzurühren, obwohl er nichts lieber wollte, als die Kurve ihrer Hüfte zu spüren, ihre Brüste in die Hand zu nehmen, die Konturen ihres Hinterns nachzuzeichnen und die Innenseiten ihrer Oberschenkel zu erkunden. War es ein Test, oder hatte sie in ihm jemanden erkannt, mit dem man zusammen schlafen konnte, noch bevor sie es getan hatten? Er drehte sich auf den Rücken. Starrte abwechselnd zur Decke und zu ihrer Nackenlinie, die von der feinen Silberkette unterstrichen wurde. Der Anblick der flaumigen Nacken-haare ließ ihn eine Leere unter seinem Brustbein fühlen.

Er musste trotzdem eingeschlafen sein, denn er wurde wach, weil sie im fahlen Morgenlicht auf ihm saß und ihn überall küsste. Wie sie ihn geküsst hatte und auf sein Fahr-rad gesprungen war, so war auch die Liebe mit ihr: überwäl-tigend selbstverständlich.

In aller Frühe machte er Frühstück: Kaffee und Pfannku-chen, denn er musste mit dem, was er im Haus hatte, im-provisieren: Milch, Mehl, Eier, Butter, Zimt, Honig. Diese Kunst hatte er seiner Mutter abgeguckt, sie hatte Pfannku-chen für eine gute Note gemacht, gegen schlechte Laune, als Ausgleich für einen verlorenen Ferientag, als Trost, wenn Pappen wieder mal aus der Haut gefahren war, oder ein-fach bei nicht zu stillendem Appetit. Während er das Eiweiß schlug, kam sie nach unten und schnüffelte ausgiebig. Ihre nackten Füße ließen die Treppe in seinen Ohren knarren. Sie hatte sich nicht die Mühe gemacht, etwas anzuziehen.

Er warf einen Blick über die Schulter. Wie ein Kind, das noch keine fünf ist und ohne Sachen herumläuft, streunte sie mit größter Behaglichkeit durch sein Zimmer, war sich ihrer Nacktheit augenscheinlich nicht einmal bewusst. Sein erster Pfannkuchen brannte an. Er fluchte murmelnd.

»Du bist also Musiker?« Sie musterte seine Instrumente. Es klang halb nach einer Frage, halb nach einer Feststellung.

Er traute sich nicht, sich noch einmal umzudrehen: »Ich spiele Saxofon«; es klang mürrischer, als er es gemeint hatte.

Sie ließ ihre Finger über die Klaviertasten gleiten. »Es sieht nicht so aus, als wenn das ein Hobby wäre, diese Instrumentensammlung. Magst du was spielen?«

»Erst was essen.«

Sie duschte, während er den Tisch für das Frühstück freiräumte. Er trank schon mal eine Tasse Kaffee, um klarer denken zu können. Sie hatten einen Irrtum begangen, er hätte sie nicht mit nach Hause nehmen sollen. Er hätte abwarten sollen, ob sie zu seinem Auftritt gekommen wäre, und dann hätten sie gemütlich etwas trinken gehen können, um herauszufinden, ob es noch immer das war, was es schien. Er spürte sie noch immer in seinen Fingerkuppen, und er würde diesen Eindruck nicht einfach so vergessen. Sein Körpergedächtnis beherrschte sein Kurz- und sein Langzeitgedächtnis. Als er mit zwölf Jahren beim Blasorchester De Harmonie zum ersten Mal ein Saxofon in die Finger bekommen hatte, hatte sich diese Bekanntschaft nicht so sehr in seinem Kopf festgesetzt, sondern eher seinen Tastsinn auf eine zwingende Weise beeinflusst. Der Abstand zwischen den Fingern auf den Klappen, die zum Schließen der Ventile erforderliche Kraft, die Anspannung seiner Lippen am Rohrblatt, die Berührung der Zähne mit dem Mundstück, der Atemzug, der nötig war, um einen Ton zu blasen, der tief unten im Bauch vibrierte;

es war eine Prägung, die sein System erhielt. Seine Hände, seine Lippen, sein Atem waren in der Lage, die richtige Position, den Druck, die nötige Kraft selbstständig hervorzubringen. Sein Kopf war nicht daran beteiligt. Das war für ihn das Schönste am Musizieren. Ganz selten, wenn er so spielte, wie er spielen wollte, erreichte er einen Zustand, der sich nur mit der körperlichen Liebe vergleichen ließ. Jedes Mal, wenn er spielte, erhielt diese Erinnerung eine weitere Prägung.

»Wo bist du gestern hingefahren?«, fragte sie zwischen einem Bissen von ihrem Pfannkuchen, den sie beim Kosten ausdrücklich lobte, und einem Schluck Kaffee.

Ihre Frage überraschte ihn. Er nahm sich die Zeit, seinen Pfannkuchen hinunterzuschlucken. »Ich bin zu meinem Geburtsort gefahren.«

»Wieso?«

»Bis vorgestern wusste ich nicht, dass es mein Geburtsort ist.«

Auf ihrer Stirn bildete sich ein Raster aus Falten. »Und wie war es da?«

Er zuckte mit den Achseln. »Ich weiß jetzt zumindest, welche Frau mich zur Welt gebracht hat.«

»Ich glaube nicht, dass ich das verstehe.«

»Das ist auch nicht nötig. Ich verstehe es selbst kaum.« Er nahm einen Schluck Kaffee, sah nach draußen und wandte sich dann wieder Rachel zu. »Und du?«

»Ich war zu Hause, bei meinen Eltern.«

»Und wie war es da?«

Sie neigte den Kopf zur Seite, sah ihn durchdringend an, schwieg eine Weile und sagte dann: »Wie immer, wie es halt ist, wenn man nicht mehr zu Hause wohnt und nach Hause kommt. Man redet mit seiner Schwester, deine Mutter kocht was Leckeres, dein Vater hat hundert Fragen, sie stecken dir ein bisschen was zu und haben gute Ratschläge, endlos viele gute Ratschläge.«

»Wie es halt ist. Ja, so ist es.«

Er spielte an diesem Morgen nicht für sie, zumindest nicht auf dem Saxofon, machte dafür Faxen am Klavier, eine Melodie mit den Händen über Kreuz. Ein kleines Kunststückchen. Rachel im Wohnzimmer etwas vorzuspielen, wäre noch intimer gewesen, als mit ihr das Bett zu teilen. Von diesem überwältigenden Erlebnis hatte er sich noch nicht erholt. Sie hatte eine Privatvorstellung gut bei ihm. Hätte Fedde neben ihm gestanden, wäre er nicht damit durchgekommen, der hätte seine Ausrede sofort durchschaut. »Du sollst nicht vom Spielen reden«, hatte er ihm immer wieder gesagt, »du muss es einfach machen, sonst traust du dich nicht mehr.«

*J*urre rief zu Hause an, wie er es jeden Freitag gegen elf tat, wenn Pappen auf dem Feld oder in den Ställen war. Meist nahm Mammen sofort ab, heute jedoch nicht. Er ließ es mindestens zehnmal klingeln. Jurre wollte gerade wieder auflegen, als eine männliche Stimme sagte: »Haus Woudriga.« Es war Freerk, unverkennbar. Er hatte schon lange nicht mehr mit ihm gesprochen. Etwa sechs Wochen nachdem er nach Groningen gegangen war, hatte er die Thermoskanne zurückgebracht, aber danach hatten sie kaum noch Kontakt gehabt. Wenn er Mammen besuchte, grüßten sie einander oder tranken eine Tasse Kaffee, das war es dann auch schon. Jurre meldete sich und wusste nicht, was er weiter sagen sollte. Eine so lange Funkstille ließ sich nicht so leicht überbrücken. Er würde gern mit Mammen sprechen, brachte er endlich heraus.

Sie sei in Winschoten, in einem Seniorenheim, auf Anraten des Hausarztes.

»Jesus!«, war das Einzige, was er herausbrachte.

»Es ist nur tagsüber.« Freerk lud ihn ein, am späten Nachmittag vorbeizukommen, dann könne er es ihm in aller Ruhe erklären.

Als ob es da etwas zu erklären gäbe. Trotzdem stimmte Jurre seinem Vorschlag zu.

Er kam gleichzeitig mit Freerk in Hongerige Wolf an. Freerk auf dem Rad, in seinem ewigen Overall und den abgewetzten Holzschuhen. Er wurde grau, sah Jurre. »Für heute alles geschafft?«

»Nur noch gleich die Kühe.« Freerk stellte sein Rad mit Schwung an die Fassade des niedrigen Hauses, schüttelte

Jurres Hand und ging gebückt vor ihm hinein. Dieses Arbeiterhäuschen war ihm mindestens zwei Nummern zu klein.

In der Küche, an dem stabilen Tisch, den Jurre vor langer Zeit mitgebaut hatte, saßen sie einander gegenüber. Zwei Flaschen Bier, ein Öffner und zwei Gläser wie Schachfiguren zwischen ihnen. Hier hatte er so manche Stunde zugebracht. Wenn es wieder Krach mit Pappen gegeben hatte, war das hier ein angenehmer Zufluchtsort gewesen. »Geh schon mal nach De Wolf«, hatte Freerk ihm dann immer zugebrummt und ihm die Schlüssel zugeworfen, »bis du dich wieder beruhigt hast.«

In Freerks Einpersonenhaus briet er sich dann ein paar Eier, stibitzte sich eine Zigarette, trank einen Becher starken Kaffee. Kaffee-Schlag-ins-Genick nannte Freerk sein Gebräu. Wenn er in aller Hast sein Saxofon mitgenommen hatte, spielte er *Hit the Road Jack*, so laut, dass die Schimpfkanonade, die noch in seinem Kopf widerhallte, ganz von selbst verstummte. Wenn er sich richtig schwarzgeärgert hatte, blieb er da und schlief auf der Couch.

Freerk hatte in der Zwischenzeit Mammen beruhigt, dass Jurre bei ihm nur Dampf ablasse und er ihn spätestens am nächsten Morgen nach Hause scheuchen werde. Wenn Freerk nach De Wolf zurückkehrte, nahm er Pappen in Schutz; sein eigener Vater habe gesoffen und oft alles kurz und klein geschlagen, das zumindest könne man Pappen nicht nachsagen.

Das Haus von Freerk war genauso ein Haushalt wie seiner, obwohl hier alles ordentlich aufgeräumt war, besser als bei ihm. Auf der Spüle das Abtropfgestell mit dem sauberen Geschirr vom Morgen auf der einen, die Kaffeemaschine mit Zubehör auf der anderen Seite. Am unteren Rand des

Fensterrahmens über der Spüle ein Feuerzeug, ein Knopf, eine Schachtel Streichhölzer und ein Mini-Schraubenzieher, alles in einer Reihe. Das rechteckige Fenster bot Aussicht auf das Ackerland. Alles, was in der Küche zu sehen war, wollte kein einheitliches Ganzes bilden. Niemand schien über die Beziehung zwischen diesen Dingen nachgedacht zu haben. Weshalb etwa der Topf mit den Kochlöffeln neben dem leeren Abtropfsieb aus Emaille stand, warum die dreifach gefaltete Plastiktischdecke über der Lehne ausgerechnet dieses Küchenstuhls lag. Der Zeitungsstapel erweckte den Eindruck von »fertig« und »abgelegt« und lud nicht zum Lesen ein.

Er dachte an das Stück, an dem er gerade schrieb und das er einfach nicht rund bekam. Er war immer noch nicht zufrieden mit der Melodie und den Stellen, an denen Akzente gesetzt werden sollten. Wenn man ein paar hübsche Noten und Akkorde zusammenwarf, war das nicht unbedingt ein Garant für interessante Musik. Im besten Fall wurde daraus ein Stück, das funktionierte, das so gerade eben hingehen mochte. Genau wie diese Küche.

Beide hatten ihr Glas bereits zur Hälfte geleert, als Freerk fragte, ob es Neuigkeiten aus der Großstadt gebe. Seit dem letzten Mal habe sich wenig getan, sagte Jurre. Er mache so viel Musik wie möglich, drehe sechs Tage in der Woche seine Postrunde, sein Vermieter habe noch keine Pläne, wann er aus den Staaten zurückkehren würde, sodass er vorerst im Brückenwärterhäuschen bleiben könne. Er lebe sein Leben, auch wenn ihm immer wieder der Gedanke komme, dass nicht alles ganz reibungslos verlaufe. Dass er eine Frau getroffen hatte, die ausgerechnet das Gefühl, Sand im Getriebe zu haben, ausräumte, erzählte er nicht.

Auf Freerks Gesicht erschien ein Ausdruck, den er nicht einschätzen konnte: irgendetwas zwischen Anerkennung und Neid. Jurre ließ den Flaschenöffner um seinen Zeigefinger kreisen und blickte in Freerks verwittertes Gesicht. Nahm Freerk es ihm vielleicht übel, dass er nach Groningen gegangen war und nicht getan hatte, was Pappen wollte? Wenn der jetzt, weil es keinen Nachfolger gab, in ein paar Jahren den Hof verkaufen musste, war es gut möglich, dass Freerk seinen Job verlieren würde. Wie konnte es sein, dass er darüber nicht einen Moment nachgedacht hatte?

Er fragte, wie es ihm in letzter Zeit ergangen sei.

Freerk sackte auf seinem Küchenstuhl etwas nach hinten, leerte sein Glas und ließ es in der einen Hand kreisen, indem er es mit der anderen Hand am Boden drehte. Er starrte ins Glas. Pappens Laune sei seit Jurres Weggang nicht besser geworden, und das mache das Arbeiten mit ihm nicht leicht. Schließlich habe er nachgegeben und in eine Tankanlage investiert. Er sei von der Milchgenossenschaft überredet worden, und die habe natürlich nur die Vorteile dieser modernen Kühltanks herausgestrichen: die Qualität der tiefgekühlten Milch, die Verringerung der Arbeitsbelastung im bäuerlichen Betrieb, da man nicht mehr so sehr vom Kommen des Milchfahrers abhängig sei. Dass sowohl Viehhaltern als auch Milchfahrern das Schleppen der bleischweren Milchkannen erspart bleibe. Die finanzielle Belastung beim Kauf einer derart teuren Anlage hätten sie dagegen heruntergespielt: es gebe ja besondere Zinsvergünstigungen. Der Zuschlag auf die gelieferte Milch, einen Gulden auf hundert Kilo, würde sich noch einmal um ein Viertel erhöhen. Aber in der Praxis sehe es weniger rosig aus. Der Stall habe für die Tankanlage einem grundlegenden Umbau unterzogen werden müssen und Pappen damit tief in Schulden gestürzt. Und da er jetzt wisse, dass er auf lange Sicht den Betrieb verkaufen müsse, laste das schwer auf seinen Schultern.

Das sich Gegenseitig-die-Bälle-Zuspielen, das im Umgang von Jurre mit Freerk ganz selbstverständlich funktionierte, solange er auf dem Hof gelebt hatte, war in den drei Jahren, die sie einander kaum gesehen und gesprochen hatten, abgeflaut wie der Applaus nach einem grandiosen Auftritt. Freerk hatte sich für Pappen entschieden. Es war naiv zu glauben, dass er anders gekonnt hätte.

Schuldgefühle hatte Jurre nur wegen Mammen gehabt. Deshalb rief er sie jede Woche treu und brav an und besuchte sie zu Hause, wenn Pappen nicht da war. Natürlich hatte sie von den zusätzlichen Investitionen erzählt, zu denen sie sich gezwungen sahen, aber sie hatte es immer gut verstanden, die Dinge weniger dramatisch darzustellen, als sie es tatsächlich waren. Zum ersten Mal erkannte er, welche Konsequenzen seine Entscheidung für die Musik für seinen Vater und damit auch für Freerk hatte. Er machte sich Vorwürfe wegen seines Bruders, der sein Bruder nicht war.

Freerk und er hatten immer alles gemeinsam gemacht: Heuen, roden, die Tiere füttern, die Ställe ausmisten, Fußball spielen, Drachen steigen lassen. Wenn es richtig flutschte, pfiffen sie vor sich hin. Dann suchte er nach einer zweiten Stimme. Im Stillleben an diesem Küchentisch vermisste Jurre eine entschlossene Tat. »Hast du Hunger?«, fragte er deshalb, als wäre er der Gastgeber. »Als Stadtmensch bin ich zum Experten für Bauernomeletts geworden.« Freerks Blick bohrte sich in seinen Rücken, als er nach Butter, Eiern und einer geeigneten Pfanne suchte. Das hinderte ihn jedoch nicht daran, seine freche Nummer durchzuziehen.

Er wollte wissen, seit wann es mit Mammen bergab gegangen war, erkundigte sich aber stattdessen, woran sich Freerk aus seiner Babyzeit erinnerte. Jurre war überrascht von seiner eigenen Frage.

Freerk erhob sich von seinem Platz, um Teller auf den Tisch zu stellen. Er holte ein hartes dunkles Brot hervor und fing an, es in Holzfällerscheiben zu schneiden. Für einen Moment war nichts anderes zu hören als das leise Sägen des Brotmessers durch das Vollkornbrot und das Umfallen der Brotscheiben auf das Holzbrett.

»Ich hatte gerade auf dem Bauernhof zu arbeiten angefangen, war ungefähr fünfzehn Jahre alt, und du hast in der Wiege gelegen. Ein einfaches Baby bist du nicht gewesen. Du hast ziemlich viel geschrien. Als ob du nie schlafen würdest. Mammen hat dich ständig herumgetragen. Sie hat endlos Lieder für dich gesungen, hatte eine Engelsgeduld. Das konnte man von Pappen nicht behaupten, er hat dich von Anfang an den Tyrannen genannt.«

Jurre stellte die Pfanne auf den Tisch. Teilte mit einem Spatel das Omelett in zwei Hälften, das dabei in sich zusammenfiel. »Also sind wir etwa gleichzeitig auf den Hof gekommen?«

»Du warst vor mir da.«

Während sie Brot mit Omelett aßen, suchte Jurre auf dem Gesicht ihm gegenüber nach einer Geschichte hinter der Geschichte, aber er fand nichts. Freerk schien nichts zurückzuhalten oder mit dem, was er gerade erzählt hatte, etwas anderes sagen zu wollen.

Jurre begann mit dem Abwasch. Als er einen Teller ins Abtropfgestell stellte, sah er über die Schulter zu Freerk, der gerade Kaffee aufsetzte.

»Und Mammen? Was hat es damit auf sich?«

Freerk goss Wasser in den Filter und erzählte, dass es ein schleichender Prozess gewesen sei. Eigentlich habe man schon gleich nach seinem Weggang nach Groningen einen Unterschied bemerken können. Mammen sei für ihre Verhältnisse extrem trübsinnig gewesen, habe dauernd mit Pappen herumgezankt. Freerk hatte gehofft, dass sich das schon wieder legen würde, doch das tat es nicht. Sie fing an, weniger zu essen, hatte Schwierigkeiten, den Haushalt in Ordnung zu halten. Sie vergaß, einkaufen zu gehen oder die Wäsche aufzuhängen, putzte seltener. Freerk hatte alles aufbieten müssen, um sie wenigstens manchmal noch zum Lachen zu bringen.

Er drehte das Gas unter dem Kessel ab und goss zwei Becher voll.

Jurre sagte, dass er wenig von ihrem verschlechterten Zustand bemerkt habe, wenn er sie besucht hätte.

Das habe zweifellos damit zu tun gehabt, dass sie allein schon beim Gedanken an sein Kommen auflebte, nahm Freerk an, und dann habe sie alles darangesetzt, die alte Janna zu sein. Wenn Jurre wieder fort war, sei sie in eine umso größere Lethargie verfallen. Er habe das immer der Trauer über den Bruch zwischen Pappen und Jurre zugeschrieben. Das war sicher auch so, aber das war es nicht allein. Erst als sie vor ein paar Monaten angefangen habe, wegzulaufen, sei ihm aufgegangen, dass da wohl noch etwas mit hineinspielen könnte.

»Und jetzt?« Jurre klang verzweifelt.

»Der Hausarzt hat sie vor ein paar Wochen zum Geriater geschickt. Frühzeitige Demenz lautete seine Diagnose. Jetzt wird sie jeden Morgen nach dem Kaffee abgeholt, um sie zu den Senioren zu bringen. Jedes Mal, wenn das Taxi vorfährt, versucht sie sich zu verstecken. Herzzerreißend ist das.«

Jurre schob seinen Stuhl nach hinten, stand auf, er brauchte Bewegung. Er lief in der kleinen Küche auf und ab und starrte durch das Fenster über die Felder. »Wie lautet die Prognose?«

Freerk zuckte mit den Schultern: »Keine Ahnung. Ich denke, es kann schnell gehen.«

»Kann ich zu ihr, wenn sie in Winschoten ist?«

Freerk schrieb etwas auf den Notizblock neben dem grauen Telefon mit der Wählscheibe. Er riss das oberste Blatt ab: »Hier hast du die Adresse. Ich wollte sie Montagnachmittag abholen. Vielleicht kannst du das für mich machen.«

»Gut.« Er schüttelte Freerk die Hand, gab ihm einen ungelenken Klaps auf die Schulter, ohne ihn dabei anzusehen. »Mammen würde sagen, dass du dein Gewicht in Gold wert bist«, murmelte er, bevor er die Tür schloss.

Zu Hause griff er nach seinem Saxofon und spielte, bis ihm die Lippen schmerzten, als hätte er sich vorgenommen, in der Musik zu verschwinden. Er übersprang seine Tonleitern: wüten, krachen, quieken … so wurde er am besten seine Wut, seinen Frust los. Es dauerte bestimmt eine Viertelstunde, bis sein Spiel etwas ruhiger und melodischer wurde. Obwohl er immer wieder ein paar schräge Noten dazwischenmogelte. Wenn er etwas nicht ausstehen konnte, dann, dass sein Spiel vorhersehbar war.

*E*r wachte mit einem Melodiefetzen im Kopf auf. Es überraschte ihn, er überraschte sich selbst. Das könnte dem Thema seines Stückes eine ganz andere Färbung geben, wenn er es darin einbaute. Er schlug die Decke zurück und hielt auf der Bettkante einen Moment inne. Er musste sich unverzüglich unten ans Klavier setzen, auch wenn er noch so gern einen Kaffee hätte, sonst würde er es verlieren. Erst da wurde ihm klar, dass es das Telefon war. Die Melodie von eben.

Er rannte ins Wohnzimmer. Sicher klingelte das Telefon schon eine ganze Weile. »Hallo?«, keuchte er, als er abnahm. Es war Rachel, die sich mit ihm verabreden wollte. So kalt, wie sie ihn beim Aufstehen erwischt hatte, wollte er nichts lieber als das, aber dennoch. Er wollte, und er wollte auch wieder nicht. Er wollte nicht, er wollte doch. Der Apfelbaum war jetzt vollkommen kahl, sah er durch das große Fenster, dessen Vorhänge er gestern Abend vergessen hatte zuzuziehen. Gestern schon hatte er einen großen Teil seiner Zeit vertan. Nicht, dass der Besuch bei Freerk unwichtig gewesen wäre oder er ihn bereut hätte, aber so würde das nichts werden mit seinem Leben als Musiker, der er zu sein versuchte.

»Hallo, bist du noch da?«, fragte Rachel.

Er war noch da. Das Wochenende sei schon ziemlich voll. Er müsse komponieren, und dafür brauche er Konzentration, die sich in nichts auflösen würde, wenn er alle naselang davonliefe. Und er müsse auch mit den Jungs für den Auftritt am nächsten Mittwoch proben.

»Du willst mich also nicht sehen?«

Das wollte er so nun auch wieder nicht gesagt haben. Loser, der er war. Vielleicht könnten sie was trinken gehen, schlug er schnell vor. Heute Abend nach der Probe. Bei Geuko, wollte er noch sagen, aber Rachel hatte den Hörer bereits auf die Gabel geworfen.

Weg war sie, seine Inspiration. So wie Rachels Geruch, der sich aus seiner Bettwäsche verflüchtigt hatte, nachdem sie an diesem ersten Morgen gegangen war. Jurre fluchte. Verflogen auch der Drang, sich ans Klavier zu setzen. Er machte sich Kaffee. Plötzlich sehnte er sich nach einem Leben, in dem die Aufgaben festgelegt waren, in dem er seine Verantwortlichkeiten nicht jeden Tag, nein, nicht jede Stunde aufs Neue überprüfen musste. Wäre er Landwirt geworden, wie Pappen es gewollt hatte, hätten die Tiere und Pflanzen seinen Alltag bestimmt. Dann hätte es Kühe gegeben, die dringend gemolken werden müssten, Schafe, die ihren Pelz lieber los wären, statt ihn zu behalten, Milch, die zu buttern wäre, Kartoffeln, die nicht länger im Boden bleiben dürften. Aber er war davon ausgegangen, dass er anderswo nötiger gebraucht, dass er in der Musik seinen Platz finden würde. So wie eine Generation von jungen Männern und Frauen vor ihm auf die seltsame Idee verfallen war, Klosterbruder oder -schwester zu werden. So überzeugt sie von ihrer Berufung waren, war er es auch von seiner. Das Leben konnte nur eines mit ihm vorhaben: dass er Saxofonist würde. Sein Bestreben war es, ein großer Saxofonist zu werden, auch das noch. In der Praxis schrie die Musik jedoch deutlich weniger laut nach ihm als die Kühe seines Vaters, sein Saxofon brach nicht auseinander, wenn er es eine Zeit lang nicht anrührte, und seine Freunde würden sicher bald jemand anderen finden, der seine Stelle in der Band einnehmen könnte, wenn er den ganzen

Krempel hinschmisse. Da stand er also nun in Unterhosen mit seiner musikalischen Berufung und seinem ganzen Tatendrang, auf den niemand wartete. Die Frau, die sehr wohl auf ihn wartete, nicht etwa, weil sie von seinem Saxofonspiel verführt worden wäre, sondern weil durch ihn das Pferd zurückgekommen war, hatte er gerade abgewiesen. Blödmann, der er war.

Mit einem Becher Trost stieg er wieder die Treppe hinauf. Er zog die Decke über den Kopf. Indem er auf Rachels Frage nicht eingegangen war, hatte er sie aus dem Kopf bekommen wollen, und jetzt saß sie fester denn je unter seiner Schädeldecke, während er sich hier im Bett stärker als sonst wo ihrer Abwesenheit bewusst wurde. Was war der Grund für seine Beklemmung, die dem Musizieren im Wege stand? Als ob er auf diese Weise etwas erreichen würde! Als ihm klar wurde, dass er mit offenen Augen dalag und an die Decke starrte, stand er zum zweiten Mal auf und stellte sich unter die eiskalte Dusche, um sich selbst eine Lektion zu erteilen. Er gab dem Mülleimer einen Tritt und ließ ihn einfach liegen, nachdem er umgefallen war, schmierte sich hastig ein Butterbrot, zog seinen Mantel an und sprang noch kauend aufs Fahrrad. Aus dem Haus, weg von seinem Saxofon, seinen Tonleitern, dieser Komposition. Er fuhr in die Stadt, zum Plattenladen neben dem Theater, der sich auf Jazz spezialisiert hatte. Sam kannte seinen Geschmack, hielt ihn für einen musikalischen Allesfresser und wusste, dass er meist für etwas Neues zu haben war. Seitdem er siebzehn war, kam er regelmäßig her, und seit er in Groningen wohnte, mindestens einmal in der Woche. Wenn es ihm nicht gut ging, jeden Tag. Dann fragte Sam ganz nebenbei, ob er eigentlich nichts Besseres zu tun habe.

Er hatte den Laden zum ersten Mal nach dem Auftritt von Ben Webster betreten. Zeeger, immer auf der Höhe der Zeit, hatte ihn in das Jazz-Café im Zentrum Groningens mitgeschleppt. Als sie die Kneipe betraten, war es bereits rappelvoll, obwohl es nicht später als acht Uhr sein konnte. Sie hatten sich mit einem Stehplatz hinten begnügen müssen. Aber Jurre war schon froh, dass sie überhaupt noch reingekommen waren. Als es losging, kletterte er auf Zeegers Angebot hin auf dessen Schultern und konnte sehen, dass eine Reihe kleiner Pilsgläser auf der Bühne stand. Jedes Mal, wenn Webster ein Glas geleert hatte, wurde sofort wieder ein volles hingestellt. Der Großmeister des Swing bewegte sich kaum, während der Sound, den er auf seinem Selmer produzierte, das er wohl »Ol' Betsy« getauft hatte, alles in Bewegung brachte. Mit minimalen Gesten gab er den anderen Musikern Anweisungen und verteilte Komplimente: dem Pianisten, dem Bassisten und dem Schlagzeuger. Sein Zeigefinger stach in Richtung eines seiner Kollegen, oder er hob seinen Daumen nach einem eindrucksvollen Solo. Jurre vergaß, wo er war, ging in der Musik auf. Als er seinerseits Zeeger auf die Schultern nahm, hatte er Angst, umzufallen. Nicht wegen des Gewichts; es war vielmehr die Erkenntnis, fast eine Vision: Genau das war es, was ihm vorschwebte, daran war für ihn nicht mehr zu rütteln. Auf so einer Bühne stehen und deinen Namen durchs Publikum schwirren zu hören. Alle Technik vergessen, eins werden mit der Musik, keinen Zweifel daran lassen, dass du selbst es bist, der da spielt. Zeeger meinte, dass der besondere Sound Websters einzig damit zu tun hätte, wie er sein Rohrblatt zurechtschnitt. Genau wie Tabak. Jurre hatte keine Ahnung, woher Zeeger diese Weisheiten nahm, aber er glaubte ihm sofort.

Gegen Mitternacht kam ein niederländischer Saxofonist herein, der sich nach vorne drängelte und einfach anfing mitzuspielen. »Das ist Piet«, wusste Zeeger. Jurre hatte keine Ahnung, um welchen Piet es sich handelte, doch es ärgerte ihn, dass der Mann so von sich eingenommen war, dass er versuchte, Webster zu überreden, gemeinsam weiterzuspielen und den Auftritt in einer »spontanen« Jamsession enden zu lassen. Es dauerte eine Weile, bis Ben Webster nachgab. Gespannt lauschte Jurre, wie dieser Piet sich schlug. Er war besser als erwartet. Zum Glück brachte er die Höflichkeit auf, sich still zu halten, wenn Webster ein Solo spielte. Der seinerseits blies mitten in die Soli des Holländers hinein. Jurre musste kichern; ein Mann sollte seinen Platz kennen.

Es war halb vier, als er wieder in Ganzedijk war. Er schlich auf Socken nach oben, froh, dass sein Vater einen sehr festen Schlaf hatte.

Am Wochenende darauf waren Zeeger und er zu Sams Laden gegangen, um eine LP von Ben Webster zu kaufen.

Jurre überquerte den kleinen Platz mit den Platanen. Die grün-gelben Blätter machten den Tag sonniger, als er war, doch das Tarnmuster der Stämme stimmte ihn wehmütig. Als wäre die Zeichnung der Rinde das Symptom einer schweren Krankheit, die diese Bäume befallen hatte.

Sam saß in einem Strandkorb auf dem Bürgersteig vor dem Laden und rauchte einen Zigarillo. Der Herbst schien ihn nicht im Geringsten zu stören. »Hallo Jurre«, begrüßte er ihn, als der sein Fahrrad anschloss, »ich habe schon gedacht, wo bleibt der Bursche diese Woche? Ich habe ein paar schöne Neuzugänge von Miles Davis, Sonny Stitt und Stan Getz … vielleicht ist was für dich dabei.«

Jurre hob nur den Daumen und schlüpfte ins Haus, das mit den Fenstern knapp über Straßenniveau und der schmalen Haustür in der Mitte kein durchschnittliches Ladengebäude war. Wahrscheinlich war es früher mal ein normales Wohnhaus gewesen. Es gab auch keine anderen Geschäfte daneben. Ob es daran lag, dass er so ein Wohnzimmergefühl bekam, wenn er hier durch die Sammlung streunte oder auf einem Barhocker einem seiner Heros lauschte? Oder war es einfach, weil Sam seine Kunden, die er alle mit Namen kannte, mit Kaffee versorgte, mit jedem, der Lust dazu hatte, einen Plausch anfing oder im Gegenteil in ein Buch vertieft neben dem Gasherd und dem Bücherregal saß oder nur rauchte und vor sich hinträumte?

Jurre fand nicht, was er suchte, er wusste nicht einmal genau, wonach er überhaupt suchte. Als ob Sam es gerochen hätte. Der schlug ihm auf die Schulter: »Habe ich mich getäuscht?«

Jurre zuckte mit den Achseln.

Sam stellte einen Becher Kaffee vor ihn hin und sah ihn durchdringend an: »Du siehst aus, als wenn du eigentlich gar nicht hier sein wolltest.« In der Pause, die er folgen ließ, schob er ihm die Zuckerdose zu. »Was willst du dann noch hier, Mann?« Er grinste breit. »Mach es dir doch nicht so schwer.«

Während Sam zu einem anderen Kunden ging, blieb Jurre am Ofen sitzen. War er so leicht zu durchschauen? Konnte die ganze Welt sehen, dass es ihm nicht gut ging, oder hatte Sam einfach nur einen außergewöhnlich scharfen Blick? Als er noch neu in Groningen gewesen war und im Gartenhaus übernachtet hatte, hätte er es mit der ganzen Welt aufnehmen können. Er hatte sich als freier Mann gefühlt, der von seinem Können und seinen Möglichkeiten überzeugt war.

Dagegen sollte man ihn jetzt mal sehen: Er machte zwei Schritte vorwärts, um dann drei rückwärts zu gehen.

Hinten im Laden hing ein Telefon an der Wand. »Darf ich mal eben telefonieren?«, bat Jurre Sam im Vorbeigehen, davon ausgehend, dass der nichts dagegen haben würde. Gleich nach Rachels Aufbruch an dem Morgen, als sie bei ihm geschlafen hatte, hatte er ihre Telefonnummer auswendig gelernt. Für Notfälle wie diesen. Es war einer ihrer Mitbewohner, der abnahm. Rachel war nicht zu Hause. Natürlich nicht. An ihrer Stelle hätte er auch die Flucht ergriffen.

*J*urre war als Erster im Probenraum. Pieters Vater, der hier in der Gasfabrik arbeitete, hatte dieses »Studio« für die Band organisiert, einen leerstehenden Raum in einem der Nebengebäude. Da störten sie niemanden. Pieter hatte sein Schlagzeug dorthin geschleppt.

Sie trudelten einer nach dem anderen ein. Zeeger, der immer voller Geschichten steckte und, noch bevor er richtig angekommen war, schon wieder über die eine oder andere Theorie schwadronierte oder eine neue Erkenntnis, die er von seiner Trompete gewonnen hatte oder einem Stück, das er gerade einstudierte. Bassist Fedde, sein Gegenpol, hielt sich dagegen immer im Hintergrund. Wie das Instrument, das er spielte; aber ohne ihn lief es nicht. Jort hatte noch mehr Sprüche auf Lager als Zeeger, zum Ausgleich für sein Klavierspiel, das zwar ganz hübsch, aber keineswegs verblüffend war. Pieter war Pragmatiker: nicht quatschen, lieber drummen. Er war der große Organisator in der Gruppe, der immer jemanden kannte, der wieder wen kannte, der wichtig für sie sein konnte. Ihn zog es zu Fedde, was in musikalischer Hinsicht sicher naheliegend war.

Die Truppe war komplett, die Instrumente gestimmt. Zeeger hatte eine Liste von Songs zusammengestellt, die sie in De Spieghel spielen könnten. Jurre wollte gern auch das Stück dabeihaben, das er geschrieben und an dem sie die letzten Monate gearbeitet hatten. Sie machten sich eine halbe Stunde darüber her, bis Pieter seine Drumsticks hinwarf. Er sei noch nicht überzeugt von den Passagen, in denen er seine Breaks spiele, und er finde, dass das Stück noch arg in seinen Kinderschuhen stecke. »Ich traue mich nicht an was Neues, wenn wir so einen wichtigen Auftritt haben.« Die anderen pflichteten ihm bei. Jort meinte, dass sie in De Spieghel das vorführen sollten, womit sie brillieren könnten, und wenn das nichts Eigenes wäre, wäre es schade, aber nicht zu ändern. Jurre solle die Latte nicht immer so hochlegen, er nehme das Spielen viel zu ernst. Sie spielten doch in erster Linie zu ihrem Vergnügen.

Natürlich fand auch Jurre, dass es hauptsächlich darum ging, wie man spielte, dass es beim Zuhörer etwas auslöste, und nicht darum, was man spielte. Aber eigene Sachen, das sollte doch der wahre Antrieb fürs Musizieren sein!

Er schlug sich vor den Kopf, dass er sich derart hatte ablenken lassen: von Mammens Besuch, seiner Reise nach Gelderland, seiner Verliebtheit in Rachel und dem Treffen mit Freerk. Zeit und Energie, die er besser für das Stück aufgebracht hätte. Hätten sie intensiver daran arbeiten können, wären die anderen vielleicht davon zu überzeugen gewesen. Wie wollte er jemals als Saxofonist auffallen und seinem Vater beweisen können, dass er gut daran getan hatte, kein Bauer zu werden?

Nach der Probe war er der Erste, der ging, er floh zu Geuko, nicht, weil er ein Bedürfnis nach Geselligkeit hatte, sondern weil er hoffte, sich bei einem guten Teller Essen zu berappeln, das er selbst nicht zuzubereiten brauchte.

Er hatte sein Saté gerade zur Hälfte gegessen, als er Rachels Lachen zu hören glaubte. Als er über die Schulter blickte, sah er sie mit einem jungen Mann beim Bier sitzen, den er nicht kannte. Sie hockten in der hintersten Ecke. Jurre schob seinen Teller von sich. Wieder dieses Lachen. Er sah sich noch einmal um. Der Mann an Rachels Seite wirkte älter als sie, fünf Jahre, mindestens. Sie war natürlich mit diesem Typ extra hier eingekehrt, weil sie wusste, dass es gut sein konnte, dass er zu Geuko zum Essen kam. Er hatte ihr erzählt, er tue das immer noch regelmäßig. Jetzt ließ er sogar sein Pils stehen und ging an die Bar, um zu zahlen.

Harmke sah zu seinem Tisch hinüber: »Ich frage lieber nicht, ob es geschmeckt hat.«

Nachdem er bezahlt hatte, schlängelte er sich im Zickzack zwischen den Stühlen und den Tischen zu der Ecke durch, in der Rachel saß. Er nahm sich einen freien Stuhl und stellte ihn an die Kopfseite ihres Tisches. Sie lehnte sich zurück und drückte ihren Rücken an der Stuhllehne gerade. Jurre ignorierte den Blick ihres Tischgenossen und rutschte noch etwas näher an Rachel heran.

»Jurre.« Sie wartete einen Moment, bevor sie fortfuhr. »Können wir …«

Er schüttelte den Kopf, beugte sich zu ihr hinüber und sagte in gedämpftem Ton, doch so laut, dass es auf der anderen Seite zu verstehen sein musste: »Es war ein großer Irrtum, dass ich heute früh ›nein‹ gesagt habe. Es tut mir leid. Es hatte nichts mit dir zu tun. Überhaupt nichts. Ich habe mich den ganzen Tag darüber geärgert.« Er küsste sie so lange auf den Mund, bis dem anderen aus tiefster Seele ein »Himmelherrgott« entfuhr, worauf Jurre seinen Stuhl zurückschob und ging.

Rachel kam ihm hinterher. Versperrte ihm den Weg zu seinem Fahrrad. »Idiot. Harm ist einfach nur ein Kollege.«

»Einfach nur?«

Sie zuckte mit den Achseln. »Dich kriegt man ja ziemlich zackig eifersüchtig.«

»Biest.« Er legte eine Hand in ihren Nacken und küsste sie wieder.

Sie schob ihn von sich weg. Sah ihn durchdringend an. »Beim nächsten Mal kannst du es knicken«, sagte sie. »Warte hier.« Sie kam mit Mantel und Tasche zurück, und bevor sie sich unter seinen Armen hindurch auf die Fahrradstange zwängte, fragte sie, was er mit der Musik beweisen wolle und wem? Er müsse nur sich selbst überzeugen, dass er ein guter Saxofonist sei.

Er ließ seine Finger über den Haaransatz in ihrem Nacken gleiten und legte seinen Kopf für einen Moment auf ihre Schulter. Dann trat er in die Pedale.

Sie verließen die Stadt. Rachel passte wieder auf Bond auf. Das ganze Wochenende verbrachten sie liegend: im Bett, im Bad, im Heu, im Gras, im Moos, auf Sägespänen, im Sand am Wasser. Saßen außer auf *einem* Fahrrad auch auf *einem* Pferd. Sie sagten nur das Allernötigste zueinander: »Gut geschlafen?« »Kaffee?« »Komm mal her.« »Was essen?« »Ich mag dich.« »Gute Nacht.«

Jurre hatte in seiner Wut das Saxofon im Übungsraum gelassen. Er bedauerte es nicht.

*E*s war gegen vier Uhr nachmittags, als Jurre den Gemeinschaftsraum des Seniorenheims betrat. Als würde er eine entfernte Tante oder einen von den Großeltern besuchen, die er nie gekannt hatte. Seine Omas und Opas lebten schon nicht mehr, als er noch klein war. Als der Vater seines Vaters als Letzter starb, war er so um die zwei Jahre alt gewesen. Er kannte nur die überlieferten Erinnerungen an ihn. Ein Geruch, der sich irgendwo in der Mitte zwischen Krankenhaus und Vorschule bewegte, nahm ihm den Atem: eine Mischung aus Linoleum, Schmierseife, Bohnerwachs und uralter Pisse. Am liebsten wäre er gleich wieder nach draußen gerannt. Mehrere Alte schlurften mit einem Gehgestell oder einem Spazierstock durch den Raum. Oder sie stützten sich an Sitzlehnen und Tischkanten ab. Trotz eines großen Gummibaums, der Zitronengeranien, eines Plattenspielers und eines Bücherregals wollte aus diesem Gemeinschafts- oder Ruheraum, oder was es sonst sein mochte, kein Wohnzimmer werden. Ein Wartesaal in einem Bahnhof. Die nächste Station war das Pflegeheim oder der Tod.

Wo war Mammen? An einem großen Tisch saß ein Grüppchen aus zwei Männern und zwei Frauen, das unter Aufsicht einer Frau, die übermäßig langsam und deutlich artikulierte, Mensch ärgere Dich nicht spielte. Einer der Spieler studierte das von der Decke über dem Tisch herabhängende Fischernetz, während die anderen geistesabwesend vor sich hin stierten. »Herr van Puffelen, Sie sind dran«, sagte die Betreuerin und klopfte dem, der zur Decke starrte, mit dem Würfel auf den Arm. Jurre fand seine Mutter schließlich auf einem Stuhl in einer Ecke am Fenster. Sie starrte nach draußen, ohne etwas zu sehen, schien mit offenen Augen zu schlafen. »Guten Tag, Mammen«, begrüßte er sie, als er einen Stuhl heranschob, um sich mit ihr auf Augenhöhe unterhalten zu können. Er musste seinen Gruß wiederholen, bevor sie aufwachte.

»Jurre.« Sie machte eine Pause, in der sich ihrem zusammengekrümmten Körper ein tiefer Seufzer entrang, und nannte noch einmal seinen Namen. Die Betreuerin gesellte sich zu ihnen und fragte Jurre, wer er sei.

»Mein Sohn«, kam Mammen ihm zuvor. Die beiden Worte landeten direkt in seiner Magengrube.

»Ihre Mutter hatte heute zu gar nichts Lust; sie wollte nicht mitspielen, nicht lesen, nicht spazieren gehen, nicht Sjoelbak spielen, nicht mal essen. Sie muss sich erst noch ein bisschen eingewöhnen, glaube ich.« Sie legte eine Hand auf Mammens Schulter, die sie wegschob, wie sie zu Hause immer die Katze weggeschubst hatte, wenn sie mit anderen Dingen beschäftigt war.

»Sie glauben, dass sie sich hier eingewöhnen wird?« Und ohne auf eine Antwort zu warten, fuhr er fort: »Ich nehme sie mit, ich werde sie nach Hause bringen.« Sie gehört nicht hierher, das sieht man doch, dachte er noch.

»Schön«, sagte sie, als sie draußen standen.

»Man riecht schon den Herbst«, sagte Jurre schnuppernd und schlug vor, ein Stück zu laufen. Das fand Mammen gut. Hätte er vorgeschlagen, mit einem Ballon zu fahren, hätte sie wahrscheinlich ebenso zugestimmt. Sie verließen das Viertel und erreichten eine Straße an der Grenze zwischen Polder und bewohnter Welt. Mammen studierte die Vorgärten der sonnendurchfluteten Häuser und nannte alle Pflanzen und

Bäume, die ihr ins Auge fielen, beim Namen: Chrysanthe-
men, Stiefmütterchen, Birken, Pfaffenhütchen … Auf dem
Grünstreifen zwischen den Häusern zeigte sie ihm Weißwurz
und wog eine Traube blauer Beeren in der Hand. »Die sind
sehr giftig, hast du das gewusst?«

Nein, das hatte er nicht gewusst, auch nicht, dass sie so
viel von Pflanzen verstand. Der Vorort blühte durch die Na-
mensgirlande auf, die seine Mutter flocht. Auf einer Bank
auf der häuserlosen Seite blickten sie über die Felder. »Vermisst du den Hof auch, da in der Stadt?«

»Nein«, antwortete er wahrheitsgemäß und war gleichzeitig überrascht von der Klarheit, die sie an den Tag legte. Mit
ihrem Gedächtnis schien hier und jetzt alles in Ordnung
zu sein. Dem Hausarzt musste ein Fehler unterlaufen sein.
»Dich vermisse ich schon.«

»Ich vermisse euch da auch«, und sie nickte in die Richtung, aus der sie gekommen waren.

Auf dem Weg zum Auto packte sie seinen Arm und fing
an zu singen, das Schlaflied, das er für Bond gesungen hatte. Er schaffte es nicht, mitzusingen, weil zwei Riesenhände
ihm die Kehle zudrückten.

In dieser Nacht kehrte Mammen in seinen Träumen als
die kräftige Bäuerin zurück, die sie immer gewesen war;
sie hängte die Wäsche auf, streute mit einer schwungvollen
Armbewegung das Futter für die Hühner über den Hof aus,
erntete Lauch und holte Schnittblumen aus dem Gemüsegarten, brachte Pappen selbst gemachten Johannisbeersaft
aufs Feld. Sie half beim Kalben, indem sie an dem Seil
zog, das Pappen hinter den Kopf und um die Vorderpfoten des Jungen geschlungen hatte, weil es falsch lag. Dann
wusch sie sich die Hände, fing an, Suppe zu kochen und

Butterbrote für den Abend zu schmieren. In seinem Traum war es ganz sicher ein Samstag. Ihn selbst forderte sie auf, seine Hausaufgaben zu machen, und im nächsten Augenblick stand er in der Küche und spielte Saxofon. Worauf sie sagte, dass sie es gernhabe, wenn er spiele, weil es ihr gute Laune mache. Der Hof und das Land seiner Eltern lagen unter einer feinmaschigen Haube wie ein vergitterter Bienenkorb.

Er wachte mit einem Brummschädel auf und war sich plötzlich über eines völlig im Klaren: Sie musste weg von diesen alten Leuten in Winschoten. Wie konnte Pappen bloß auf so etwas verfallen? Er schickte einfach jeden weg, mit dem er nicht mehr klarkam. Um Mammen stand es wirklich nicht so schlimm, dafür war die Begegnung gestern ein deutlicher Beweis gewesen: Sie wusste, wer er war, hatte sich nach seinem Leben in Groningen erkundigt und all diese Pflanzennamen gewusst. Okay, vielleicht war sie ab und zu ein wenig verwirrt, kam mit dem Papierkram weniger gut zurecht als früher, aber deshalb war sie noch lange nicht dement. Ohne Frühstück sprang er in Jans Auto, das er noch nicht zurückgebracht hatte. Er besaß gerade noch die Geistesgegenwart, zuerst bei seiner Arbeit anzurufen, dass er sich den Vormittag freinehmen würde, und fuhr dann im Affentempo zum Seniorenheim. Dass er am Abend auftreten musste, wäre erst später von Belang.

Dem diensthabenden Sozialarbeiter, einem Mann mit einem mitleidigen Hundeblick, sagte er, dass er Mammen zu einem Konzert mitnehmen werde.

»Ich weiß nicht, ob das wirklich ratsam ist, sie neigt dazu, wegzulaufen.«

»Wenn sie Musik hört, bleibt sie schon sitzen.«

»Da bin ich gespannt. Sie müssen hier allerdings noch unterschreiben. Wenn Sie sie mitnehmen, liegt die Verantwortung ganz bei Ihnen.«

Das schien ihm selbstverständlich, aber er hatte keine Lust auf eine Diskussion, und ohne zu lesen, was er genau unterzeichnete, setzte er seinen Namen auf das Formular, das der Betreuer aus einer Schublade hinter dem Empfangstresen hervorzauberte.

Mammen hatte seit seinem Eintreffen noch kein einziges Lebenszeichen von sich gegeben. Sie saß auf einem Stuhl an dem großen Tisch, taub und blind, so schien es. Jurre ging zu ihr und fasste sie am Ellbogen. »Komm, du darfst mit. Wir gehen.«

Sie stand auf, sagte aber nichts und starrte vor sich hin. Als sie am Tresen vorbeigingen, wandte sie den Kopf zu dem Mann mit dem Hundeblick. Vielleicht hatte er wirklich Mitleid mit ihr; er schaute so besorgt, dass Jurre sich noch mehr beeilte, wegzukommen.

»Was machen wir?«, fragte Mammen im Auto.

»Wir fahren nach Groningen, in mein Haus. Da werde ich für dich spielen. Das letzte Mal, als du zu mir gekommen bist, fandest du es so schön, weißt du noch? Und dann schauen wir mal. Und heute Abend bringe ich dich nach Hause.«

Es war ein paar Minuten still. Jurre wollte gerade das Radio einschalten, als sie nach seinem Arm griff. Das gehe natürlich überhaupt nicht, mitzukommen in sein Haus. Sie habe keine Zeit. Sie müsse Gemüse einfrieren, Milch buttern und für Pappen sorgen. Das werde er doch einsehen. Bauern hätten nie frei, das habe Pappen doch oft genug gesagt.

Jurre legte die Hand seiner Mutter wieder auf ihren Oberschenkel, um einer falschen Bewegung zuvorzukommen, wenn sie ihn wieder am Ärmel zupfen würde. Was sollte er tun? Er war felsenfest davon überzeugt gewesen, dass sie froh wäre, wenn er sie mitnahm. Sie rutschte unruhig auf ihrem Sitz hin und her.

»Freerk kann auch sehr gut buttern«, versuchte er sie zu beruhigen.

Sie schüttelte den Kopf. »Arne hatte versprochen zu helfen. Was sollen wir jetzt bloß machen?«

Arne, Arne? Wen meinte sie? Ach, den Betreuer natürlich.

In seinem Brückenwärterhaus wollte Mammen weder Kaffee noch Tee und auch kein Brot und keine Suppe. Sie behielt ihren Mantel demonstrativ an, setzte sich auf die Couch, stand auf, setzte sich wieder, stand erneut auf. Ihre Unruhe sprang auf Jurre über. Er war damit beschäftigt, Kaffee für sich zu kochen, als Jan wegen des Autos kam, das er eigentlich um elf gebraucht hätte. Das habe er doch gestern gesagt. Jurre entschuldigte sich, murmelte etwas von einem Notfall und gab ihm Schlüssel und Papiere zurück. Ohne Transportmittel war sein Problem noch größer. Jurre vergaß den Kaffee und ging zu seinem Saxofon, wurde aber durch das Klingeln des Telefons unterbrochen. Seine Mutter war inzwischen zur Haustür gegangen und stand dort mit der Hand an der Klinke. Bevor er den Hörer abnahm, führte er sie von der Tür weg. »Moment, Mammen, wir sind doch gerade erst gekommen. Ich wollte doch für dich spielen!« Dann rief er aufgeregt seinen Namen in den Hörer und drehte sich um, um seinen Ärger zu verbergen. Es war Fedde, der schon dreimal versucht hatte, ihn zu erreichen, und für den späten Nachmittag eine zusätzliche Probe ankündigte, damit sie noch mal »das Letzte aus sich herausholen« könnten. Ehe Jurre die Möglichkeit bekam zu sagen, dass er ein Problem habe, hatte Fedde schon »Also bis dann!« gerufen und aufgelegt.

Jurre fluchte und stampfte mit dem Fuß auf. Er suchte für sich selbst nach einer Erklärung, um es dann Mammen erklären zu können, aber sie war verschwunden. Er stolperte ins Freie und rief ihren Namen; sie durfte jetzt nicht weg sein, das wollte er sich nicht aufs Gewissen laden. Außerdem brauchte er sie viel zu sehr. Er brauchte die alte vertraute Mammen, die wie keine andere zuhören konnte und die dann zum Schluss, wenn er ausgeredet hatte, Rat wusste. Meist war es so naheliegend, was sie sagte, dass er sich wunderte, nicht selbst darauf gekommen zu sein. Heute Morgen hatte er sie sich an seinen Küchentisch gewünscht. Doch jetzt war sie verschwunden. Es traf ihn wie das Ausbleiben des richtigen Tons bei verstimmten Instrumenten. Dann verspürte er Stiche in den Ohren und der Magengegend. Falsche Töne waren nicht nur nicht anzuhören, sondern dann stimmte die ganze musikalische Wirklichkeit nicht, und das brachte ihn aus dem Gleichgewicht.

Er begann, am Kanal entlangzulaufen. Im Trab. Weit konnte sie nicht sein. Er versuchte, sich in ihr Denken hineinzuversetzen: Wohin würde sie gehen, wenn sie nach Hause wollte, zur Bushaltestelle? Dann würde sie nicht am Wasser entlanggehen, sondern hätte die Brücke überquert. Obwohl er sich nicht vorstellen konnte, dass sie das überlegt hatte, drehte er sich um und rannte zur Brücke.

Ein Auto stoppte neben ihm. Der Fahrer kurbelte das Fenster herunter. »Jurre!« Es war Freerk. Er sah ihn streng an. »Wo ist sie? Arne hat uns angerufen. Was zum Teufel machst du da?«

Bevor Jurre antworten konnte, forderte ihn Freerk auf, einzusteigen.

Sie fuhren über die Brücke. Bei der Bushaltestelle war Mammen nicht. Ein paar Leute warteten dort, es konnte also nicht sein, dass der Bus gerade abgefahren war und Mammen mitgenommen hatte.

»Und jetzt?« Freerk sah Jurre vorwurfsvoll an. »Selbst ein Rindvieh würde begreifen, dass man mit einem kranken Tier nicht durch die Gegend zottelt.«

»Die Frage ist, wie krank sie wirklich ist. Und übrigens, was macht *ihr* denn? Liefert sie jeden Tag bei diesen Alten ab. Ja, davon erholt sich ein krankes Tier natürlich, wenn es da unter all diesen abgeschriebenen Exemplaren sitzt. Alles, was sie will, ist, nach Hause zu kommen.«

»Und da hast du dir gedacht: Ganzedijk oder Groningen, *scheißegal.*«

Jurre riss die Tür auf, stieg aus und lief in Richtung Stadt, Freerk musste jetzt eben warten. Mit den Händen in den Hosentaschen, sein Mundstück fest in der Faust, beruhigte er sich etwas. Als sein Blick auf den Gemüsehändler fiel, blieb er wie betäubt stehen. Vor den schräg aufgestapelten Kisten mit Obst und Gemüse stand Mammen und füllte Bohnen in Papiertüten. Sie hatte schon ungefähr zehn Tüten voll. Er ging auf sie zu und legte eine Hand auf ihren Arm. »Da bist du ja!« Er gab ihr einen Kuss auf die Wange. Verdutzt sah sie ihn an. »Da bist du ja«, sagte er noch einmal, »was machst du hier? Ich habe mir schreckliche Sorgen gemacht.«

Sie schüttelte den Kopf, verstand ihn nicht: »Schöne Bohnen hier. Ich habe doch gesagt, dass ich heute Nachmittag Gemüse einfrieren will.«

Er bezahlte für sie, nahm die Tasche mit den Bohnen in die eine Hand und ihre Hand in die andere und ging zu Freerk. Der ließ Mammen einsteigen und fuhr weg, ohne noch ein Wort zu verlieren.

Jurre ließ sich auf dem Bürgersteig nieder, legte seinen Kopf in die Hände und ließ seinen Tränen freien Lauf.

»Verdammt, Jurre!«, begrüßte ihn Zeeger, als er halb sechs den Probenraum betrat, »du warst es doch, der so scharf auf diesen Auftritt war!«

»Ich habe dich dreimal angerufen, Mann!«, sagte Fedde zu ihm.

Jurre bekam keine Gelegenheit, sich zu rechtfertigen, denn Jort, der sich von seinen Tasten zu ihm umgedreht hatte, rief: »Du warst immer derjenige, der den Laden zusammengehalten hat.« Pieter fügte hinzu: »Und jetzt lässt du uns ausgerechnet heute hängen.«

»Mijnheer ist mit dem Programm nicht einverstanden und lässt sich dann einfach nicht blicken.« Das war wieder Zeeger.

Jurre, der gerade sein Saxofon vom Rücken geschwungen hatte, hängte es wieder über die Schulter und bewegte sich rückwärts zur Tür: »Hey, Jurre, was ist los? Ist das so eine schwierige Frage?« Jurre sprach langsam und mit eisiger Ruhe, um dann zu explodieren: »Ich lasse euch aus reinem Spaß im Stich, ihr Arschlöcher!« Er hielt die Türklinke in der Hand, suchte Jorts Blick. »Schöne Freunde seid ihr. Da hat man echt was. Echt … Ihr habt ja keine Ahnung. Müsst nur an die Musik und euer Studium denken. Mit euren Papas, die euch in Watte legen, und euren Mamas, die eure Klamotten waschen.« Und im Crescendo: »Verwöhntes Pack!« Leise schloss er die Tür hinter sich.

Ehe er sich's versah, saß er bei Sam im Laden, der ihm ein Bier vorsetzte und zuhörte. »Einfach gleich in De Spieghel gehen, Kopf hoch. Mach, was du am besten kannst, blas sie alle in Grund und Boden. Du kannst deiner Mutter nicht helfen, überlass das den Leuten, die so was gelernt haben. Es ist schrecklich, aber es ist halt so.«

Sam hatte recht. Und trotzdem. Wäre Pappen dement, wäre es einfacher.

$\mathcal{E}$r ließ sein Fahrrad stehen und ging zu Fuß zum De Spieghel. Um die Zeit in die Länge zu ziehen. Er sah immer wieder Mammens kümmerliche Gestalt vor sich, wie sie vor dem Gemüseladen Bohnen in Tüten stopfte. Eine große Gleichgültigkeit übermannte ihn. Die Kneipentür gab an seiner statt einen Seufzer von sich, als er sie gegen sieben aufstieß. Zeeger kam ihm entgegen, umarmte ihn und schlug ihm auf die Schulter: »Sie hatten schon Angst, dass sie ohne dich auskommen müssten«, und er nickte in Richtung der Bühne hinten in der Kneipe, »aber mir war klar, dass du zurückkommen würdest. Ich kenne dich ja nicht erst seit gestern.« Er brachte ihn zu den anderen Jungs, denen er die Hand schüttelte, ohne ein Wort zu sagen. Er setzte sein Saxofon zusammen, stimmte es, er war bereit. Zeeger übernahm das Kommando. Auf einem A3-Blatt hatte er mit Filzstift aufgekritzelt, welche Nummern sie spielen würden. Er legte die Liste auf den Boden und schlug vor, die schwierigen Stellen durchzugehen.

Langsam strömte das Publikum herein, es wurde laut in der Kneipe. Gleich nachdem Zeeger angekündigt hatte, dass sie in zehn Minuten anfangen würden, sah Jurre Rachel hereinkommen. Mit jeder Note, die er spielte, fiel ein Stück Gleichgültigkeit von ihm ab. Jetzt erkannte er auch Ties in der Nähe der Bühne. Er grüßte ihn mit erhobenem Daumen. Bevor Zeeger das Zeichen gab, dass sie anfangen würden, drängte sich ihm wieder das Bild von Mammen auf, sie stieg bei Freerk ins Auto, aber diesmal war sie nicht die schmächtige Bohnenfrau, sondern seine schwungvolle, strahlende, robuste Mutter wie aus einem Guss.

Als sie anfingen, schloss er die Augen und hielt sie eine Weile geschlossen, um ganz Ohr zu sein. Zeeger hatte anfangs zögerlich geklungen, jeder Ton, den Jurre hervorbrachte, war dagegen perfekt und blies alle Zweifel davon. Es war das erste Mal, dass er in der Öffentlichkeit spielte, ohne an Pappen zu denken. Bei jeder Nummer meinte er, einen der Großen an seiner Seite zu haben. Sie spielten der Reihe nach mit, und er schaffte es, sich an ihren Sound heranzutasten, sie gaben exakt das richtige Tempo vor, diesen einen besonderen Ton, das spezifische Ritardando: Coltrane, Gordon, Davis ... An die musste er sich halten, nicht an seinen Vater.

Während des donnernden Beifalls schaute er seinen Kameraden nacheinander in die Augen. »Zugabe« und »We want more« wurde geschrien. Sie waren auf eine Zugabe nicht vorbereitet, deshalb schlug Zeeger vor, die letzte Nummer noch einmal zu wiederholen.

»So habe ich dich überhaupt noch nie spielen hören«, Ties reichte ihm ein Bier und prostete ihm auf den Erfolg zu. Dann hing Rachel an seinem Hals. »Jetzt habe ich gesehen, wer du bist.« Sie zog ihn an sich heran und raunte ihm ins Ohr. »Aber für mich bleibst du der coole Cowboy.«

Er ging mit ihr nach Hause, und als er erst einmal eingeschlafen war, schlief er sechzehn Stunden am Stück.

In den folgenden Monaten bestand das Leben für Jurre aus fast nichts als Musik. Am Morgen drehte er seine Postrunde, am Nachmittag übte er, einmal in der Woche probte er mit der Band und nahm Privatstunden bei Ties, der ihn auf Entdeckungstour durch die Keller und Höhlen der Jazzmusik mitnahm. Er brachte Jurre mit ein paar anderen seiner Schüler zusammen, die er als vielversprechend ansah, um gemeinsam zu spielen. Ties war auf ein Experiment aus, wollte mit dieser Gruppe etwas Neues auf die Beine stellen, Musik in einer Art und Weise machen, wie man sie noch nie zuvor gehört hatte. Er zeigte sich offen für die Ideen der Teilnehmer, die einzige Bedingung war, dass sauber gespielt wurde. Er ließ sie rhythmisch, melodisch und harmonisch improvisieren, was ihnen viel an instrumentalen Fertigkeiten abverlangte.

Ties suchte die Zusammenarbeit zwischen einem Schlagzeuger, einem Trompeter, einem Posaunisten, einem Klarinettisten und einer klassischen Pianistin. Die ersten Male, als sie mit Edith van Soomeren zusammen spielten, dachte Jurre: Sie könnte meine Mutter sein, auch wenn er wusste, dass sie es nicht war. Ihr steifer Rücken lenkte ihn von dem ab, was er zu spielen hatte. Wie hätte es auf ihn gewirkt, wenn seine Mutter dort auf dem Klavierhocker gesessen hätte? Wäre sie besser gewesen? Diese Pianistin hingegen beeindruckte ihn nicht sonderlich. Wäre seine Mutter gesprächiger, eleganter, älter, geduldiger?

Jurre gab selbst einer Reihe von Anfängern Unterricht. Dadurch wurde er sich seines eigenen Spiels bewusster. Was er verinnerlicht hatte, musste er auseinandernehmen und von allen Seiten betrachten: Ansatz, Atmung, Timing und Phrasierung. Seine Schüler erwarteten in jeder Stunde eine Geschichte von ihm, Beispiele, Ratschläge und Ermunterungen, wie er es auch von Ties erwartete.

Er war noch ein einziges Mal nach Winschoten gefahren, hatte sich zwingen müssen, diese Schwelle zu überschreiten. Mammen war glücklich gewesen, ihn zu sehen, aber es war nicht klar, ob es damit zu tun hatte, dass sie es wegen der zusätzlichen Aufmerksamkeit war, die sie bekam, oder weil es sich um *ihn* handelte, der sie besuchen kam. Hatte sie ihn tatsächlich noch erkannt? Er wusste es nicht zu sagen. Er hatte sie mit zu einem Spaziergang nach draußen genommen. Als sie das Haus Arm in Arm verließen, spürte er den Blick des diensthabenden Pflegers im Rücken, der aufpasste, dass er sie nicht ins Auto setzte. Seit dem Vorfall in Groningen hatte er hier eine symbolische Vorstrafe. Seine Freunde hatten ihn für verrückt erklärt, weil er seine Mutter trotzdem wieder besuchen wollte. Er hatte geantwortet, dass es nicht um ihn gehe. Sie hatten mit den Achseln gezuckt. Wenn sie Bescheid gewusst hätten, würden sie ihm vielleicht sogar vorhalten, dass sie nicht einmal seine richtige Mutter war. Allein der Gedanke daran machte ihn wütend.

Während er mit seiner Mutter am Arm herumzockelte, fing er an, Kinderlieder zu singen. Aber Mammen stimmte nicht mit ein, sie hatte keine Lust, versuchte ständig umzukehren und zurückzulaufen.

Als sie zurückkehrten, hatte sie sich in der Halle von ihm losgemacht und war in den Gemeinschaftsraum gestiefelt, ohne sich noch einmal umzudrehen. Aus einiger Entfernung sah Jurre, wie sie zu ihrem Stuhl ging, sich mit dem Rücken zu ihm hinsetzte und durch das Fenster nach draußen starrte. Er hatte plötzlich nicht mehr die Kraft, zu ihr zu gehen und sich zu verabschieden, wandte sich entschlossen um und fuhr mit dem Bus nach Groningen, wo er sich sinnlos betrank. Seither fühlte er sich als Waise; zuerst hatte ihm sein Vater die Tür gewiesen, und nun war seine Mutter von ihm gegangen.

Nachdem Ties' experimentelles Orchester einige Wochen mit Edith zusammengearbeitet hatte, nahm Ties Jurre zur Seite. Er fragte, ob er mit der Pianistin ein Duett spielen wolle, gewissermaßen als Überleitung. Gleich nach der Hälfte, habe er sich gedacht, wäre ein Moment für so einen Dialog zwischen Klavier und Tenorsaxofon, das könne er sich gut vorstellen. Ob Jurre über die Ausgestaltung seines Parts mal nachdenken wolle. Jurre, der gerade sein Saxofon zerlegte, ließ die Kappe seines Mundstücks fallen. Sie hüpfte über den Holzboden des Proberaums. Bevor er sie wieder zu greifen bekam und antworten konnte, sagte Ties noch, dass er Jurre deshalb gefragt habe, weil sein Spiel noch am ehesten dem von Edith ebenbürtig sei. Er würde auch sie bitten, etwas vorzubereiten. Jurre schlug sich innerlich vor den Kopf, dass er so vorschnell über Ediths Spiel geurteilt und nicht besser zugehört hatte.

Auf dem Heimweg schossen ihm lauter musikalische Phrasen wie Sätze durch den Kopf. Er musste sie so schnell wie möglich zum Klingen bringen, um sie festhalten zu können, die Tonkombinationen, die Klangfarbe, die Intonation. Er nahm sich nicht einmal die Zeit, seinen Mantel auszuziehen und Licht zu machen, knipste nur die Lampe über dem Klavier an. Er setzte sein Saxofon zusammen und spannte ein neues Band ins Tonbandgerät. Er hatte erst vor Kurzem angefangen, so zu arbeiten, dass er seine Improvisationen aufnahm, weil seine Konzentration nachließ, wenn er sich Notizen machen musste. Danach hörte er sich seine Versuche noch einmal an und spielte nach, was ihm gefiel, bis er seine Komposition in den Fingern und in den Ohren hatte. Er drückte den Aufnahmeknopf des Tonbandgeräts, ließ sich auf die Couch fallen, schloss die Augen, memorierte, was auf dem Fahrrad nach Hause in seinem Kopf aufgeklungen war, und übersetzte es in Töne, halb auf dem Rücken liegend.

Als er die Augen wieder öffnete, stand dort das alte Klavier in den Spotlights. Er kam sich wie einer der Zuhörer im

Publikum vor. Da setzte sich Edith auf den Hocker, nachdem sie dem Saal kurz zugenickt hatte. Sie strich mit den Händen über die Oberschenkel, machte aber noch keine Anstalten, mit dem Spielen zu beginnen. Sie wartet auf eine Frage von mir, dachte er, und während er seine Lunge mit Luft vollsog, um die nun folgende Frage zu spielen, veränderte sich das Bild Ediths am Klavier allmählich, als würde es mit seiner Erinnerung an Mammen verschmelzen, die an der Spüle steht und ihm den Rücken zudreht.

Plötzlich sitzt da eine andere Pianistin; ihr Rücken bewegt sich geschmeidiger als der von Edith, sie trägt die Haare hochgesteckt, ein paar dunkle Büschel liegen locker am Hals. Es tauchen so viele Fragen auf, dass er sie in seinem Spiel nicht behalten, sie kaum klar formulieren kann. Warum hat sie ihn weggegeben, war sie so jung? Hat sie ihn geliebt? Ist er aus Liebe oder als Folge von etwas Schrecklichem geboren worden? Hat sie Kontakt mit seinem Vater gehalten? Was haben sie miteinander geteilt, wenn sie überhaupt etwas geteilt haben? Hat sie gewusst, wo sie ihn hinschickte, wo er landen würde? Hat sie jemals das Bedürfnis gehabt, nach ihm zu suchen? Hat sie seinen Namen ausgesucht? Würde sie ihn jetzt nach mehr als zwanzig Jahren als ihren Sohn wiedererkennen?

Er lässt sein Instrument sinken und hört auf das Klavier, das jetzt ganz klar und deutlich klingt. Da sind ihre Antworten, er kann nicht alles verstehen, aber ihr Spiel beruhigt ihn. In den ersterbenden Klängen hört er einen Auftrag: Werde der Saxofonist, der du bist.

Er rief Rachel an und fragte, ob er zu ihr kommen könne. Sie hatte an diesem ganz alltäglichen Dienstag nichts Besonderes vor, aber der sei doch schon so gut wie vorbei.

»Ich muss dich sehen«, beendete Jurre das Gespräch. »Ich komme jetzt.«

Er fuhr so schnell er konnte in die Stadt zurück. Er rannte die steile Treppe hinauf. Rachel erwartete ihn in der Türöffnung, lehnte am Pfosten: »Wie siehst du denn aus!«

Sie legte eine Hand auf seine Brust. Offenbar musste er erst Rede und Antwort stehen, ehe sie ihn einließ. Also erzählte er, dass Ties ihn zu einem Duett mit der Pianistin aufgefordert hatte, mit der sie zusammenarbeiteten, und er solle über den Inhalt seines Parts nachdenken. Und dass er sich alles schon fertig ausgedacht habe, dass die Musik ihm ganz von allein zugeflogen sei, dass er sogar vergessen hätte zu essen, so angestrengt habe er gearbeitet.

»Es gibt noch Eintopf, wenn du willst, und Brot ist auch noch da.« Sie sah ihn fragend an: »Ist noch was?«

Er schlängelte sich an ihr vorbei: »Wo ist der Eintopf?«

»In dem roten Topf auf dem Herd.«

In der Küche zündete er das Gas unter dem Topf an und suchte nach einem Teller und Besteck. Er konnte hier nie etwas finden. Nicht, weil Rachel die Küche mit anderen Bewohnern teilte und das nun einmal Chaos mit sich brachte, sondern weil sie nach einer ganz eigenen Logik Geschirr, Töpfe, Pfannen und Küchengeräte auf die Schränke verteilt hatte. Die Hälfte ihres Geschirrs, das ausschließlich aus Glas bestand, war auf der einen Seite der Küche untergebracht, die andere Hälfte auf der entgegengesetzten, und so verfuhr sie auch mit ihren anderen Kochutensilien.

Jurre betrat das Zimmer mit einem dampfenden Teller. »Warum stellst du nicht alle Teller, Tassen, Schüsseln und Schalen zusammen?«

Sie machte ihm Platz auf dem Tisch und beobachtete ihn beim Essen. Er war hungrig wie ein Wolf, das merkte er jetzt erst. »Zu Hause hatten wir früher immer eine Fleisch- und eine Milchseite in der Küche, übrigens bis heute. Ich schere mich nicht mehr um die Speisevorschriften, aber manche Bräuche habe ich anscheinend gedankenlos übernommen.«

Als sie im Bett lagen, folgte Jurre mit dem Zeigefinger dem Verlauf von Rachels Schlüsselbein und zog einen Kreis um das Grübchen unter ihrem Hals. Er nahm den Davidstern in die Hand und ließ ihn durch seine Finger gleiten. »Was bedeutet dir das?«

Sie nahm ihm den Anhänger aus der Hand: »Das ist ein Talisman.« Die Kette schaukelte in ihrer Hand von links nach rechts. »Eine Kraft, die einen beschützt, so etwas.« Sie streckte sich aus und drehte sich auf den Rücken. »Das Dreieck mit der Spitze nach unten steht für das Männliche, die Spitze nach oben für das Weibliche. Es ist eine Einheit, die aus zwei Elementen besteht: dem Nordpol und dem Südpol, Himmel und Erde, Sonne und Mond, Yin und Yang. Das eine existiert dank des anderen.«

»Seit wann trägst du ihn?«

»Seitdem ich dreizehn bin.« Sie drehte sich wieder auf die Seite und spielte mit ihren Fingern in seinen Locken. Zog ihn an den Haaren zu sich heran.

»Schlange!«

Ihr Griff lockerte sich, ihr Blick nicht. »Es ist ein Bindeglied. Es verbindet mich nicht nur mit meinen Eltern und meiner Schwester, sondern auch mit meinen Großeltern und mit deren Eltern, mit meiner Familie und meinen Vorfahren. Warum fragst du das?«

Er zuckte mit den Achseln.

»Welches Zeichen würdest du als Talisman wählen?«

»Keine Ahnung.« Er drehte sich auf die Seite, mit dem Rücken zu ihr.

»Jurre?« Sie packte ihn an der Schulter. »Jurre?« Sie sprach seinen Namen jetzt mit Nachdruck aus.

Nach einer langen Stille – er war sich nicht sicher, ob Rachel nicht schon schlief – sagte er: »Eine Gabel. Eine Kombination aus einem Zwei- und einem Dreizack. Etwas zwischen einer Stimm- und einer Heugabel.«

*T*ies setzte eine separate Probe für Edith und Jurre an, damit er zeigen konnte, was er sich für ihr Zwischenspiel ausgedacht hatte. Edith hatte gesagt, dass sie zuerst Jurres Komposition hören wolle, bevor sie mit ihrem Beitrag kommen würde.

Für zwei Leute allein hatte der Probenraum die Ausmaße eines Ballsaals. Ansonsten verschluckten zehn Leute mit Instrumenten, Instrumentenkästen und den Geräuschen, die das mit sich brachte, die Kubikmeter: Stimmen, Füße auf dem Dielenboden, die den Takt angaben, das Scharren von Stuhlbeinen, die Tür, die auf und zu ging, das sonore Summen der Holzbläser, die Klarheit der Blechbläser; Jurre hatte oft das Bild einer mit Glocken behangenen Kuhherde vor Augen, die an einem Frühlingsabend in schaukelndem Gang zum Stall trottete. Das Klavier schwebte darüber, es versuchte, all diese Klänge zusammenzuhalten, manchmal abrupt unterbrochen vom Nachhall eines Beckenschlags, wenn Ties auf sich aufmerksam machen wollte …

Jetzt quietschte nur der Klavierhocker, weil Edith darauf herumrutschte.

»Seltsam, oder?« Sie nickte in Richtung der beiden im Halbkreis aufgebauten Reihen leerer Pulte. Auf einem davon lag eine Partitur. »Lass mal hören, was du gemacht hast!«

Jetzt, mit Edith am Klavier, gelang es Jurre nicht, seine Phrasen mit der gleichen Intensität zu spielen, wie er es vor einer Woche zu Hause getan hatte. Außerdem saß sie nicht mit dem Rücken zu ihm, sondern hatte sich von den Tasten abgewandt.

Er versuchte, eine Reaktion auf Ediths Gesicht zu erkennen.

Sie stand auf und ging ein Stück zur Seite, um den Notenständer herum an die Stelle, wo normalerweise der Schlagzeuger saß. »Kannst du den Anfang noch einmal spielen?«

Während er aufs Neue begann, blieb sie mit dem Rücken zu ihm stehen. Als er fertig war, drehte sie sich um und fragte, ob er etwas mehr über die Entstehung des Stückes erzählen könne.

»Warum möchten Sie das wissen?«

»Sag doch bitte ›du‹.«

»Ich werde es versuchen.« Sie war so eine Dame, bei der er bezweifelte, dass es ihm gelingen würde.

»Ich glaube, ich kann besser darauf eingehen, wenn ich den Kontext deiner Komposition kenne.«

Jurre setzte sich hin, ließ sein Instrument auf dem Oberschenkel ruhen. »Der ist ziemlich persönlich, dieser Kontext. Ich möchte lieber nicht darüber reden. Vielleicht können Sie, kannst du erst mal sagen, was du gehört hast.«

Sie ging zum Flügel zurück, lehnte sich mit den Ellbogen auf die geschlossene Klappe und versuchte seinen Blick aufzufangen. »Ich habe Frustration gehört. Ein Musiker, der es gewohnt ist, die Dinge allein zu regeln und zu lösen.« Sie machte eine Pause. »Auch Geltungsdrang.«

Jurre stellte sein Saxofon auf den Kopf, sodass ein paar Tropfen aus dem Becher auf den Boden fielen.

»Ich habe dich nicht nur spielen gehört, gerade eben und in den letzten Wochen, ich habe dich auch spielen gesehen: Du bist sozial, einnehmend, geduldig in der Gruppe. Als ob du da mit ein paar Brüdern und Schwestern sitzen würdest, ohne die du nicht auskommst, obwohl es manchmal auch zusammen nicht funktioniert. Alles in allem habe ich ein etwas verworrenes Bild.«

Jurre stand auf, legte sein Instrument aufgeregt weg. »Ich habe mich immer gegen die banale Idee gewehrt, dass die Musiker, mit denen man spielt, zur Familie werden.« Er ging zur Tür: »Ich hol mal eben Kaffee.«

»Ist es nicht gerade ein Vergnügen, sich seine eigene Familie wählen zu können?«

Mit der Klinke in der Hand drehte sich Jurre zu Edith um. »Das ist nur Schein, diese Verbundenheit. Ich bin an meine Kumpels nicht so wie an meine Familie gebunden.«

»Hast du viel Kontakt mit deiner Familie?«, fragte sie, während sie um den Flügel herumging und sich auf den Hocker setzte, ohne den Blick von ihm abzuwenden.

»Das ist nicht die Voraussetzung, um an sie gebunden zu sein.« Er öffnete die Tür und stiefelte davon.

Als er mit zwei Bechern Kaffee zurückkam und einen vor sie hinstellte, erzählte sie, dass sie, als sie fünfzehn war, mit ihren Eltern und ihrem Bruder nach Neuseeland ausgewandert und in die Fußstapfen einiger Onkel und Tanten getreten sei. Drei Jahre später habe sie sich entschieden, in die Niederlande zurückzukehren, um zu studieren. Sie stehe noch immer zu dieser Entscheidung, lebe aber allein und habe manchmal starke Sehnsucht nach einer Ersatzfamilie. Es sei ihr als Pianistin aber nicht gelungen, auf eine solche Weise mit anderen zu spielen, wie sie es bei den Musikern dieser Gruppe beobachtet habe. Sie stehe immer abseits, sei nicht wirklich ein Teil von etwas. Sie schwieg einen Moment, bevor sie schloss: »Ich habe geglaubt, das auch in deinem Spiel zu erkennen.«

Er griff wieder zu seinem Saxofon. »Du kannst doch einfach nur auf die Musik eingehen. Die ändert sich nicht, wenn ich dir dazu etwas erzähle. Man hört darin, was man darin hört. Wenn das nicht klar ist, ist es einfach kein gutes

Stück.« Er rutschte auf seinem Stuhl ein wenig nach unten. Wenn Ties doch nur dageblieben wäre.

Sie sah ihn eindringlich an, drehte sich zu ihren Tasten um und spielte einen Eröffnungssatz; fing in den Bässen an, ruhig, um nicht zu sagen zögerlich. Die Sequenz, die er in seiner Eröffnung mehrfach wiederholt hatte, griff sie in ihrer Antwort auf, eine Terz tiefer. Jetzt kam sie in Schwung, spielte schlüssiger. Jurre hängte sich das Saxofon wieder um den Hals, spielte bei ein paar Akkorden mit. Als sie abrupt aufhörte, machte er weiter. Nach sechzehn Takten fiel sie mit ein paar begleitenden Strophen wieder ein. So ging es eine Weile weiter. Edith notierte das Ganze.

Danach fragte sie, was er in ihrer Antwort gehört habe.

»Du hast viele Fragen, wenige Antworten.«

Sie sah ihn prüfend an. »Es klappt ganz prima, wie du mich duzt.« Sie lachte freundlich und klappte den Deckel des Flügels zu.

Er stellte sein Saxofon auf den Ständer und fragte, weshalb sie als klassische Pianistin bei einem solchen Projekt mitmache.

»Weil ich die improvisierte Musik hasse, und Jazzmusiker sind für mich Leute, die alle auf einem Egotrip sind.« Sie sagte es in einem Ton, in dem man ankündigt, zum Bäcker zu gehen oder nächste Woche nicht zu kommen. »Aber man muss ein bisschen was aus sich herauskitzeln, wenn man schon ein paar Jahre spielt, und für mich ist das eine hübsche Folter: improvisieren zu müssen, obwohl ich das nicht gewöhnt bin, und auch nicht, so viele Dissonanzen anzuhören.«

Gerade als er fragen wollte, ob sie ihr Bild habe korrigieren können, kam Ties mit einem Strahlen im Gesicht herein. Sie seien schon fertig? Er würde gern hören, was sie da zusammengebosselt hätten.

Er fand, dass es sich in ihrem musikalischen Zwiegespräch »schön rieb«. Dass es hier und da sogar gemein klinge. Doch wer würde schon Harmonie erwarten? Ein bisschen Feuerwerk war spannender beim Zuhören.

Beim ersten Mal, als sie das Zwischenstück in Anwesenheit der gesamten Gruppe spielten, verstärkten sie den beißenden Ton noch. Als hätten sie einander während der zusätzlichen Probe den Krieg erklärt. Das bedeutete allerdings nicht etwa, dass Jurre infolge von Ediths Bekenntnis mehr Sympathie für sie als Pianistin empfunden hätte als zuvor.

Es war ein Freitagnachmittag im März. Jurre musste in einer halben Stunde zum Pakhuis aufbrechen, wo das von Ties zusammengestellte Orchester ein Kräftemessen zwischen Jazz und klassischer Musik veranstalten würde. Er hatte Rachel eingeladen, die ein paar Mitbewohner mitbringen wollte, sowie Zeeger, Fedde, Jort, Pieter und seine Schüler. Im Garten sang eine Amsel lauthals vom Winter, doch am Apfelbaum zeigte sich das erste zarte Grün.

Er war ungeduldig; er hatte Hunger, aber nach drei Bissen bekam er nichts mehr hinunter, ihm war kalt, doch wenn er einen Pullover anzog, schwitzte er. Während er spielte, riss sein Rohrblatt ein, und jeder Ton, den er mit dem neuen spielte, klang träge und steif.

Das Zwischenstück, das er nun bereits mehrfach mit Edith aufgeführt hatte, setzte in seinem Kopf einen Mechanismus aus Fragen ohne Antworten in Gang. Sie schienen sich bei jedem Mal zu vermehren, wenn er das Duett spielte: War sein Saxofonspiel nur eine Überlebensstrategie, ein Mittel, um die Leere zu füllen? Hielt er sich selbst zum Narren? Was gab es außer seiner Musik, dass sein Leben die ganze Mühe lohnte? War es wirklich so, dass er nicht mehr für Pappen spielte, wenn er auf der Bühne stand?

Er suchte seine Sachen zusammen und zog den Mantel an. Vielleicht würde es besser gehen, wenn er erst einmal an Ort und Stelle wäre.

Er stand schon mit einem Fuß vor der Tür, als das Klingeln des Telefons ihn aufhielt. Er ging ins Haus zurück: »Jurre.«

Es war Freerk. Sie hatten keinen Kontakt mehr gehabt, seit Jurre Mammen aus dem Seniorenheim entführt hatte. Jetzt forderte Freerk ihn auf, sich besser hinzusetzen, doch Jurre blieb stehen, er war sowieso schon alarmiert.

Es sehe schlecht aus. Mammen sei in einem unbeobachteten Moment entwischt und dann angefahren worden. Man habe sie sofort ins Krankenhaus gebracht. Bei ihrer Ankunft habe sie nach Jurre gerufen. »Ich fürchte, du solltest keine Zeit verlieren.«

Er war schon unterwegs.

Jan war glücklicherweise zu Hause und lieh ihm das Auto, ohne dass er erst etwas erklären musste. Viel zu schnell raste er nach Winschoten. Mammens Stimme klang in seinem Kopf: Geh es ein bisschen langsamer an, Junge. Eile tut selten gut … Ich warte doch. Habe ich schon öfter machen müssen.

Ein Fotoalbum blätterte sich in seinem Kopf auf: Mammen in einem Sommerkleid, die etwas zu trinken aufs Feld brachte; Mammen, die in einem großen Topf Marmelade rührte, ihre Schürze voller roter Flecken von den Sommerfrüchten; Mammen bei seinem ersten Auftritt in der Blaskapelle mit vor Stolz glänzenden Wangen.

Ein Zittern im rechten Oberschenkel erschwerte das Fahren. Er versuchte, es mit der rechten Hand wegzumassieren.

Vergeblich. Er lechzte nach einer Zigarette, wollte aber nicht anhalten, um sich eine zu drehen. Er schaltete das Radio an, vielleicht brachte Musik Ablenkung. Es war der Klassiksender. »… Opus 38 von Brahms«, sagte der Moderator. »Viele assoziieren mit seiner Musik herbstliche Wehmut. Von einer tröstlichen Schönheit, die den Schmerz verpasster Möglichkeiten zu lindern scheint.«

Unter den Klängen von Klavier und Cello fuhr Jurre auf den Parkplatz des Krankenhauses. Das Klavierspiel berührte ihn. Es schien, als hätte sich das Zittern in seinem Oberschenkel jetzt über seinen gesamten Körper ausgebreitet. Er hatte verpasst, wer es war, doch mit diesem Pianisten würde er gern einmal zusammen spielen. Der leichte Anschlag, das schöne Timing … mit einem Ruck zog er die Handbremse an. Mein Gott, der Auftritt, wie war es möglich, dass er überhaupt nicht mehr daran gedacht hatte? Was sollte er tun? Ties würde er nicht mehr erreichen. Er stieg aus. Sah sich verstört um. Wo musste er hin? Er war hier noch nie gewesen. Sie würden in Groningen ohne ihn auskommen müssen, sie würden es sicher schaffen, zur Not könnte Ties für ihn einspringen. Er rannte zum Eingang.

»Janna Woudriga«, stammelte er beim Pförtner, der ihn in den dritten Stock, Zimmer 305, schickte. Auf der Treppe nahm er zwei Stufen gleichzeitig. In der Tür des Krankenzimmers blieb er abrupt stehen. Mammen lag in einem riesigen Bett an Schläuchen, die zu einzelnen Monitoren führten. Ihre Augen waren geschlossen. Die Farbe ihrer Haut erinnerte ihn an das Seidenpapier, in das Kopfschmerzpulver verpackt wurde. So roch es hier auch, nach Kopfschmerzpulver. Seitlich auf der Bettkante saß Pappen, der sich nach vorn gebeugt hatte. Er hielt ihre Hand, aus der ein Infusionskatheter ragte. Jetzt sah er auf: »Jurre«, sagte er,

»Junge.« Behutsam legte er Mammens Hand auf die Decke, stand auf, kam um das Bett herum und schob einen Stuhl für ihn heran. Er legte eine Hand auf seine Schulter, die Hand, die Jurre unter vielen anderen erkennen würde, sie war breit und verwittert. Das konnte er noch durch sein Hemd spüren. »Junge«, wiederholte Pappen.

Jurre setzte sich, sah Mammen an, dann seinen Vater, der sich ans Fußende des Bettes gestellt hatte, die Augen rot unterlaufen. »Ist sie noch bei Bewusstsein gewesen?«

»Als sie hierherkam, hat sie anscheinend nach dir verlangt.«

»Freerk hat es erzählt.«

»Schön, dass du gekommen bist.« Er sah Jurre mit einem Blick an, den er nur von den Malen kannte, wenn eine der Kühe ein totes Kalb zur Welt gebracht hatte.

»Selbstverständlich.«

»Weniger, als du glaubst.«

Eine Weile war nur das Summen der Geräte zu hören.

Pappen kam in Bewegung. »Ich lasse dich jetzt mit ihr allein.« Wieder lag diese Hand auf seiner Schulter. »Wenn sie könnte, würde sie sagen, dass du ihre Rettung gewesen bist.« An der Tür drehte er sich um. »Und dass wir beide in Zukunft miteinander auskommen müssen.«

Mit einem deutlichen Klicken fiel die Tür ins Schloss.

DRITTER TEIL

Fine

»*Musizieren ist Versteckspielen.*
Was ein Musiker auf seinem Instrument zu Gehör bringt,
ist vielleicht gerade das,
worüber er nicht sprechen will.«

Anner Bijlsma

*D*er Duft der Ochsenschwanzsuppe stieg in der Küche auf: Rindfleisch, Lorbeerblatt und Sellerie. Fines Vater bereitete sie speziell für sie zu, wenn sie kam. Er selbst aß nichts davon. Es hätte ihn zu sehr an den Bauernhof erinnert. Gerade deshalb schmeckte es ihr so gut. Wenn sie Ochsenschwanzsuppe roch, dachte sie an ihren Großvater und sah ihn am Herd stehen, wie er in einem verbeulten, wackligen Topf mit Bakelitgriffen rührte, während er durch das Küchenfenster über den Hof starrte.

Fine lehnte sich an den Türpfosten und sah den Rücken ihres Suppe rührenden Vaters: »Brahms ist also dein Lieblingskomponist? Warum?«

»Brahms ist raumgreifend.« Er sagte es, ohne sich umzudrehen. »Raum. Wogende Themen.« Er pfiff ein Stück und bewegte die Arme wie ein Dirigent, vergaß aber, dass er einen Kochlöffel in der Hand hatte, sodass die Spritzer umherflogen. »Hey, verdammt!« Er suchte ein Geschirrtuch.

»Machst du das bitte noch einmal?«, bat sie.

»Was?«

»Ein bisschen Brahms pfeifen.«

Jurre machte da weiter, wo er beim Putzen aufgehört hatte. Fine schaltete ihr Diktiergerät ein: »15. Februar 2003. 17.00 Uhr. Lieblingskomponist von Jurre. Brahms. Raumgreifend. Wogende Themen.«

Ihr Vater drehte sich um. Warf das Geschirrtuch auf die Spüle und knurrte, bevor er die Küche verließ: »Können wir nicht einmal ein Gespräch führen, das nicht gleich in ein Verhör ausartet? Du bist wie ein Polizist mit deiner Aufnahmekiste.«

»Wie lange braucht die Suppe noch?«, rief sie ihm nach. Sie drehte die Flamme unter dem Topf auf klein, ohne seine Antwort abzuwarten, und rührte für ihn weiter.

Es lag nicht an ihrem Diktiergerät, ihr Vater redete einfach nicht gern über Musik und schon gar nicht über klassische Musik. Musik musste man machen und so wenig wie möglich darüber quatschen. Auch Jelle fand »diese Aufnahmekiste« irritierend. Vor ein paar Tagen hatte er murrend gefragt, ob sie vorhabe, Journalistin zu werden, das seien auch solche aufdringlichen Typen. Sie fand es einfach nett, sich in ein paar Jahren noch anhören zu können, wie es in ihrem Elternhaus geklungen hatte. Denn sonst würde sie vergessen, wie die Diele im Flur vor der Toilettentür geknarrt, das Badezimmerfenster gequietscht, die Besteckschublade in der Küche geklemmt, der Briefkasten geklappert und die Windorgel im Apfelbaum geklungen hatte, als würde ein Gartenzwerg Marimba spielen. Mit ihrem Geräuschtagebuch könne sie dann das ganze Haus rekonstruieren, erzählte sie ihrem Bruder, etwa wenn ihr Vater dort einmal nicht mehr wohnen sollte. Oder wenn sie beide für längere Zeit nicht da wären, weil Jelle irgendwo weit weg studieren würde und sie auf Reisen ginge, zum Beispiel. Das sei doch mehr als naheliegend. Dann würde sie das Haus hier einfach in ihrem Rucksack mitnehmen, genau wie die Küche ihrer Mutter mit dem Lärm ihres Mixers und der elektrischen Kaffeemühle. Auch das Timbre von Großvaters Pferdestall wollte sie festhalten.

Gerüche würde sie ebenso gern bewahren, doch wie sollte sie das Aroma des Kellerregals in einem Vorratsglas oder das der Wachsjacke ihres Vaters einfangen, das des Bücherregals voller halb zerfledderter Bände; das Familienerbe roch nach Staub und Tinte.

Könnte sie das, was sie mit dem Tastsinn wahrnahm, konservieren, sie würde es ohne Zögern tun. Den Messingknopf an der Haustür, über den sie immer mit dem Zeigefinger in einer kreisförmigen Bewegung strich, bevor sie eintrat, Großvaters Holzschuhe, die etwas zu groß waren und in die sie manchmal hineinschlüpfte, wenn sie etwas von draußen holen musste: ein bisschen Petersilie aus dem Gemüsegarten oder ein Küchentuch aus dem Wäschetrockner. Die harten Holzränder, die sich dann gegen ihren Spann drückten; einmal hatte sie am Abend zwei blaue Streifen an ihren Füßen entdeckt. Das Rosshaar ihres Bogens. Wenn sie ihn festdrehte, bevor sie anfing zu spielen, strich sie mit der Seite ihres Daumens darüber. Die Schwänze von Doewe und Dante fühlten sich anders an. Vielleicht, weil Leben in ihnen war. Ihr Haar, wenn sie Wachs hineintat und es in Stacheln von ihrem Kopf abstand. Stachelschwein nannte Jelle sie. Wie sie hatte er dunkle Locken, aber er hatte keine Probleme damit. Ihre Locken drehten sich immer in die falsche Richtung. Ein Tastrekorder wäre jedenfalls auch eine wunderbare Erfindung.

Aber das Einfangen von Geräuschen war das Wichtigste. In einer geräuschlosen Welt würde sie nicht überleben.

Sie drehte das Gas ab und ging mit zwei dampfenden Schüsseln ins Zimmer. Während sie am Tisch zusammen mit Jelle Suppe aß, schmierte Jurre Pastete und Camembert auf ein Baguette. Er trank ein Glas Wein. Es war ein festes Ritual, wenn sie am Wochenende bei ihm waren. Jelle las derweil oder tat zumindest so. Er war gerne für sich, auch in Gesellschaft.

Jurre fragte, ob sie sich schon für die Meisterklasse angemeldet habe, von der sie vor zwei Wochen gesprochen hatte. Sie nickte mit vollem Mund. In dieser Woche sollte die

Auswahl stattfinden. Sie hatte eine Sonate von Bach vorbereiten müssen. Kommenden Mittwoch sei das Vorspiel, dem sie mit einigem Schrecken entgegensehe.

Jelle blickte von seiner *Fußball International* auf und mischte sich in das Gespräch. Warum sie sich auch für so einen Beruf entschieden hätte, da hole man sich dann halt so ein Elend an den Hals.

Sie entgegnete schnippisch, dass nicht alle solche Multitalente sein könnten wie er. Cello spielen sei nun einmal eines der wenigen Dinge, die sie nicht sein lassen könne. Wie das Reiten. Aber wie machte man das zum Beruf?

»Ich verstehe dich nicht. Geh und studiere etwas Schönes, Cello spielen kannst du nebenbei.« Er erhob sich vom Tisch und griff zu seiner Zeitschrift.

Jurre, der hinter ihm stand, sagte: »Jeder muss seine eigene Wahl treffen, Jelle.«

Jelle ließ sich auf die Couch fallen: »Ich habe es ja nur gut gemeint.«

»Das bezweifle ich nicht.«

»Wann hast du gewusst, dass du mit der Musik weitermachen willst?« Fine kratzte ein letztes bisschen Suppe aus ihrer Schüssel.

»Großvater hat darauf beharrt, dass ich den Hof übernehme. Das wollte ich nicht. Als ich ihm das zu verstehen gegeben habe, durfte ich gehen.«

»Also haben Oma und Opa dich weggeschickt?«, ertönte es von der Couch.

Es war einen Moment still. »Das Saxofon war das Einzige, woran ich mich festhalten konnte.«

Fine stand auf, um die Schüsseln in die Küche zu bringen. Jurre folgte ihr mit den Gläsern. »Würdest du es noch einmal machen, wenn du die Wahl hättest?«, fragte sie.

»Kommt drauf an. Mit anderen Eltern hätte ich vielleicht eine andere Wahl getroffen.«

»Mit anderen Eltern?«

Ihr Vater begann die Gläser abzuwaschen. Als würde er spüren, dass sie ihn im Auge behielt und auf eine Antwort wartete, rief er über die Schulter: »Abmarsch, üben, sonst schaffst du nächste Woche die Auswahl nicht!«

*D*uvel schlug schon an, bevor sie geklingelt hatte. Es dauerte eine Weile, bis Großvater öffnete. Fine musste sich bücken, um ihm einen Kuss zu geben. Der Hund sprang wie ein Verrückter um sie herum.

»Moin.«

»Was führt dich hierher?«

»Ich wollte sehen, wie es dir geht.« Sie zog ihre Jacke aus, behielt die Mütze aber auf.

»So so.« Großvater schüttelte den Kopf. »Drinnen friert es nicht.«

»Soll ich Kaffee machen?«

»Mach du mal Kaffee.«

Sie kramte in den Schränken, wusch Tassen ab und setzte Wasser auf. Großvater bereitete den Kaffee auf die altmodische Weise zu: den Filter auf die Thermoskanne und aufgießen. Sie mochte es, es genauso zu machen, liebte das Ritual. Zuerst die Bohnen in die Mühle, die neben dem Schränkchen über der Spüle an der Wand hing. Es hatte ihr schon gefallen, als sie noch klein war. Mit der Kurbel der Kaffeemühle leierte sie zugleich ihre gute Laune an. Mehr als den Geschmack des Kaffees liebte sie den Duft, der aufkam, wenn sie das kochende Wasser auf das gemahlene Pulver goss. Nachdem sich im Kaffeepulver eine kleine Kuhle gebildet hatte, ließ sie das Wasser am Filterrand entlanglaufen, um sie wieder zuzuschütten.

Großvater hatte sich an den Küchentisch gesetzt, Duvel zu seinen Füßen. Sie spürte seinen Blick in ihrem Rücken. Er seufzte: »Ach, wie schön, Leben im Haus.«

Fine schenkte Kaffee ein und setzte sich zu ihm. Er fragte, warum sie wirklich gekommen sei. Sie zuckte mit den

Achseln, sie habe einfach Lust, auf dem Hof zu sein und Dampf abzulassen. Na gut, sie wolle auch die Geräusche im Pferdestall aufnehmen.

»Die Geräusche im Stall aufnehmen.« Er schüttelte erneut den Kopf. »Wenn dein Vater früher mit so was angekommen wäre, hätte ich ihn für verrückt erklärt.«

Sie erhob sich vom Tisch, umklammerte ihre Tasse mit beiden Händen und schlenderte ein wenig durch die große Küche. »Geht es dir gut, Opa?«

»Duvel hält mich auf Trab. Wenn der Hund seine Augen schließt, ist es mit mir auch aus.« Duvel hieß mit vollem Namen Duvel der Vierte. Jedes Mal, wenn ein neuer Hund kam, erhielt er den Namen seines Vorgängers. Das galt auch für die anderen Tiere. Großvater hängte allen eine Zahl an, als handelte es sich um ein Geschlecht von Königen.

Fine ging ins Wohnzimmer und steckte ihren Kopf gleich wieder durch den Spalt der Küchentur. »Was willst du denn mit einem Klavier?«

»Ein guter Bekannter musste es wegtun und wollte es nicht an die Straße stellen. Ich dachte, ich habe genug Platz, und für Jelle und dich ist es vielleicht schön.«

»Kann man drauf spielen?« Sie war wirklich überrascht.

»Versuch's nur. Es muss sicher gestimmt werden, denke ich.« Er folgte ihr ins Wohnzimmer.

Sie saß bereits auf dem Hocker, hatte den Deckel vorsichtig geöffnet, neugierig, wie es darunter aussehen würde. Sie schlug einen Ton an, leicht, und noch einen und noch einen.

Er habe zwar keine Ahnung von Musik, sagte Großvater, aber er finde, dass es gut klinge. Rund, nicht falsch. Während er sich in seinen Sessel setzte, schlug sie Akkorde an und spielte ein paar Tonleitern. Zuerst in der Mitte, dann eine links und eine rechts. Sie neigte den Kopf zur Seite. Und

spielte verschiedene Töne noch einmal: »Mmm … mmm.«
Es hätte besser sein können, aber gewiss auch schlechter.
Auf dem Klavierhocker hin und her rutschend suchte sie die
richtige Position, streckte ihren Rücken und Nacken, drehte
sich auf dem Hocker im Kreis, lachte: »Es ist in Ordnung.
Nur die hohen Töne, da klirrt es ein bisschen. Warum hast
du nichts gesagt?«

Er zuckte mit den Achseln. Er hatte nicht erwartet, dass
sie so begeistert sein würde. Sie spielte ja überall Klavier. Es
war doch nichts Besonderes, dass sie es jetzt auch hier tun
konnte. »Kennst du einen Klavierstimmer?«

»Jelle sicher, glaube ich.« Sie wandte sich wieder den Tasten zu und legte los. Keine Tonleitern, sondern einen Walzer
von Chopin. Jetzt, da ihr Bruder nicht da war, traute sie sich.
Klavier war nicht ihr erstes Instrument, doch sie spielte es
gern. Manchmal sogar lieber als Cello. Weil weniger davon
abhing und sie weniger nach Tönen suchen musste. Jelle
musste immer seinen Kommentar abgeben, wenn sie Klavier spielte. Schließlich war er der Pianist.

Als sie fertig war, begann Großvater zu applaudieren, zuerst zurückhaltend, dann aber mit Überzeugung.

Fine erhob sich vom Hocker, verbeugte sich mit großer
Geste, als stünde sie auf der Bühne.

Während er im Flur verschwand – warum lief er so plötzlich davon? –, sagte er: »Das kannst du gern wieder machen,
Kaffee aufsetzen und ein Konzert geben.« Seine Stimme
klang heiser. Mit der Zeitung in der Hand kam er zurück
ins Zimmer. »Spart dann eine Karte für den Konzertsaal.«

Sie lachte. »Und ich dachte, dass du ein Abonnement
hättest.«

Duvel kam mit der Leine in der Schnauze an und legte
sie Fine vor die Füße.

Als sie durch den Polder gingen, mit dem Wind im Gesicht, fragte Großvater, weshalb sie Dampf ablassen müsse.

Er hörte sehr viel aufmerksamer zu, als sie gedacht, als sie zuerst vermutet hatte. Sie erzählte, dass sie tagelang für eine Art Prüfung geübt habe, um zur Meisterklasse zugelassen zu werden. Ein schwieriges Stück, von Bach. Sie sei schon eine ganze Weile damit beschäftigt, womöglich mehr als einen Monat. Zusammen mit ihrer Dozentin sei sie alle problematischen Stellen durchgegangen. In den letzten Tagen sei sie gleich nach der Schule nach Hause gegangen, um zu üben, habe zwei Stunden hintereinander bis zum Abendessen gespielt, dann noch einmal zwei Stunden, bis sie das Stück wie im Schlaf beherrschte, Note für Note. Wenn jemand sie nachts wecken und ihr befehlen würde, das Adagio bei Takt 36 anzufangen, würde sie keine Sekunde zögern. Gegen halb zehn hatte sie dann noch mit den Hausaufgaben angefangen. Und gestern war sie über ihren Büchern eingeschlafen. Jetzt hatte sie ständig solche Angst, dass es morgen schiefgehen würde. Sie hatte so viel und so schnell geredet, dass Großvater stehen blieb, um an ihrer statt Luft zu holen.

Er schnäuzte sich in ein großes rotes Taschentuch. Wischte zweimal unter der Nase entlang, bevor er den roten Lappen wieder einsteckte. »Du kannst dieses Stück träumen, und dann hast du Angst, dass es nicht gehen wird? Natürlich wird es gehen.«

»Ich weiß nicht, wie gut die anderen sind.«

Wie wichtig das sei, diese Meisterklasse, was hänge davon ab?

Wenn sie daran teilnehmen dürfe, würde das die Chance erhöhen, am Konservatorium angenommen zu werden.

Und wenn nicht, wäre die Chance dann verpasst, dass sie an dieser Musikschule anfangen konnte?

Nein, so war es denn auch wieder nicht.

Worüber mache sie sich dann Sorgen?

Sie sah Großvater von der Seite an. Waren die Dinge so einfach, oder sah er sie nur so?

Die Nachmittagssonne verwandelte die spärlich verschneiten Wiesen in ein Gemälde von Hendrick Avercamp, aber ohne seine herumwimmelnden Püppchen auf Schlittschuhen. So weit sie blicken konnte, gab es keine Autos oder landwirtschaftlichen Maschinen. Das Land lag alt und verträumt da. So war es auch mit der Musik: Wenn sie Bach spielte und den Punkt erreichte, an dem sie nicht mehr über die Technik nachdenken musste, fiel sie aus der Zeit und betrat eine Landschaft, zeitlos und ohne Geräusche. Wenn das geschah, wenn sie den Ort erreichte, wusste sie wieder, weshalb sie Cello spielte. Da gab es in dieser Stille hinter der Musik, weit weg vom Lärm der Menschenworte, etwas anderes, wofür sie keinen Namen hatte. Etwas, das weder mit dem Verstand noch mit dem Gefühl zu erreichen war. Man fand nur über die Ohren und tastend dorthin.

»So, Mädchen, lass uns nach Hause gehen, du bist ja ganz still geworden.«

Wieder auf dem Hof, schickte Großvater sie nach Hause: »Essen und ab ins Bett. Du musst morgen ausgeruht sein.«

Sie nahm seinen Befehl wie ein Soldat entgegen und salutierte, indem sie mit Daumen und Zeigefinger ihre Mütze berührte und dann ins Blaue hinein wies.

»Weißt du«, der alte Mann holte sein Bauerntaschentuch wieder heraus, »ich habe Musik immer schwer ertragen, ganz sicher die von deinem Vater.« Er schob das Taschentuch von einer Hand in die andere und wieder zurück. »Ich habe nicht sehen wollen, dass er kein Bauer war, und das hat mir die Ohren verstopft.« Er schaute zu ihr auf. »Durch dich sind meine Ohren aufgegangen, und wenn du spielst, höre ich wieder etwas Schönes.« Er wischte mit dem Taschentuch flüchtig an seinen Augen entlang. »Die Kälte«, erklärte er. »Ich bin ein alter Nörgler, denk mal lieber an morgen.«

»Danke.« Sie gab ihm einen Kuss auf die verwitterte Wange. Als sie zur Straße ging, drehte sie sich um und rief: »Und ich komme zurück, um wirklich den Stall aufzunehmen.«

Sie musste ungefähr fünf Jahre alt gewesen sein und hatte am Zaun der Pferdeweide gestanden und die glänzenden Tiere mit ihren runden Augen und den gigantischen Nasenlöchern angestaunt. Plötzlich war da neben dem Kopf von Dante II, ihrem Lieblingspferd, Großvaters Kopf aufgetaucht. Ebenfalls große Nasenlöcher, Augenlider wie Eierschalen. Mit seinem Arm fasste er unter dem Hals durch und tätschelte das Pferd auf der anderen Seite. Dann nahm er das Tier am Halfter, um es zum Stall zu führen. Seine Art zu gehen war wie die des Riesen aus dem *Kleinen Däumling* in den Siebenmeilenstiefeln, dem Märchen, das ihr der Vater gerade erst vorgelesen hatte. Er trug seine flache blaue Mütze.

»Komm«, winkte Großvater sie mit breiter Geste her.

Sie sprang vom Zaun und lief in seine Richtung.

Er ergriff ihre Hand und legte die Leine hinein: »Hier, mach mal.«

Sie sah von Dante zu ihm. Ihre freie Hand suchte nach seiner.

Er drückte sie: »So. Pferdetrainerin.«

Dante schnaubte.

»Brav!« Der alte Mann nickte dem Pferd zu. »Fine bringt dich in den Stall.«

Sie machte sich extra groß, wünschte sich eine Reitkappe auf den Kopf, dann wäre sie noch größer gewesen. Da ging sie hin. Neben dem Riesen mit den Siebenmeilenschritten. Sie mochte vor ihm die gleiche Ehrfurcht haben wie vor der Märchenfigur, er hatte gut erkannt, was sie als Fünfjährige beschäftigte.

Beim Stall hatte er ihr ein Stück Zucker in die Hand gedrückt. »Nein, so«, brummte er, als sie nicht gleich verstand, wie sie es zwischen diese großen Zähne bekommen sollte. »Mit der flachen Hand. Gehorsam muss belohnt werden.«

Die ersten Eindrücke von ihrem Großvater standen im Widerspruch zu dem Bild, das ihr Vater später von ihm gezeichnet hatte. Seiner Meinung nach war Pappen ein Mann, für den die Welt am Zaun seines Hofes aufhörte, von dem man sich nicht vorstellen konnte, dass er jemals sechs Jahre alt gewesen war, in Bäumen herumgeklettert war und über dem Zaun der Pferdeweide den Horizont gesehen haben musste. Diese Charakterisierung hatte das ursprüngliche Bild von ihm verzerrt. Am Nachmittag war sie einmal mehr dem Großvater begegnet, wie sie ihn als Fünfjährige kennengelernt hatte.

*E*s war ganz anders, als sie es sich vorgestellt hatte. Sie hatte geglaubt, dass bei Meisterklassen der Wettbewerb im Vordergrund stünde. Mascha Gugajew, ein amerikanischer Cellist russischer Abstammung, interessierte sich nicht dafür, welcher der acht Teilnehmer der beste war. »Ihr seid jung, ihr seid gut, ihr werdet es allesamt weit bringen.« So begrüßte er sie. Er wolle mit ihnen nicht an der Technik arbeiten, das würden sie noch oft genug machen und hätten es sicher schon oft getan, sonst säßen sie nicht hier.

Er fragte, ob sie die ersten Takte des Adagios aus Bachs Sonate spielen wollten, die sie vorbereiten sollten, und pickte sich dann Fine heraus. »Warum bist du so nervös?«, fragte er und machte ihr vor, wie sie den Bogen umkrampfte. »Deine Saiten kratzen bei so viel Spannung. Ich schicke dich schon nicht weg. Übrigens keinen von euch. Holt Luft, lasst die Spannung raus, die blockiert die Energie.«

Er ließ die Teilnehmer von vorne beginnen, sie sollten bloß nicht etwa ihr Bestes geben. Sie sollten nur kräftig ausatmen, bevor sie einsetzten, und dann beim Luftholen loslegen. Er wolle hauptsächlich hören, dass sie Spaß daran hätten. Lachend sahen sie sich an und begannen von vorne.

So sei es schon besser, sie dürften aber noch viel schlechter, versicherte er ihnen. In den nächsten drei Stunden würden sie viel spielen und viele Fehler machen. Das sei nicht schlimm, sondern genau so beabsichtigt.

Fine war erleichtert, dass es nicht darum ging, hervorzustechen, zu brillieren, jedenfalls nicht am Anfang. Gugajew bat jeden Einzelnen, zu spielen – immer das Stück, das sie durch und durch kannten –, als würde niemand zuhören,

sie sollten spielen wie Yo-Yo Ma und Mstislaw Rostropo-
witsch. »Aber das sind die Allerbesten!«, rief Boris neben
Fine, »und wir sollten doch nicht gut spielen.«

Das sei auch nicht Sinn der Sache, sagte Gugajew, es gehe
nicht darum, genauso gut zu spielen; ihm sei schon klar,
was er von ihnen verlange, und es komme viel eher darauf
an, ihre Spielweise nachzuahmen. Er zeigte, wie sie spielten,
imitierte die Bewegungen und die Mimik der beiden Cellisten und bat sie, es ihm nachzutun. Dann ließ er sie die
Unterschiede benennen.

Er bat sie, die Bach-Sonate in verschiedenen Klangfarben
zu singen. Fine schnürte es den Hals zu. Zu ihrer Erleichterung rief eine der Schülerinnen, dass sie überhaupt nicht
singen könne. Gugajew behauptete, dass jeder singen könne und sie sicher auch, allenfalls hätten sie keine Erfahrung
damit. Das sei etwas anderes. Es gehe darum, dass sie beim
Singen entdecken sollten, wo eine Atempause nötig war,
und beim Streichen die Vorstellung haben sollten, sie würden singen. Fine sah ihre Mitschüler erstaunt an. Die Mehr-
zahl schien Spaß an dem unorthodoxen Ansatz des Meisters
zu haben. Sie lachten und redeten durcheinander. Ihr war
die ganze Zeit über heiß und kalt, sie wollte weglaufen, aber
jemand hatte ihr unbemerkt einen riesigen Felsblock auf
den Rücken gebunden. Gugajew ermutigte sie, sagte, dass
sie es sehr gut mache. Sie fand, es taugte alles nichts. War
sie anfangs froh gewesen, dass ihr keine Leistung abverlangt
wurde, fand sie es im Laufe der Zeit zunehmend schwierig,
nichts leisten zu können.

In der Pause flüchtete sie auf die Toilette. Sie klappte den
Klodeckel hinunter und setzte sich mit angezogenen Beinen,
um die sie die Arme schlang, darauf. Jelles Stimme geisterte
ihr durch den Kopf, warum sie sich um alles in der Welt für

dieses Fach entschieden habe. Was wollte sie sich damit beweisen? Dass sie besser war als ihr Bruder, dass sie die Welt genauso überraschen konnte? Jelle wäre mit Gugajews Ansatz sehr gut klargekommen, hätte sich wie die anderen voll ins Zeug gelegt. Aber er war nicht hier, warum also sollte man einen Gedanken daran verschwenden? Bis vor Kurzem hätte sie ihn in solchen Momenten wie jetzt, wenn sie sich keinen Rat mehr wusste und sich unglücklich fühlte, angerufen. Seit er mit Renske zusammen war, unterließ sie das. Er besuchte sie auch seltener.

Boris erkundigte sich besorgt, wo sie sich die ganze Pause herumgetrieben habe. Sie kannten sich nicht, und zum Glück blieb keine Zeit für eine Antwort.

Gugajew begann mit dem zweiten Teil. Sie nahmen anstelle des Barocks die Romantik durch. Er spielte einige Male den Beginn der ersten Cellosonate von Brahms. Brahms, warum ausgerechnet Brahms? Gugajew ließ raten, welche Vortragsbezeichnung in der Partitur stehen könnte. Lyrisch, fröhlich, leidenschaftlich – er trug für Fines Geschmack zu dick auf. Sie bekamen eine Viertelstunde Zeit, sich mit den Noten vertraut zu machen. Danach bat er sie, abwechselnd vorzuspielen – in einer Stimmung ihrer Wahl.

»Ernst.« »Seriös«, riefen die anderen, als sie gespielt hatte. »Melancholisch«, riet Boris. Er war ein aufmerksamer Typ. Sie erhielt nachdrückliche Komplimente des Meisters, die sie für sich selbst sofort in Frage stellte. Er hatte schließlich gesagt, dass sie alle gut seien.

Schließlich mussten sie im Duo spielen. Zuerst einander gegenübersitzend, um durch Blickkontakt das Spiel aufeinander abstimmen zu können. Sie durften das Tempo nicht im Voraus festlegen. Dann, um das Maß voll zu machen, mit dem Rücken zueinander, sodass sie nur noch fühlen konnten, wie schnell und mit welcher Intention sie spielen mussten. Ihr Shirt klebte nach dieser Stunden andauernden Marter inzwischen an ihrem Rücken. Peinlich, sich dann an einem anderen Teilnehmer reiben zu müssen. Und danach noch einmal den Partner zu wechseln.

Um halb sechs war sie so erschöpft, als hätte sie ein Ausdauerreiten über einhundertsechzig Kilometer Länge und zwölf Stunden Dauer absolviert. Und das verträumte Land jenseits der Musik hatte sie heute nicht angesteuert. Als sie ihr Cello einpackte, machte sie eine ungeschickte Bewegung und wischte dabei ihre Tasche vom Tisch. Kulis und Bleistifte rollten weg, Partituren verteilten sich über den Boden, Bücher flogen hinterher. Sie fluchte aus voller Seele und ging auf die Knie, um alles zusammenzuraffen. Gugajew hockte sich neben sie, um ihr zu helfen. Er hob ein Buch auf, *Wie essen?*, und betrachtete es aufmerksam. »Weißt du«, sagte er und musterte Fine, »einer meiner Kollegen vom Boston Symphony Orchestra hatte immer ein Kochbuch in der Tasche. Ein Taschenbuch, das so alt war, dass es fast auseinanderfiel. Er las darin, bevor er auf die Bühne musste. Festes Ritual. So hat er seine Nervosität bezwungen.«

»Ich will heute Abend nur mit Freundinnen kochen. Mal was anderes als Cello spielen. Ich brauche es für ein Rezept.«

Gugajew sah sie wieder an. Was wollte er bloß? »Glaub es oder glaub es nicht, aber du siehst ihm ähnlich.«

Als sie sich verabschiedeten, sagte er, Fine habe allen Grund, ein wenig mehr von sich überzeugt zu sein. Er sei von ihrem Spiel beeindruckt.

Boris bat sie um ihre Telefonnummer. Sie gab ihm die Nummer von zu Hause, nicht die ihres Handys.

*F*reitagnachmittag. Fine hatte die Bitte einer Freundin abgeschlagen, nach der Schule zusammen in die Stadt zu gehen, und saß nun bei einer Tasse Tee in der Küche, wo ihre Mutter gerade mit dem Kochen angefangen hatte. Jeden Freitag mühte sie sich mit dem Essen ab, bestand darauf, wenn sie denn alle da waren. Dann konnte das Wochenende beginnen. »Was machst du?«, fragte Fine.

»Hühnersuppe, Challa, Hummus. Über das Dessert habe ich noch nicht nachgedacht.« Sie wandte sich von der Spüle ab, zog ihre Schürze fester und krempelte die Ärmel der Bluse auf. »Auf irgendwas Spezielles Lust?«

»Etwas, wofür man den Mixer braucht. Apfelkuchen zum Beispiel.«

Rachel runzelte die Stirn. »Wieso das denn?«

»Ich will Küchengeräusche aufnehmen, deine Küchengeräusche. Apfelkuchenteig klingt sehr gut, finde ich.«

»Lustig«, sagte sie kopfschüttelnd und sah gleich nach, ob sie alle Zutaten für den Kuchen im Haus hatte.

Fine verstand nicht, dass ihre Mutter sich am Freitag stundenlang in die Küche stellte, wenn sie die ganze Woche gearbeitet hatte. »Hast du nie Lust, am Freitagnachmittag auf der Couch rumzuhängen? Ich kapier das nicht.«

»Kochen macht den Kopf frei. Es gibt mir Energie.« Sie setzte sich neben sie an den Tisch und begann, Äpfel zu schälen. »Übrigens hat ein Junge für dich angerufen, ein gewisser Boris.«

»Ja, das habe ich schon befürchtet.«

»Ein stiller Verehrer? Ist er nicht nett?«

Fine zuckte mit den Achseln.

»Ich habe gesagt, dass du zurückrufst.«

»Ich glaube, das werde ich ganz zufällig mal vergessen. Er hat bei der Meisterklasse mitgemacht. Ich kenne ihn nicht weiter.« Sie neigte ihr Ohr dem Apfel zu, den ihre Mutter gerade in der Hand hielt. »Auch ein schönes Geräusch, warte einen Moment.« Sie holte ihr Diktiergerät heraus und drückte den Aufnahmeknopf: »21. Februar 2003. 16.15 Uhr. Rachel schält Äpfel für den Kuchen.«

Ihre Mutter lachte, wie nur ihre Mutter lachen konnte. Ein Lachen, das sich von irgendwoher unter ihrem Zwerchfell nach oben sang. Sie war eine Jazzsängerin, wenn sie lachte. Sicher hatte sie ihren Vater genau damit erobert. Schön, dass sie dieses Lachen jetzt auch auf Band hatte. Fine schlug ihre Zähne in einen Apfel und fragte zwischen zwei Bissen, ob ihre Mutter Lust hätte, an diesem Wochenende zusammen reiten zu gehen.

»Aber immer, das weißt du doch. Hast du denn Zeit?«

»Ja. Dieses Wochenende lasse ich das Cello mal in Ruhe.« Es klang ziemlich giftig.

Ihre Mutter drehte sich zu ihr um, reagierte aber nicht weiter darauf. Das würde sie erst später tun, wusste Fine. Jetzt hatte sie allein nur ihr Hummus im Kopf.

Halb sechs legte Rachel ihre Schürze ab, stellte Salz, Pfeffer und Meerrettich auf den Tisch und zündete die Kerzen im Kerzenständer an. Sie stellte einen zusätzlichen Teller hin, weil man nie wusste, wer noch kommen würde. Sie schenkte Wein ein, füllte ein einziges Glas bis knapp unter den Rand.

»Und jetzt nur noch einen Lobgesang«, begrüßte Jelle seine Mutter. Er war gleichzeitig mit Jurre nach Hause gekommen. »Warum hältst du an dem Ritual fest, wenn du doch nicht daran glaubst?«

»Stört es dich, Jelle?«, fragte Rachel ein wenig kühl. Sie setzte sich, hob das Glas, brachte einen Toast auf das Wochenende aus und reichte es dann an Jurre weiter. »Ich bleibe bei diesem Ritual wegen des Rituals. Weil es so ist wie früher zu Hause. Eine schöne Tradition, wie ich finde: kochen, zusammen essen, auf die Woche zurückblicken und nach vorne schauen, ein bisschen singen und sonst nichts. Man muss nicht gläubig sein, um das fortzusetzen.«

»Prost«, sagte Jurre und wandte sich mit dem Weinglas an Rachel.

»Wisst ihr, dass Großvater ein Klavier hat?«, wechselte Fine das Thema. Sie hatte keine Lust auf die soundsovielte philosophische Diskussion, bei der ihre Mutter und Jelle versuchten, um jeden Preis recht zu bekommen.

»Opa Mütze?«

Fine nickte.

»Was will denn Opa Mütze mit einem Klavier?«

»Das hat er für uns ins Haus geholt.«

»Er hat sicher was gutzumachen«, sagte Jurre.

»Ach komm, Jurre«, reagierte Rachel gereizt, sie fand, dass Pappen sehr viel gutgemacht hatte. Jelle und Fine hätten in Ganzedijk machen können, was sie wollten. Immer bei den Tieren helfen, die Pferde versorgen, im Heuhaufen spielen … Jurre stimmte zu, dass er sich in den letzten siebzehn Jahren von seiner besseren Seite gezeigt hatte, aber jetzt ging es um Musik.

»Großvater hat gesagt, dass sein Ärger ihm die Ohren verstopft hätte, dass er deshalb dein Saxofon nicht ertragen konnte.«

»Hat er das gesagt?« Ihr Vater sah sie mit einem Blick an, der zwischen Überraschung und Entrüstung schwankte, und nahm einen großen Schluck Wein.

»Worüber hat er sich denn so geärgert?«, fragte Jelle.

»Dass ich nicht der Bauernsohn war, den er sich erträumt hatte.« Er trank das Glas leer und fuhr fort: »Wäre mein Vater Musiker gewesen, wäre ich wahrscheinlich auch nicht der Traumsohn gewesen.«

»Das ist doch kein Grund, sein Kind in die Wüste zu schicken«, sagte Jelle.

Sein Vater zuckte mit den Achseln. Rachel schenkte Wein nach.

Fine legte ihr Besteck hin und sah ihren Vater an. Sein Gesicht war so ausdruckslos, als wäre ein Vorhang davor gefallen.

»Es war eine andere Zeit, Jelle«, antwortete Jurre, »und nicht nur Bauern, auch Pianisten geben ihre Kinder weg.« Er erstarrte noch mehr.

Auch Jelle legte sein Besteck hin. »Was willst du damit sagen?«

Eine kleine Ewigkeit lang waren nur noch die Löffel von Rachel und Jurre in den Suppenschüsseln zu hören, die Messer auf den Tellern.

»Und die erträumte Tochter, soll die Jazz spielen statt klassischer Musik?«

»Natürlich nicht.« Das war ihre Mutter.

»Vergesst es, Leute, ich habe zu schnell getrunken.« Jurre hob das Glas, als wollte er es damit beweisen. »Was ich sagen wollte: Es spielt keine so große Rolle, wer deine Eltern sind, du brauchst sie nicht, um der zu werden, der du bist.« Und dann wandte er sich wieder dem Essen zu, biss von seinem Brot ab, löffelte die Suppe auf und machte Rachel Komplimente. Von so einer Mahlzeit konnte er einen ganzen Auftritt lang zehren.

Fine erhob sich vom Tisch und ging in die Küche, angeblich um Wasser in die Karaffe zu füllen. Ihr war heiß. Was hatte ihr Vater letzte Woche im Gespräch nach der Ochsenschwanzsuppe gesagt? Darauf konnte sie sich ebenfalls keinen Reim machen. Eigentlich sagte er andauernd solche unbegreiflichen Sachen. In ihrem Kopf spielte ein Orchester in völliger Disharmonie.

Wieder im Zimmer, wandte sie sich sofort an ihren Vater: »Warum braucht man seine Eltern nicht? Ich brauche euch ohne Wenn und Aber. Ist das vielleicht ein Versuch, dich davonzustehlen? Willst du mir nicht helfen, mich zu entscheiden, ob ich mit dem Cello weitermachen soll oder nicht? Und warum nicht?«

»Fine«, sagte Rachel, »warum bist du so wütend?«

»Ich bin nicht wütend. Ich verstehe es nur einfach nicht.«

»Na ja, du klingst schon wütend.« Das war Jelle.

»Wenn einer sich als Vater nicht davonstehlen will, dann ich.« Er klang pikiert. Natürlich würde er ihr bei der Studienwahl helfen, aber es sei in erster Linie eine Entscheidung, die sie zu treffen habe. Eltern hätten immer Erwartungen, ob sie es wollten oder nicht, und die könnten dabei ziemlich im Wege stehen. Und jetzt müsse er leider weg, er sei um halb acht mit den Jungs von der Band verabredet.

Fine schob ihren Teller von sich.

Als Jurre gegangen war, brachte Rachel ein anderes Thema zur Sprache: die bevorstehenden Prüfungen.

Fine verdrehte die Augen in Richtung Himmel: »Jesses Maria, es ist Freitagabend.«

Jelle hatte kein Problem damit, sich über Prüfungen und Noten auszulassen, so glänzend, wie er dastand. Das wusste Rachel doch längst, was also für ein Unsinn, jetzt damit anzukommen. Rachel wolle doch bloß nicht, dass sie sich weiter über Erwartungen und Verantwortlichkeiten von Eltern unterhielten. Ihr Vater hatte sich mit seiner zweizeiligen

Antwort schön aus der Affäre gezogen. Fine begann abzuräumen, brachte das Geschirr in die Küche und fing an, die Spülmaschine einzuräumen. Normalerweise sah sie das als Drecksarbeit an, doch jetzt war es, als brächte sie, indem sie das schmutzige Geschirr und die Töpfe in Reih und Glied stellte, auch ihre Gedanken in Ordnung. Ihr Vater konnte so oft er wollte versichern, dass seine Erwartungen ihr nie in die Quere kommen würden, aber sie glaubte es kein bisschen. Es interessierte ihn einfach nicht. Er schickte sie nicht weg, aber er sagte auch nicht: Natürlich musst du dich für das Cello entscheiden, du hast das Zeug dazu, sehr gut zu werden. Denn darum ging es. Wenn man ein solches Studium begann, musste man der Beste sein wollen, sonst hatte es keinen Sinn. Er war Musiker, er musste so etwas doch im Blick haben.

Sie setzte sich wieder an den Tisch, ohne mitzubekommen, worüber Rachel und Jelle in der Zwischenzeit sprachen.

»Findest du nicht auch?«, fragte Rachel sie.

»Ich gehe zu Boukje.« Fine stand so abrupt auf, dass ihr Stuhl umkippte. Ohne ihn aufzuheben, lief sie zur Tür. Ein Vater, der wegrannte, wenn sie Fragen stellte, und eine Mutter, die so tat, als sei es das Normalste der Welt.

»Du bist immer noch wütend«, schlussfolgerte Jelle.

»Wenn du es sagst. Du hast doch immer recht!«

Dass es noch ein Dessert gebe, hörte sie ihre Mutter rufen, ehe sie die Tür hinter sich schloss.

*F*ine hatte keinen Wecker gestellt, wurde aber am Samstagmorgen dennoch früh wach. Als sie in die Küche ging, um Teewasser aufzusetzen, rief ihre Mutter aus dem Schlafzimmer. Sie war mit hämmernden Kopfschmerzen aufgewacht und sah sich zu einem Ausritt nicht in der Lage. Sie müssten es halt um eine Woche verschieben.

Fine setzte sich zu ihr ans Fußende. »Nächste Woche fangen die Prüfungen an, und in zwei Wochen ist der Vorspielabend. Ich glaube nicht, dass ich nächstes Wochenende Zeit habe.«

»Hi«, begrüßte sie Jelle, der im Zimmer fernsah, »gestern Abend schön die Sau rausgelassen?«, fragte er.

»Du kennst mich.« Sie ließ sich neben ihn auf die Couch fallen. »Mach das Ding mal leiser, Mama hat Kopfschmerzen.«

»Und du auch, wie man hört.«

»Nein. Es stinkt mir nur, dass wir nicht reiten gehen.« Sie stand auf, um in die Küche zu gehen.

»Ich komme gern mit.«

Fine sah über ihre Schulter. »Gehst du denn nicht zu Renske?«

»Die muss für Mathe büffeln.«

»Oh. Na denn. Schön.«

Sie brachte ihrer Mutter Tee, Schmerztabletten und Zwieback. Sollte sie Jurre bitten, vorbeizukommen?

Nein, sie würde schon klarkommen.

»Findest du es nicht manchmal schrecklich irritierend, dieses Getrenntwohnen?«

»Wenn Papa und ich nicht jeder unsere eigene Wohnung hätten, wären wir schon längst auseinander.« Sie drehte sich um, verschwand mit dem Kopf fast unter der Bettdecke.

Fine fand es unpraktisch, zwischen zwei Wohnungen pendeln zu müssen, mit ihren Schulbüchern und ihrem Cello. Andere glaubten immer, dass ihre Eltern geschieden seien.

Die Reitschule hatte auf Fine den gleichen Effekt wie der Hof. Hatte sie sich im Bus noch Vorwürfe gemacht, weil sie heute kein Cello spielen würde – sie hatte zwar großspurig angekündigt, ihr Instrument an diesem Wochenende nicht anzurühren, aber tatsächlich konnte sie es sich gar nicht erlauben, zwei Tage lang nicht zu üben –, hier bei den Pferden stand sie mit beiden Füßen so fest auf dem Boden, dass sich ihr Kopf rassch mit dem Geruch von Heu, Mist und Landluft füllte. Die Geräusche der Ställe und was sich darum herum abspielte, bildeten eine beruhigende Hintergrundmusik: Pferdehufe, die nervös über den Steinboden der Ställe schrammten oder durch den Sand des Reitplatzes stapften, das Klappern von Eimern und Geschirren, das sanfte Regelmaß striegelnder Bürsten, das dumpfe Klatschen von Menschenhänden auf Pferdehälse, die unverständlichen, süßen Worte, die hier und da aus den Boxen drangen, um die Pferde wozu auch immer zu ermuntern oder um sie zu beruhigen. In den Ferien kam sie oft hierher, um zu helfen. Dass sie damit etwas verdiente, war ein schönes Zubrot, doch darum ging es nicht wirklich. In der Reitschule und auf dem Bauernhof lief alles von selbst, etwas, das in der Stadt Seltenheitswert hatte.

»Wir können Njord und Freija nehmen.« Mit dieser Mitteilung kam Jelle auf Fine zugelaufen. Sie wartete am Eingang zu den Ställen. Ohne darauf ein weiteres Wort zu verlieren, ging Fine zur Box von Njord und Jelle zu der von Freija, um die Pferde zu satteln. Sie hatten die beiden schon öfter geritten.

Sie mussten nur eine Durchgangsstraße überqueren, und schon erstreckte sich ein für Groninger Verhältnisse waldreiches Naturschutzgebiet vor ihnen. Es war hier zu dieser Jahreszeit und um diese Uhrzeit sehr ruhig. Auf dem breiten Sandweg konnten sie Njord und Freija nebeneinander laufen lassen. Die Pferde schienen auch auf Jelle einen guten Einfluss zu haben. Jedenfalls hatte er seit ihrem Aufbruch in der Reitschule aufgehört, zu allem, was sie sagte, kritische Anmerkungen oder höhnische Kommentare abzugeben. Zwar hatte sie heute Morgen nicht sonderlich viel gesagt, aber trotzdem. So zu Pferde, Seite an Seite, in ihrem fast identischen Outfit (schwarze Reitkappe, Steppjacke, Reithose, Reitstiefel) sahen sie aus wie die Zweieinigkeit, die sie bis vor Kurzem gewesen waren. Obwohl sie sich mehr auf Jelle stützte als umgekehrt. Sie war sich ihrer Sache sicherer, wenn er in der Nähe war.

»Hast du manchmal auch den Eindruck, dass Papa immer schweigsamer wird?« Fine blickte seitwärts zu Jelle, der lässig im Sattel hing.

»Wieso?« Sie ritten an einem Moorsee vorbei, wodurch der Wind plötzlich stärker spürbar war.

»Gestern Abend dachte ich, dass er nicht gesagt hat, was er sagen wollte. Und es machte den Eindruck, als würde nicht zu ihm durchdringen, was wir gesagt haben.«

»Ich weiß nicht. Was nützt es, in der Vergangenheit herumzustochern? Wollen wir im Trab?«

Sie überquerten ein offenes Feld und hielten an der nächsten Kreuzung an. Fine wollte wieder in den Wald zurück, da gab es mehr Schutz vor dem Wind. »Es ging doch nicht nur um *seine* Vergangenheit? Und übrigens, auch die geht uns was an.«

Sie schlugen einen schmalen Hohlweg mit hohen Böschungen auf beiden Seiten ein und mussten die Pferde hintereinander laufen lassen. Jelle übernahm die Führung. Fine rief von hinten: »Du hast also nichts bemerkt?« Als er nicht sofort reagierte, fuhr sie fort: »Und dass Mama heute Morgen Migräne hat, was sollen wir davon halten?«

Jelle drehte sich zu ihr um: »Er arbeitet einfach zu viel. Aber die Bemerkung über Pianisteneltern fand ich seltsam. Als ob er mich schon mal warnen wollte: Pass bloß auf, dass du demnächst nicht auch dein Kind weggibst.«

Als sie auf den Rücken ihres Bruders starrte, den sie selbst noch erkennen würde, wenn zwanzig Reiter vor ihr herritten, dachte sie: Das hat er nicht gemeint, und plötzlich musste sie an den erstaunlich guten Pianisten denken, den sie vor einigen Monaten im Oosterpoort hatte spielen hören. Er war in Großvaters Alter. Sie wurde von Freijas Schweif abgelenkt, der im Takt ihrer Schritte mitschwang. Wenn Vaters Vater Pianist gewesen wäre oder Cellist? Es wunderte sie, wie glücklich sie dieser Gedanke machte.

Als sie einen breiten Sandweg einschlugen und die Pferde wieder nebeneinander gingen, sagte Jelle: »Stell dir vor, unser Großvater wäre auch Musiker gewesen, vielleicht sogar Cellist.«

Fine schloss ihre Augen und sog die Waldluft ein. Genau in dem Moment wieherte Njord, bäumte sich auf, und ehe sie begriffen hatte, was passierte, schoss er in gestrecktem Galopp davon. »Ho, ho, ho!«, schrie sie. Schreien war das völlig falsche Signal, das stachelte das Pferd, wenn es in Panik geriet, nur weiter an. Sie versuchte, Njord am Zügel herumzureißen, aber seine Angst war nicht zu bezähmen. Er verließ den Weg und bog in den Wald ab, und sie schmiegte sich flach an seinen Hals, um nicht von tief hängenden Ästen getroffen zu werden. Sie musste zeigen, dass sie die Herrin war, doch sie hatte ganz schön die Kontrolle verloren.

Ein Baum mit dicken, niedrigen, seitlich herabhängenden Ästen tauchte auf. So schnell sie konnte, zog sie ihren linken Fuß aus dem Steigbügel, schwang ihr Bein auf die andere Seite, trat den rechten Fuß frei, hing für einen Moment auf dem Bauch über dem Sattel, stieß sich ab und ließ sich fallen. Die Hände in der Luft, als wolle sie sich ergeben. Beine und Füße durfte sie sich brechen, Arme und Hände nicht. Wenn das dumme Vieh sich austoben wollte, dann bitteschön, aber sie würde sich deshalb keine Gehirnerschütterung einhandeln.

Die Landung auf dem Waldboden war sanft. Sie kam langsam hoch, bewegte ihre Hände und Finger, rieb sich die Arme, Gott sei Dank, alles heil. Ein Stück weit entfernt schoss ein Eichhörnchen den Baum hinauf. Noch weiter weg hörte sie Njord durch das Geäst brechen. Sie hoffte, dass ihre Einschätzung, er komme hier in der Gegend nicht wirklich in Gefahr, richtig war. Sie rieb sich ein paarmal über die Oberschenkel, stand auf, bewegte ihre Fußgelenke. Das linke fühlte sich etwas lädiert an, aber sie konnte auftreten.

Sie sah Freija am Wegesrand grasen. Jelle war abgestiegen, um auf sie zu warten. Als er sie sah, rannte er auf sie zu. »Geht es? Hat er dich abgeworfen?«

»Ich bin gesprungen. Kein Grund, hier in diesem Reisighaufen sitzen zu bleiben.«

Jelle schlug vor, zum Moorsee zurückzugehen. Vielleicht zog es Njord ans Wasser. Fines Eindruck war, dass er in seiner Panik überhaupt kein Ziel vor Augen hatte, aber er war tatsächlich in Richtung Moor gelaufen.

Sie gingen auf dem Weg zurück, legten einen Schritt zu. Fines Beine wollten nicht so recht mitmachen, sie zitterten noch bei jedem Schritt. Aber sie sagte nichts. Es würde vorbeigehen. Erst das Pferd wiederfinden. Sie hatte eine Stinklaune.

»Da«, zeigte Jelle, als sie aus dem Wald kamen, »wusste ich's doch.«

Ein Stück weiter, in Richtung des kleinen Gewässers, graste Njord, als wäre nichts geschehen. Fine ging auf ihn zu.

»Papa würde ein Schlaflied singen, weißt du«, rief Jelle ihr hinterher. Es war die perfekte Gelegenheit, diese Bauernweisheit auszuprobieren. Sie begann »Fais dodo« zu pfeifen. Es kostete sie Mühe, sie hätte eher Lust gehabt, in lautes Schimpfen auszubrechen. Was bildete sich dieser Araber ein, so einfach die Beine in die Hand zu nehmen, nicht auf sie zu hören und ihr einen schmerzenden Fuß zu bescheren? Es ging darum, dass sie die Kontrolle wiedererlangen musste, also riss sie sich zusammen und pfiff mit jedem Schritt, den sie auf das Pferd zuging, überzeugender. »So, du Mistvieh«, sagte sie zuckersüß, als sie die Zügel zu fassen bekam, »das machst du nicht noch mal mit mir.«

Nachdem sie die Pferde in den Stall gebracht hatten, gingen sie zur Bushaltestelle. Es dauerte lange, bis der Bus kam, und Fines Zittern kehrte zurück. Jelle sah, dass ihr Fuß bebte.

Fine erhob sich von der Bank des Wartehäuschens, spähte in die Ferne, versuchte sich aufzuwärmen, indem sie ihre Arme um ihren Oberkörper schlug.

»Um auf deine Frage zurückzukommen«, sie sah schräg nach hinten zu ihrem Bruder, »wenn ich wüsste, dass unser

Großvater Musiker wäre, vorzugsweise Cellist, wäre ich wegen des Vorspiels nicht mehr so unschlüssig.« Lichter in der Ferne kündigten das Nahen des Busses an. »Dann müsste ich nur noch herausfinden, wie ich auf dem Weg weitermachen könnte.«

Als sie nebeneinander auf der Rückbank Platz genommen hatten, sagte Jelle: »Du musst dir einfach nur vorstellen, dass es so ist.«

»Opa Mütze als Cellist?« Sie brach in Gelächter aus.

»Das meine ich nicht.«

Das war genau der Unterschied zwischen ihnen: Jelle konnte das, sich etwas Irreales vorstellen, mehr noch, sich daran festklammern. Er hatte genug an seiner Fantasie. Sie nicht.

Sie machten sich mit ihren vier Celli auf der Bühne bereit. Die Cellisten, die Fine flankierten, würden gleich loslegen und auf ihren Instrumenten wie auf einer Djembé herumtrommeln. Das gab das Tempo vor und machte klar, um was für ein Stück es sich handelte; Klassik im jazzigen Gewand. Fine sah in den Saal. Das Publikum war gut zu erkennen, weil das Saallicht noch nicht völlig gelöscht war. Sie entdeckte ihre Eltern und Jelle, sogar in der ersten Reihe. Ihre Mutter lächelte ihr zu. Du hast meine unbedingte Bewunderung, stand auf ihrem Gesicht geschrieben, obwohl sie noch keine Note gespielt hatte. Rechts von ihr saß ihr Vater, bequem hingefläzt in seiner Alltagskluft. Er stach zwischen den schick angezogenen Vätern rechts und links von ihm heraus. Überzeug mich mal, las sie auf seinem Gesicht. Auf diesen Blick hätte sie, so kurz vor Beginn der Vorstellung, gut verzichten können. Es war unmöglich, ihn zu überzeugen: Ihre Musik war nicht die seine und würde es auch nie werden. Ihr Herz raste inzwischen mit zweihundert Schlägen pro Minute.

Bei der Vorbereitung dieses Tangos von Piazzolla hatte sie das Gefühl gehabt, als würde Jurre ihr über die Schulter schauen. Im Quartett war endlos über Interpretationen diskutiert worden, und sie hatte sich dabei bestimmt nicht hervorgetan. Es komme nicht so sehr darauf an, genau so zu spielen, wie der Dozent es vorschreibe, hatte ihr Vater oft gesagt, dann wird es eher gekünstelt – er fand klassische Musik sowieso gekünstelt –, viel lieber würde er hören, dass ein junger Musiker nicht vor einem Experiment zurückschrecke und es wage, seine eigenen Akzente zu setzen. Sie dagegen hatte es am liebsten, wenn man ihr vorschrieb, wo sie die Akzente setzen, wie die Bogenführung sein sollte und das Tempo. Zu solchen Dingen hatte sie selbst keine eigenen bahnbrechenden Ideen.

Sie rieb sich ihre verschwitzten Hände an der Hose ab und musste ihren Bogen dafür in die andere Hand nehmen. Schade, dass Großvater nicht hatte kommen können. Es war ein kleiner Saal, sie hatten nur jeweils ein paar Leute einladen dürfen. Wie würde er dagesessen haben? Mit Einfühlungsvermögen? Wie beruhigend wäre es gewesen, wenn sie mit ihm über ihr Instrument genauso wie über Pferde hätte sprechen können! Die Lichter im Raum erloschen, sie begannen. Sie durfte nicht so viel denken.

Sie hatten noch keine zwanzig Takte gespielt, als es Fine schwarz vor Augen wurde. Sie hatte alle Noten vergessen, der Schweiß lief ihr am Rückgrat entlang in den Slip, und sie musste die Neigung unterdrücken, aufzustehen und wegzurennen. Die anderen hatten aufgehört zu spielen, wahrscheinlich auf ein Zeichen der Dozentin hin. Da war ihre Hand auf Fines Schulter. Sie reichte ihr ein Glas Wasser und sagte etwas in den Saal, ruhig und charmant. So etwas passiere öfter mal, der Druck sei nun einmal groß, und den künftigen Studenten des Konservatoriums werde viel abverlangt, die meisten von ihnen hätten außerdem in diesem Jahr noch Abschlussprüfungen. Angeregt plauderte sie so noch eine ganze Weile und gab Fine dadurch die Gelegenheit, einen Schluck zu nehmen, sich die Noten wieder in Erinnerung zu rufen und sich zu sammeln.

»Vergessen wir diesen Fehlstart«, sagte Wieke aufgeräumt, »wir fangen noch mal von vorne an.« Applaus. Es waren Vorschusslorbeeren. Fine wagte nicht nach unten zu sehen, ob ihr Vater auch klatschte.

Nachdem sie zum zweiten Mal angefangen hatte, begann Fine am ganzen Leib zu zittern. Sie schaffte es, über den Punkt hinauszukommen, wo sie beim ersten Mal den Faden verloren hatte, aber man frage nicht, wie. Sie bekam einen Krampf in der rechten Hand, und ihr Cello knarrte vernehmlich, dass es heute Abend einfach keine Lust habe. Kurz nach der Hälfte wurde es wieder düster in ihrem Kopf. Diesmal spielten die anderen weiter. Ihr linker Nachbar drehte sich ihr mit seinem Instrument so weit wie möglich zu, damit sie den Anschluss finden konnte. Aber es half nichts. Als das Stück zu Ende war, legte sie ihr Cello auf die Seite und rannte von der Bühne; den Schrei, der sich ihrer Kehle entrang, dämpfte sie, indem sie sich in den Arm biss. Wieke kam ihr hinterhergelaufen, begleitete sie in die Garderobe. Sie sagte, sie werde ihren Part übernehmen, und sie würden später darüber sprechen.

In dem zur Garderobe umgebauten Übungsraum ließ Fine sich auf das Sofa fallen und versuchte in den Kissen zu versinken.

Plötzlich saß ihre Mutter auf der Sofakante und unternahm den Versuch, sie hochzuziehen und an sich zu drücken, doch Fine wollte nicht getröstet werden. Nicht hier. Rachel strich ihr über das Haar.

In Fines Hals brannte ein heftiger Schmerz: »Ich habe es völlig versaut«, sagte sie. »Wie peinlich!«

Rachel strich ihrer Tochter über den Rücken. »Lass die Tränen ruhig laufen.«

Fine wollte, dass es aufhörte, dieser Kontrollverlust, und zwar so schnell wie möglich. Aber was sie sich auch immer befahl, ihr Körper hatte sich von der Kommandozentrale in ihrem Kopf abgekoppelt, genau wie ihr Cello gerade eben. »Jelle würde so etwas nie passieren.« Sie schrie beinahe. »Und Papa wird mich nie wieder ansehen.«

Jetzt ertönte das Lachen ihrer Mutter. »Nicht so pathetisch! Das glaubst du doch selbst nicht, oder?« Sie reichte ihr ein Glas Wasser: »Hier, trink mal was.«

In der Ferne hörte sie Piazzolla. »Ich will weg sein, bevor die fertig sind.«

Zu Hause legte sie sich angezogen ins Bett, ließ den Tee, den ihre Mutter gebracht hatte, stehen, wollte nur noch schlafen. Wenn das Weinen doch nur endlich aufhörte! Warum war ihr Vater nicht da?

Ihre Mutter kam wieder mit einem Glas Wasser und einer Tablette. »Hier, das hilft.«

»Was ist das?«, fragte Fine misstrauisch.

»Etwas Beruhigendes.«

»Was willst du damit?«

»Ich nichts. Papa nimmt es hin und wieder.«

Sie war zu erschöpft, um sich dabei etwas zu denken.

Jurre rief am nächsten Tag an: Wie es ihr gehe, und er habe sich um das Cello gekümmert. Ob er es vorbeibringen solle?

Sie würde es im Laufe der Woche abholen. Fine wickelte die Kordel ihres Hoodies um die Finger. Sie wollte über alles reden, aber sie brachte kein einziges Wort heraus. Warum sagte sie nicht, dass sie es gut fände, wenn er ihr das Instrument zurückbrächte, dass sie mit ihm sprechen wolle, dass sie nicht wisse, wie es weitergehen solle. Alle Worte blieben ihr im Hals stecken.

Ihr Vater unterbrach die Stille, sagte, dass er noch kurz mit Wieke Hamersma gesprochen habe. Er halte sie für eine gute Dozentin. Sie mache sich Sorgen. Das tue sie wirklich nicht so oft, habe sie gesagt. Sie werde sie noch anrufen. Wann wollte Fine kommen?

»Dienstag«, sagte sie, Mittwoch habe sie wieder Unterricht.

Er würde dafür sorgen, dass es Suppe gab.

Ob er das Rezept dieser Ochsenschwanzsuppe für sie aufschreiben könne, beendete sie das Gespräch.

*F*ine radelte quer durch die Stadt Richtung Kanal. Die Kapuze über dem Kopf, obwohl es nicht regnete. Sie wollte nicht erkannt werden. Sie war zwei Tage zu Hause geblieben, und hoffentlich dachten ihre Freundinnen morgen in der Schule nicht mehr an den Auftritt vom vergangenen Freitag. Auf der Brücke blieb sie eine Weile stehen und beobachtete die vorbeifahrenden Schiffe. Warum holte sie eigentlich ihr Cello ab? Was am Abend des Vorspiels geschehen war, hatte gezeigt, dass sie sich für den Beruf nicht eignete. Sie beschloss, eine Weile am Wasser entlangzufahren. Der Gegenwind blies ihr die Kapuze vom Kopf. Erst als sie ein Stück aus der Stadt heraus war, drehte sie um. Sie wollte nun doch zu ihrem Vater und freute sich schon auf die Suppe, die er ihr in Aussicht gestellt hatte. Derzeit aß sie am liebsten zu allen Mahlzeiten Suppe. Sie war warm und füllte den Magen, der salzige Geschmack putschte sie auf, und sie musste nicht kauen. Wenn es ihr nicht gut ging, verlangte es sie nicht nach anderem Essen, sondern nur nach Suppe. Trostsuppe.

Ihr »Moin« beim Eintreten wurde nicht beantwortet. Fine ließ ihren Blick über die Garderobe schweifen: keine Wachsjacke. Ihr Vater war nicht zu Hause. »Dachte ich's mir doch«, sagte sie laut. Doch ihre Erleichterung siegte über ihren Ärger. Sie hängte ihre Jacke auf den freien Platz und rieb sich die Hände warm. Zuerst den Thermostat etwas höherstellen. Sie ging auch zu den Heizkörpern, um sie weiter aufzudrehen. In der Ecke, die Jurre seine Übungsecke nannte, sah sie ihr Cello. Es stand da, als sei ihm genauso kalt wie ihr, eingepackt in seine wattierte Hülle, es hob sich dunkel von der Blechinstrumentensammlung ihres Vaters auf der anderen Seite des Zimmers ab, die glitzernd und glänzend auf Ständern aufgebaut war: sieben Saxofone in verschiedenen Größen, eine Trompete, ein Flügelhorn, ein Althorn. Der Klavierdeckel stand hochgeklappt, hier war vor Kurzem gespielt worden und würde bald wieder gespielt werden. Sie ließ sich auf den Klavierhocker fallen, drehte ein paar Runden gegen den Uhrzeigersinn und ließ ihre Finger über die Tasten gleiten. Der Klang prallte auf die Stille – wie ein Stapel Tassen und Untertassen, der ihr aus den Händen glitt und auf dem Boden zerschellte. Sie klappte den Deckel zu. Nach einer Drehung im Uhrzeigersinn fiel ihr Blick auf die Gemüsekisten, in denen ihr Vater seine LPs aufbewahrte. Auf den Fersen hockend, ließ sie einen musikalischen Hero nach dem anderen durch ihre Hände gleiten. In der dritten Box fand sie ein paar Klassikplatten. Sie wählte Schumann, *Kinderszenen*. Ein Arrangement für Klavier und Streichquartett. Was fand ihr Vater an diesem romantischen Komponisten? Das Cover zeigte Gebrauchsspuren. Die Aufnahme stammte von einem ausländischen Ensemble, das sie nicht kannte, in Zusammenarbeit mit einer niederländischen Pianistin: Jet Hamelink. Auch dieser Name sagte ihr nichts. Sie schaltete den Verstärker ein, legte die LP auf den Plattenspieler und ließ vorsichtig die Nadel auf das Vinyl sinken. Die Schallwellen breiteten sich über ihren ganzen Körper aus. Als ob sie elektrisch aufgeladen würde. Sie setzte sich halb liegend auf die Couch im Wohnzimmer, ließ ihren Kopf auf der Rückenlehne ruhen und schloss die Augen. Tränen liefen über ihre Wangen und den Hals. So spielen zu können, das war es, was sie wollte. Daran zweifelte sie keinen Augenblick. Zweifel stellten sich erst ein, wenn sie anfing, über das Cellospiel nachzudenken.

Dass sie nicht gut genug wäre oder vielleicht vor allem, dass sie es sich nicht trauen würde, wirklich gut zu sein. Das erforderte Mumm und Unverfrorenheit. Egal, was andere davon hielten. Jurre, Jelle, ihre Freunde, die Kommilitonen. Wenn man den Kopf zu weit aus dem Fenster streckte, riskierte man, dass er gnadenlos abgesäbelt wurde. Plötzlich hatte sie das Bedürfnis, doch einmal diesen Boris anzurufen, gespannt, wie er das sehen mochte. Ob sie in der Lage wäre, einen unverwechselbaren Klang auszubilden, darüber herrschte bei ihr die größte Skepsis. Aber das war es, worum es am Ende ging, wenn sie ihrem Vater glauben wollte.

In der Küche fand sie einen gut gefüllten Topf Bauernsuppe auf dem Herd. Jurre hatte Wort gehalten. Er hatte eine Suppentasse und ein Glas auf den Küchentisch gestellt, daneben lag ein Brief.

Liebe Fine, ich musste plötzlich weg. Es ist schade, dass wir jetzt nicht miteinander reden können. Hier ist das Rezept, nach dem Du gefragt hast.

Bist Du wieder über den Berg? Was ich Dir sagen möchte – ich hätte es lieber persönlich getan, aber vielleicht ist es gut, schon jetzt mit Wieke darüber zu sprechen – Du musst natürlich nicht schon nächstes Jahr mit dem Cellostudium anfangen. Du kannst erst mal ein Jahr auf Reisen gehen oder so. Hier und da Workshops und Kurse besuchen, um herauszufinden, ob das Cello wirklich das ist, was Du willst, und Dich von solchen Besserwissern wie mir, Mama und Jelle zu lösen. Eventuell ein Probespiel absolvieren. Vielleicht gibt das Sicherheit.

Darunter folgten die Zutaten für die Ochsenschwanzsuppe und eine grobe Anleitung für die Zubereitung, denn, so hieß es dort weiter: *Du hast mir oft genug über die Schulter gesehen, wenn ich diese Suppe zubereitet habe. Du weißt schon, wie es geht. Um ein schönes, rundes Ergebnis zu erzielen, muss man die Suppe durchseihen – durch ein Sieb oder ein Bauerntaschentuch (ein Scherz) –, auch das weißt du ja.*

Er hatte den Brief mit einem schlichten »Jurre« unterschrieben.

Bestimmt zehn Minuten saß sie mit dem Blatt Papier in ihren Händen am Küchentisch, las es wieder und wieder. Sie vergaß die Suppe. War es wirklich seine Idee gewesen, oder hatte ihre Mutter es ihm eingeflüstert oder vielleicht ihre Dozentin? War das derselbe Mann, der mit starrem Gesicht am Tisch gesessen hatte, der in ihrer Erinnerung vor allem sagte, was sie nicht richtig machte?

*W*ieke hatte vorgeschlagen, vor dem Unterricht zusammen in der Stadt etwas trinken zu gehen, damit sie reden könnten. Fine war früh da. Sie suchte einen Platz in der hintersten Ecke des Cafés am Fenster, legte ihr Cello hinter sich auf die Seite und bestellte eine Tasse Tee. Beim Warten auf die Kellnerin und Wieke durchsuchten ihre unruhigen Hände die Taschen. Sie fischte das Suppenrezept aus der linken Westentasche und öffnete das zusammengefaltete A4-Blatt, strich es glatt und las es zum x-ten Mal, als käme irgendwann zwischen den Zeilen noch eine andere Nachricht zum Vorschein.

»Was liest du da?«, begrüßte sie Wieke.

Sie redeten eine Weile übers Kochen. Wieke erzählte, dass sie es hasse wie die Pest, aber allzu gerne esse, besonders Suppe, manchmal mitten in der Nacht, wenn sie nicht schlafen könne, und dass es einen beruhigenden Effekt auf sie habe. Oder sie wärme Lasagne oder Moussaka auf, etwas Herzhaftes, das zufällig im Haus sei. Sie sorge immer für einen vollen Vorrats- und Kühlschrank. Es sei ein Albtraum, nichts zu essen im Haus zu haben, wenn sie nachts wach liege. Wenn sie grübelnd daliege, gehe sie im Kopf eine Liste der Vorräte durch. Manchmal genüge das, um wieder einzuschlafen. Wenn nicht, gehe sie auf Raubzug. »Du glaubst mir nicht, oder?«

Fine schüttelte den Kopf. Sie konnte sich nicht vorstellen, dass ihre Dozentin, die immer so relaxt wirkte, wegen eines bevorstehenden Konzerts oder irgendetwas anderem nächtelang wach lag. Sie sah nicht so aus, als würde sie nachts regelmäßig den Kühlschrank leerfressen.

»Die meisten Musiker leiden unter Lampenfieber, das habe ich schon öfter gesagt. Man braucht ein bisschen Stress, um eine gute Leistung zu bringen.« Aber was Fine an diesem Vorspielabend passiert sei, sei etwas anderes, das sehe eher nach Bühnenangst aus.

Woher das denn so plötzlich kommen könne, fragte Fine.

Wieke winkte der jungen Frau mit der weißen Schürze zu und bat um einen Kaffee. Sie bestellte dazu Apfelkuchen und fragte, ob Fine auch einen wolle.

Sie durfte nicht einmal an Kuchen denken.

Das wisse sie auch nicht, sagte Wieke, nachdem die Kellnerin ihnen den Rücken zugekehrt hatte. Aber es sei bekannt, dass es aus heiterem Himmel auftreten könne. Vor ein paar Jahren war einer ihrer Studenten auf dem Fahrrad angefahren worden. Als er nach dem Unfall das erste Mal auf der Bühne saß und die Scheinwerfer angingen, sah er das Auto wieder auf sich zukommen und war nicht mehr in der Lage, auch nur eine einzige Note zu spielen. Doch es müsse nicht immer so eine klare Ursache geben.

Kaffee und Kuchen kamen. Fine bestellte noch einen Tee.

»Es mag seltsam klingen, aber manchmal steckt hinter der Bühnenangst große Wut.« Die Dozentin nahm einen Schluck, einen Bissen, und sah Fine eindringlich an. »Ist im Vorfeld zu diesem Auftritt irgendetwas passiert?«

Fine blickte aus dem Fenster, Studenten fuhren vorbei, einige gestikulierten ausgelassen. Wieder stieg die Empörung hoch, die sie während des Essens am Freitagabend verspürt hatte. Das Gefühl, dass ihr Vater sie über irgendetwas im Ungewissen ließ. Sie zog ihre Strickjacke aus, ihr war glutheiß. »Ich wüsste nicht, was.«

Nachdenklich stippte Wieke die letzten Krümel mit der Fingerspitze auf und leckte sie dann ab. Sie beobachtete sie weiterhin aufmerksam. »Ich habe nicht den Eindruck, dass deine Eltern dich unter Druck gesetzt haben, dieses Vorspiel zu machen.«

»Nein, dann würden sie meinen Bruder auch antreiben, aufs Konservatorium zu gehen. Er spielt fantastisch Klavier, aber er hat überhaupt keine Lust, richtig zu studieren. Er wird bei irgendwas anderem der Beste sein, ohne dass es ihn irgendwelche Mühe kostet.«

»Klingt eifersüchtig.«

»Jelle war eine Überraschung, eine Zugabe.« Auf Wiekes Stirnrunzeln hin erklärte sie, bei ihrer Geburt habe ihre Mutter keine Ahnung gehabt, dass sie noch einen Zwilling erwartete. »Er hat alle immer wieder überrascht, mit allem. Er ist eine Art Wunderkind.« Sie verstummte, rührte in ihrem Tee und bat Wieke dann, zu vergessen, was sie gesagt hatte. Es sei schließlich ihr Bruder, sie würde ihn nicht missen wollen, möge er auch noch so irritierend sein.

Wieke schlug vor, zur Musikschule zu gehen. Unterwegs fragte sie, ob Fine seit der Aufführung ihr Cello überhaupt wieder angerührt habe. Sie wartete Fines Antwort nicht ab. »Wenn du einen Autounfall gehabt hast, ist es auch wichtig, so schnell wie möglich wieder am Steuer zu sitzen.«

Als sie, das Cello zwischen den Knien, bereit war anzufangen, begann ihr rechter Fuß zu zittern. Wieke sah es. »Fine«, sagte sie, »leg den Bogen weg, mach die Augen zu und erinnere dich daran, warum es immer so schön gewesen ist zu spielen. Nimm dir die Zeit, ich bin gleich wieder da.«

Sie war noch nicht zur Tür hinaus, als Fine ihre Augen wieder öffnete. Sie war völlig erschöpft von diesem ganzen Hin und Her. Cello spielen war ein Irrtum, sie würde es jetzt definitiv sein lassen.

Ein paar Minuten später war Wieke wieder da.

»Weißt du noch, warum du dich, als du sechs Jahre alt warst, für dieses Instrument entschieden hast?«

Erinnerte sich Wieke noch daran? Sie war am Tag der offenen Tür mit Jurre und Jelle in die Musikschule gekommen, und da hatte Wieke gespielt. Fine war wie vom Donner gerührt stehen geblieben und hatte zugeschaut, und Wieke hatte ihr zugewinkt. Sie hatte ihr den Bogen in die Hand gedrückt und dabei geholfen, Instrument und Bogen zu halten, beide drei Nummern zu groß für sie. Als sie zusammen über die C-Saite strichen, spürte sie ein Vibrieren in ihrem Bauch. Das Cello stellte sie an, als wäre sie ein Radio. Deshalb hatte sie mit dem Cello angefangen.

»Die Musik wird dir helfen«, sagte Wieke. Sie setzte sich mit ihrem eigenen Instrument Fine gegenüber und begann mit einem Stück von Bach. »Mach einfach mit«, sagte sie, »und es geht jetzt nicht darum, wie du es spielst, sondern *dass* du spielst. Sperr die Ohren auf und pass auf, dass du deine Finger nicht verkrampfst, das ist das Einzige, worauf du achten musst. Wenn das Stück zu Ende ist, fang mit etwas anderem an, das du gut kennst.«

Fine begann. Nach ungefähr zehn Minuten spielte sie lauter, auch schneller. Die Saiten schnarrten.

»Gut«, kommentierte Wieke. »Kannst du noch lauter?«

Sie spielte so laut und so schnell sie konnte. Wieke machte mit. Plötzlich öffnete sich durch den Klang eine Tür. Fine ging neben Großvater durch das stille Land. Zumindest glaubte sie, dass es Großvater war, denn sie bekam das Bild nicht ganz scharf. Sie holte tief Luft. Hier war es, wo sie sein wollte.

*B*evor sie nach Ganzedijk fuhr, ging Fine bei der Bibliothek in der Oude Boteringestraat vorbei. Die Bibliothekarin fragte sie, ob sie vielleicht helfen könne. Wenn sie nicht finde, wonach sie suche, werde sie schon um Hilfe bitten, sagte Fine, die kein Bedürfnis verspürte, sich in die Karten schauen zu lassen. Im Katalog fand sie unter dem Schlagwort *Bühnenangst* Verweise auf ein Buch und ein paar Artikel. Ein Zeitungsartikel beschäftigte sich mit dem Einsatz von Betablockern bei Musikern, Wirkstoffen, die, wie ihr klar wurde, normalerweise bei Herzerkrankungen eingesetzt werden. Sie hätte es nie für möglich gehalten, dass so viele professionelle Musiker Tabletten schluckten, um ihre Ängste zu bezwingen. Damit wollte sie gar nicht erst anfangen. Dann würde sie eben keine Cellistin werden. Was hatte ihre Mutter ihr nach dieser Blamage eigentlich gegeben? Vielleicht war das so ein Betablocker gewesen. Schluckte ihr Vater auch solche Sachen?

Bühnenangst war erstaunlich weit verbreitet. Auf den ersten Blick wirkte das beruhigend. Nicht beruhigend hingegen war, dass sie beispielsweise bei großen Orchestern und in Konservatorien kaum Beachtung fand. Musiker und Studenten würden aus Scham und Konkurrenzgründen kaum darüber sprechen. Sie selbst war auch froh, dass sie in diesem Jahr nicht mehr mit dem Quartett spielen musste. Sie hatte keine Lust, ihren Kommilitonen unter die Augen zu treten. Die waren zweifellos der Meinung, dass durch sie das ganze Quartett zum Gespött geworden war. Wieke hatte zwar gesagt, dass sie hinterher mit den anderen drei gesprochen habe und sie es sehr gut aufgenommen hätten, aber dennoch: Wieke konnte viel erzählen.

Das Buch beschrieb hauptsächlich die Erfahrungen von Musikern. Zu Wort kamen Vertreter der klassischen Musik, aber auch Pop- und Jazzkünstler. Sie blätterte durch die eng bedruckten Seiten. Hoffentlich hatten die Autoren auch Lösungen für die Überwindung des Leidens anzubieten. »Selbstvertrauen entwickeln« hieß ein Kapitel und »Körperbezogen arbeiten«, was auch immer das bedeuten sollte. Sie konnte das Buch ausleihen.

War noch Zeit, nach dem Magazin des Amsterdamer Concertgebouw zu suchen, das sich vor zwei Jahren ebenfalls mit diesem Thema beschäftigt hatte? Sie sah auf ihre Uhr. Ja, der Bus fuhr erst in einer halben Stunde.

Nach einem Konzert des Boston Symphony Orchestra im Concertgebouw unter der Leitung von Bernard Haitink hatte man ein Interview mit einem amerikanischen Cellisten niederländischer Herkunft, einem gewissen Zev Meijling, geführt, für ihn war es das letzte Konzert vor seiner Pensionierung gewesen. Er erzählte, wie speziell es für ihn war, dass »sein« Orchester von einem niederländischen Dirigenten geleitet wurde, aber er nutzte auch die Gelegenheit, am Ende seiner Berufslaufbahn etwas zu beichten. Noch nie habe er öffentlich zugegeben, dass er immer ein Kochbuch bei sich trage, eine Taschenbuchausgabe der *Jüdischen Küche*. Inzwischen bestehe der Rücken fast nur noch aus losen Fäden. Er habe es über vierzig Jahre lang in seiner Tasche mit sich herumgeschleppt.

Fine erinnerte sich sofort an die Anekdote von Gugajew. Das musste dieser Kollege sein.

Auf die Frage nach dem Ursprung seiner Gewohnheit antwortete der Cellist, dass er mit diesem Buch sein Zuhause bei sich trüge. Kurz vor seiner Abreise aus den

Niederlanden, er war kaum zwanzig Jahre alt gewesen, hatte er es in der Küche aus dem Regal genommen. Ein wichtiger Teil des Lebens zu Hause hatte sich in der Küche abgespielt. Am Freitagnachmittag zog sich seine Mutter immer dorthin zurück, um den Sabbat vorzubereiten. Sie liebte das Ritual, und sie war gerne mit dem Essenmachen beschäftigt, das war ihr anzusehen. Niemand konnte mit so viel Hingabe zerkleinern, schneiden, rühren, kneten und quirlen wie sie. Er saß gerne am Küchentisch, um ihr zuzusehen, wie sie sich auf das Kochen und Backen konzentrierte, Gerichte mit geschlossenen Augen abschmeckte. Er roch den Duft von Nelken, Koriander und frischer Minze. Das stimmte ihn melancholisch, ohne dass er wusste, warum. Manchmal schaute seine Mutter etwas in einem Kochbuch nach, sie hatte das Verhältnis von Mehl und Butter vergessen oder war sich sicher, dass noch ein anderes Gewürz in die Sauce gehörte, aber welches? Normalerweise wusste sie alles auswendig. Sie sprachen nicht miteinander, es sei denn, Worte kamen von selbst auf, als würden sie aus den Tüten und Gläsern mit Mehl, Salz und Sesamsamen geschüttelt.

Er selbst war kein guter Koch, im Gegenteil, er war sehr ungeschickt in der Küche, aber das Lesen von Rezepten beruhigte ihn. Das Taschenbuch hatte ihn gerettet, als er am Konservatorium von Boston vorspielen musste. Während er auf dem Flur wartete, hielt er seine Augen geschlossen und überlegte, was er am Abend mit seiner Verlobten essen würde, wenn sie denn da wäre. Er hatte das Rezept für *Latkes* nachgeschlagen und versucht, den Geschmack des Gerichtes auf die Zunge zu bekommen. Um dann nach *Tscholent* zu suchen, weil er da vielleicht mehr Lust drauf hatte. Er stellte sich vor, welchen Wein er dazu nehmen und wie er den Tisch decken würde. Er hatte vergessen, dass er in ein paar Minuten vorspielen musste.

Als er wegen der Musik nach Amerika gegangen war, wurde er von seiner Familie und von der Frau, die er liebte, weggerissen. Die *Jüdische Küche* war ein Pflaster auf diese Wunde. Das Buch hatte ihm geholfen, seine Nerven zu beruhigen. Auch später, als er seine Ausbildung erfolgreich abgeschlossen hatte und auf die Bühne musste.

Aber abgesehen davon: In seiner Einbildung hatte er jeden Abend Gerichte aus der Küche seiner Mutter für die Liebe seines Lebens zubereitet. In seiner Fantasie, wiederholte der Interviewer. Ja, denn die Liebe seines Lebens hatte er seit sechsundvierzig Jahren nicht mehr gesehen. Trotzdem war sie immer die Einzige für ihn geblieben.

Fine hatte völlig vergessen, dass sie in der Bibliothek saß und eigentlich einen Bus nehmen wollte, sie fror, als ob sie im T-Shirt in eisiger Kälte stünde. Als sie wieder zu sich kam und nach einem Kopierer suchte, tickte das Wort »weggerissen« wie ein Metronom in ihrem Kopf.

Großvater begrüßte sie mit einem herzlichen »So. Bist du endlich da! Der Stall wartet schon eine Ewigkeit auf dich.«

Sie ging sofort auf die andere Seite des Hofes, das Diktiergerät im Anschlag.

»Soll ich Kaffee machen, Fine?«

»Nein, den mache ich gleich«, rief sie über die Schulter.

Im Stall war es still. Stiller als sonst. Die Pferde waren nicht da. Sie drückte den Aufnahmeknopf: »21. März 2003. Im Pferdestall in Ganzedijk.« Im Flüsterton sagte sie: »Stille. Himmlische Stille. Nach dem Frühjahrssturm.« Ein oder zwei Minuten später beendete sie die Aufnahme. Sie war gespannt, ob etwas zu hören wäre; eine Amsel, die sie nicht bemerkt hatte, oder das Knarren des Daches.

Als sie wieder draußen war, kam Großvater in seinen Holzschuhen angeklappert. Das war ein schönes Geräusch zum Festhalten. Sie setzte den Gedanken in die Tat um.

Sie trafen sich am Zaun der Pferdeweide.

»Geklappt?«, fragte ihr Großvater.

»Ich denke schon.«

Doewe III und Dante II kamen auf sie zugelaufen, ihre Schweife synchron hin und her peitschend. Fine setzte sich auf den Zaun und streichelte Doewe die Nüstern. Großvater fischte Zuckerstücke aus seiner Tasche, tätschelte dem Pferd den Hals. »Schön, dass die Sonne wieder scheint, dass ihr wieder auf der Weide steht, nicht wahr?«

Fine starrte zwischen den Pferdeohren hindurch zum Horizont. Auf die kerzengerade Baumreihe jenseits des Felds hatte sich ein apfelgrüner Nebel gelegt. In ihrer Manteltasche ließ sie ihre Fingerspitzen unwillkürlich über das glatte Metall ihres Aufnahmegerätes gleiten, als wolle sie sich vergewissern, dass sie den Hof von nun an bei sich trug. Sie fühlte das gefaltete A4-Blatt. Das Papier fühlte sich ebenfalls glatt an, aber anders, weniger kalt. Sie dachte an das zerfledderte Taschenbuch Zev Meijlings und sah ihren Opa an, der Dantes Mähne kraulte. Auf ihr »Großvater?« wandte er sich ihr zu.

»Sag's nur.«

»Kannst du mitkommen, wenn ich zum Vorspiel muss?«

Dante schnaubte.

»Ich verstehe doch nichts von Musik, weißt du?«

»Ebendarum.«

Er schüttelte den Kopf mit der blauen Mütze. »Wenn du es gern möchtest.« Und drehte sich um.

Fine beobachtete, wie er auf das Haus zusteuerte, der Gang seiner Holzschuhe leichter als sonst. Sie sprang vom Zaun, um den Kaffee aufzusetzen.

San Francisco, 30. November 2003

Liebe Cato,

Du hast schon lange nichts mehr von mir gehört. Ich weiß, ich weiß … Wenn man ein Nomadenleben führt, ist so ein Jahr im Nu herum.

Aber ich bin mir jetzt sicher, dass ich hierbleiben werde. Hier finde ich, was ich in Rom, in Bombay, in Tokio, in Johannesburg nicht gefunden habe. Die Stadt ist angenehm, das Klima fantastisch, aber es sind vor allem die Menschen, sehr easy going. Hier fühle ich mich zu Hause.

Ich arbeite als Tontechnikerin in einem kleinen Theater. Schöne Arbeit. Ich teile die Wohnung mit einer Freundin. Vorige Woche habe ich mit ein paar Freunden meinen zweiundzwanzigsten Geburtstag gefeiert.

Wie geht es Dir? Würdest Du es Dir noch zutrauen, vorbeizukommen und hier Urlaub zu machen?

Ich hoffe es.

With Love, Ava

PS
Adresse und Telefonnummer stehen hinten auf dem Umschlag.

DOROTHÉE ALBERS, 1966 in Vlijmen in Nordbrabant geboren, hat Französisch und Kommunikation an der Universität Amsterdam studiert. Nach fünfzehn Jahren Tätigkeit im kulturellen Bereich, unter anderem für das Fernsehen, unterrichtet sie jetzt kreatives Schreiben.

ULRICH FAURE, 1954 in Halle/Saale geboren, ist Redakteur, Publizist, Lektor und Übersetzer. Aus dem Niederländischen hat er unter anderem Werke von Detlev van Heest und Simon Carmiggelt übersetzt.

Titel der Originalausgabe: *Zeemansgraf voor een kort verhaal*
Copyright © 2018 Dorothée Albers and Uitgeverij Cossee BV, Amsterdam

Die Übersetzung dieses Buches wurde von der
niederländischen Stiftung für Literatur gefördert.

N ederlands
   letterenfonds
dutch foundation
for literature

Bibliografische Information der Deutschen Nationalbibliothek
Die Deutsche Nationalbibliothek verzeichnet diese Publikation
in der Deutschen Nationalbibliografie;
detaillierte bibliografische Daten sind im Internet
über http://dnb.de abrufbar.

© 2020 der deutschen Ausgabe:
Karl Rauch Verlag GmbH & Co. KG, Düsseldorf
Covergestaltung, Layout und Satz von Sebastian Maiwind, Berlin
Umschlagabbildung: © Chris Stock, Bridgeman Images
Gedruckt auf chlor- und säurefreiem Papier und gebunden
bei Finidr in Český Těšín.
Alle Rechte vorbehalten. Printed in Czech Republic.
ISBN 978-3-7920-0262-9

www.karl-rauch-verlag.de